シャーロッキアン翻訳家

最初の挨拶

日暮雅通
HIGURASHI Masamichi

原書房

シャーロッキアン翻訳家

最初の挨拶

目次

第4部 解説・あとがき集 258

はじめに――この本の成り立ちと注意事項など

この本は、これまで約四〇年にわたって私が〝シャーロッキアン翻訳家〟という立場で書いてきたエッセイやコラムから、一部をセレクトしたものです。

商業誌やパンフレット、ホームズ団体の会誌その他に書いたもの、それに単行本のあとがきや解説として書いてきたものをすべて集めると、四〇〇字換算で一五〇〇枚以上……この本の三冊分になってしまいました。そこで、現在も手に入る（手に入りやすい）単行本に収録されているものは除くことにしましたが、それでもかなりの枚数なので、遠い昔に書いたものは抜粋にしたりリライトしたりして、枚数を減らしました。

特に海外旅行記は、商業誌以外に書いた〝裏日誌〟のようなものがかなりの量にのぼるのですが、それはまた別の機会にということになりました。

逆に、雑誌掲載時に書ききれなかったことを加筆したケースも、けっこうあります。また、当然ながら発表当時から事情が変わっている場合も多いですが、これは基本的にそのままにしたうえで、必要な場合のみ附記をほどこしました。文中で【付記】とある部分は、執筆当時と現在の状況（情報）が変わっている場合の、新情報などです。

〝シャーロッキアン〟という呼称は、日本でも昨今かなり普及し、理解も深まってきたようですが、それでもまだ、「重箱の隅をつつく」、「正典（ドイルの書いたホームズ物語）原理主義者」のような見られかたが、ついてまわるのではないでしょうか。中にはそうした人がいるということを否定はしませんが（苦笑）、この本の主眼はホームズファンの世界を楽しんでもらうことにあります。時には専門的（？）な話も出ますが、ホームズの出身大学がどこかとか、正典に出てくるパブのモデルはここだとかいう〝リサーチ〟はありませんし、ヴィクトリア時代の生活や交通の〝研究〟といったものもありません。

内容は四つの部に分かれています。最初は、シャーロッキアンとしての書き物集。早川書房の月刊誌『ミステリマガジン』のホームズ特集で書いてきたエッセイが中心ですが、私自身が自称シャーロッキアンになってからずっと追い続け、この二〇年間に随所で書いてきた、ホームズ・パロディ／パスティーシュについてのまとめも収録しました。

第二部は、シャーロッキアンとしての旅──特に海外イベントへの参加と海外シャーロッキアンとの交流についての、エッセイ。これもやはり、『ミステリマガジン』に書いた記事が多くなりますが、商業誌に書ききれなかったエピソードなども追加してあります。

そして、シャーロッキアンだけでなく、翻訳家としての立場からの、エッセイ。この第三部には、ホームズ物語の翻訳の歴史といった硬い話題もありますが、ホームズ物語の翻訳を通じて時代やカルチャーの違いの面白さを知っていただくことが主眼です。特に、ここに収録した「翻訳実践編」のコラムが特徴的であり、今回収録できなかった部分も含め、今後さらに充実させてまとめることができたら、などとも思っています。さらには、光文社文庫の全集で巻末の解説に書いた、正典を〝新訳〟することの意義や、訳すうえでのポリシー。これについては、当時カットした部分（幻の原稿？）も含め、大幅に加筆しました。

最後の第四部には、すでに絶版となったホームズ・パロディ小説のあとがきや解説を、ごく一部ですが収録しました。これまでに書いたあとがきと解説は、これまたかなりの量になるので、厳選された四篇とお考えください。

以上の中には、複数のテーマを含むエッセイもありますが、内容的に主となっているのがどんな話題かによって、分類してあります。また、あるエッセイの中で書いたことの繰り返しになっているケースもありますが（〝新訳〟に対する私の姿勢や、ホームズとワトスンの互いの呼び方など）、カットしてしまうと流れがわからなくなることも多いので、あえてそのままにしました。

こうした原稿には、かなり古いものもあります。特に、月刊誌の特集に書いたコラムでは、未訳だった洋書の邦訳が出たり、旅先の事情が変化したり（店がつぶれたり）。その他の原稿でも、登場した人たちがその後亡くなってしまった場合など、よくあります。

前述のように、そうした点は必要に応じて補足したり書き換えたり、あるいは削ったりしていますが、記事の附記や巻末の初出一覧をご覧になり、いつ書かれたものなのかを確認されると、混乱が少なくてすむと思います。必要と思われる場合は、記事の中に【注】で年を入れました。

その一方、本全体を通して表記を完全に統一することはしていません。ホームズ作品の邦題や引用（光文社文庫版拙訳を使用）を除いて、漢字や固有名詞の表記は記事によって異なることがあるものの、ほぼ当時のままであることをお断わりしておきます。正典作品の邦題には長篇が《　》、短篇が〈　〉、単行本の題名には『　』を使いました。

人名は原則として敬称略で統一してあります。ただ、友人・知人として言及している場合はその限りではありません。

アーサー・コナン・ドイルの一家は「コナン・ドイル」という複合姓なので、彼を姓で呼ぶ時は「コナン・ドイルは……」とするのが正しいのですが、英米でも一般に「ドイルは……」と使うことが多いので、ここでも煩雑なときはそうしています。また、アーサーの父の代やきょうだいの一家は、「ドイル」が姓です。

それから最後に、いわゆる〝ネタバレ〟について。多くのホームズ関係書と同様、正典についてはネタバレOKを前提としています。それ以外の作品、特に海外の本で未訳のものなどはネタバレ禁止で書いていますが、第四部の「訳者あとがき」では、ネタバレぎりぎりのところまで書いていますので、ご了解ください。

※本書に出てくる略称、用語などには、以下のようなものがあります。

正典……コナン・ドイルの書いたホームズ物語（全六〇篇）

JSHC（Japan Sherlock Holmes Club）……日本シャーロック・ホームズ・クラブ（一九七七年創立）

BSI（Baker Street Irregulars）……ベイカー・ストリート・イレギュラーズ（アメリカのホームズ団体。一九三四年創立で世界最古）

FMHC（Franco-Midland Hardware Company）……フランコ＝ミッドランド・ハードウェア・カンパニー（イギリスを拠点とする国際的ホームズ／ドイル研究団体）

SHSL（Sherlock Holmes Society of London）……ロンドン・シャーロック・ホームズ協会（イギリスのホームズ団体。世界で二番目に古い）

MWA（Mystery Writers of America）……アメリカ探偵作家クラブ

EQMM（Ellery Queen Mystery Magazine）……月刊誌『エラリー・クイーン・ミステリ・マガジン』

HMM……早川書房の月刊誌『ミステリマガジン』

ＢＨＬ（The Black-Headed League）……黒髪連盟（ＪＳＨＣ最古の支部）
ＥＷ（The East Wind）……ＢＨＬの機関誌
ＥＨ（The Empty Holmes）……ＪＳＨＣ岡山支部〈空き家の冒険の会〉の機関誌
『冒険』……単行本『シャーロック・ホームズの冒険』。以下同様に『回想』『生還』など。
シャーロッキアーナ……シャーロッキアンたちによる研究、およびその産物である作品など。なおイギリスではシャーロッキアンでなく「ホームジアン」という呼び方をすることが多い。
ドイリアーナ……コナン・ドイル研究家たちによる研究、およびその作品。
トレイシー事典……ジャック・トレイシー著『シャーロック・ホームズ大百科事典』（河出書房新社）

※特に付記していないかぎり、本文中の写真は筆者によるものです。

第1部 シャーロッキアーナ——ホームズ・シーンの過去・現在・未来

ここには、シャーロッキアンとしての書き物を集めました。二十一世紀にもロングセラーとなる作品は何か、というテーマによるコラム（一九九九年執筆）や、ホームズが一五〇歳になる二〇〇四年に書いた彼の誕生日の由来のほか、一九九九年から二〇一二年にかけて早川書房の月刊誌『ミステリマガジン』（HMM）のホームズ特集号に書いたコラムなどが、含まれます。

HMMでは毎回その特集で訳出した短篇について解説するほか、最新刊の洋書（未訳ホームズ関係書）と、それまでのホームズ関係国内出版物を紹介していますが、紙幅の関係もあり、特集掲載短篇の解説は割愛しました。また、コラムを書いた時点で未訳の作品の情報は原題だけが書いてありましたが、のちに邦訳の出たものは「→」を使ってその題名を入れてあります（あまり重要な意味をもたないときはカットしました）。逆に、HMM二〇一二年九月号などのように、掲載時にカットした部分を大量に加えたケースもあります。

また、ホームズ・パスティーシュの歴史と分類に関する研究も、ここに収めました。海外ホームズ・パスティーシュの古典作品を集めることはとうの昔にやめた私ですが（そもそも英米のコレクターにかなうはずがありません）、翻訳家として、現代の作品を購入し読むことは、ずっとしてきました。そして、「パスティーシュ／パロディ史」のたぐいを単行本の解説や商業誌で折にふれて書いてきたものの、いまだに〝完成〟とまでは至っていません。ここに収録・改訂したものは、いわば現時点での最新バージョンとお考えください。

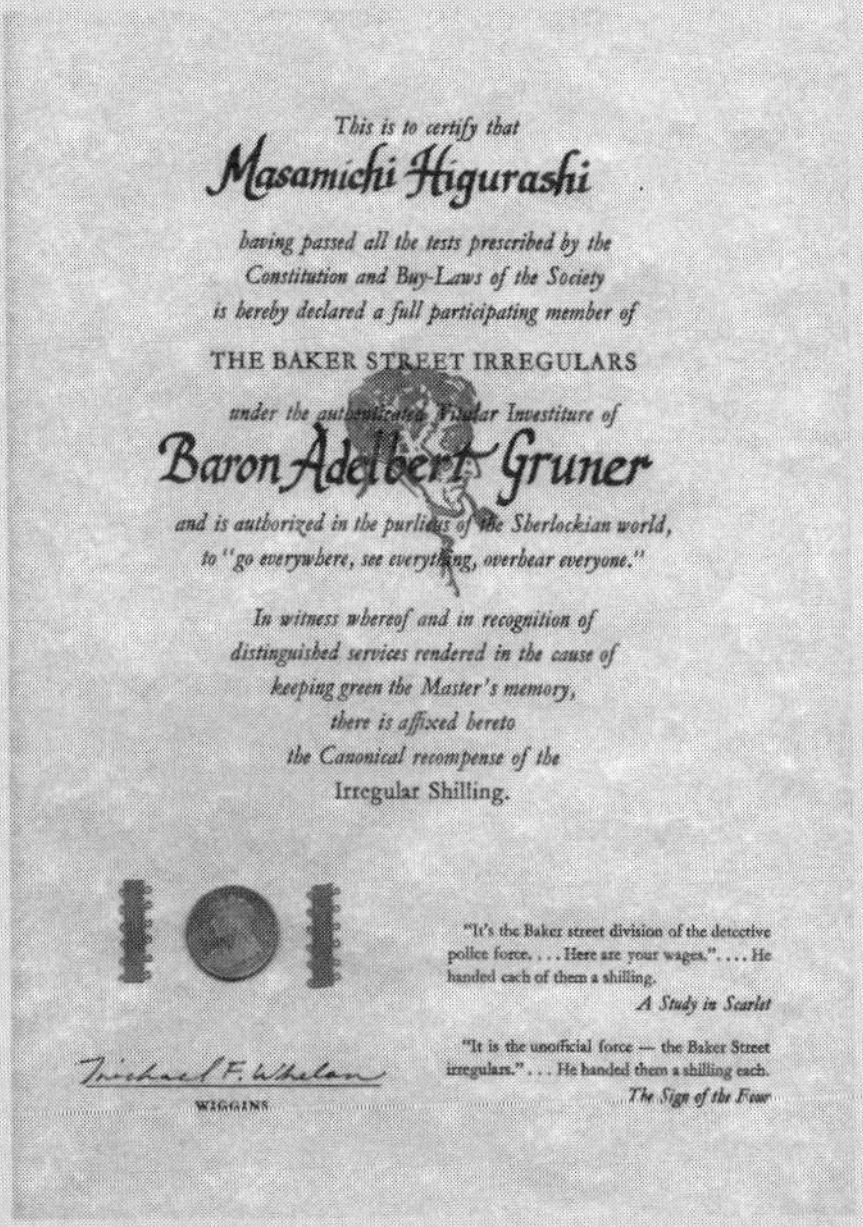
This is to certify that
Masamichi Higurashi
having passed all the tests prescribed by the
Constitution and Buy-Laws of the Society
is hereby declared a full participating member of
THE BAKER STREET IRREGULARS
under the authenticated Titular Investiture of
Baron Adelbert Gruner
and is authorized in the purlieus of the Sherlockian world,
to "go everywhere, see everything, overhear everyone."

In witness whereof and in recognition of
distinguished services rendered in the cause of
keeping green the Master's memory,
there is affixed hereto
the Canonical recompense of the
Irregular Shilling.

"It's the Baker street division of the detective police force. . . . Here are your wages." . . . He handed each of them a shilling.
A Study in Scarlet

"It is the unofficial force — the Baker Street irregulars." . . . He handed them a shilling each.
The Sign of the Four

Michael F. Whelan
WIGGINS

BSIの会員証（付与された名前は「グルーナー男爵」）

世紀を超えるベストセラー『シャーロック・ホームズの冒険』

作品や作家の評価については歴史の審判に委ねるべき、という表現をよく聞くが、それは数十年の単位ではだめなのかもしれない。たとえば『ジャングル・ブック』で知られるラディヤード・キプリングにしても、熱狂的賛辞を浴びてノーベル賞までとっていながら、死後その人気は凋落の一途をたどったのだが、半世紀たった一九八〇年代後半ころから、その芸術性を再評価しようという動きが出てきたという。

では、一世紀たてばその評価は定まるのか。一世紀以上読みつがれてきた本は、たしかにさまざまにある。だが、それらの多くは、政治や宗教、教育といった要素の〝後ろ盾〟によって生き残ってきたのではないだろうか。つまり、〝必然的に読まねばならない〟読者のおかげでロングセラーになったわけだ。

そういう〝後ろ盾〟をもたずに何世代にもわたって読みつがれ、二十一世紀にもロングセラーを続けそうな数少ない作品群のひとつが、シャーロック・ホームズ・シリーズだと言える。「熱狂的なホームズ・ファンの存在が宗教とどう違うのか。〝布教活動〟をしているじゃないか」という見方もあろうが、それはまた異質のことだと思う。

アーサー・コナン・ドイルが初めてホームズ・ストーリーを発表したのは、一八八七年。つまり、イギリスの出版界や読書界が大きく変動した時期だった。一八三七年の即位以来六四年間にわたるヴィクトリア女王の治世の中で、ディケンズやブロンテ姉妹など、ヴィクトリア朝小説の旗手たちが活躍した前期にも、安価な〝続き物〟小説の登場という画期的な出来事はあった。だが、ホームズが登場する背景には、さらにいくつもの大きな社会変動があったのである。

初等教育法の施行による一般国民の識字率の向上、印刷機械の発展による出版物の価格の低下、新聞印紙税の撤廃といったプラスの要素が、出版界の活気づけになった。その一方、それまで本を読まなかった階級のために、一時的な楽しみを提供するような小説や、好奇心を満たすスキャンダラスな犯罪事件を扱った新聞・雑誌記事などが流行し始めた時期でもあった。何やら現代の日本をも思わせるが、「文学の大衆化、使い捨ての時代」（小池滋による表現）がやってきたわけだ。

そうした大衆向けの雑誌が、一八八一年創刊の週刊誌『ティット・ビッツ』であり、一八九一年創刊の月刊誌『ストランド・マガジン』であった。前者は読者投稿の体験談や創作、新聞雑誌記事のダイジェストなどで人気を博す一方、後者は本格的な大衆総合雑誌として、小説や詩のほか事件や科学実話に関する記事、コラムなどを、豊富なイラストとともに掲載した。いずれも、出版には門外漢で金儲けのために雑誌を始めたジョージ・ニューンズという人物により、創刊されたものだ。

一八八七年の《緋色の研究》、一八九〇年の《四つの署名》と、二つの長篇ではいまひとつぱっとしなかったホームズの人気が爆発したのは、この『ストランド』への短篇連載が始まってからであった。コナン・ドイルは全部で四つの長篇と五六の短篇をホームズ物語として残しているが、人気のうえでも出来映えのうえでも、『ストランド』に発表した初期から中期の短篇が最も評価が高い。

そういう意味で、〝世紀を超えるベストセラー〟としては、ホームズ物語のなかでも特に、第一短篇集『シャーロック・ホームズの冒険』を選んでみた。《バスカヴィル家の犬》のほうがいいとか、《恐怖の谷》も捨てがたいという意見はあろう。また、ドイルはこのほかにも歴史小説やSF小説で優れた長篇を残している。だが、ホームズ物語の魅力を十分にかつ効率よく引き出しているのは短篇であり、それはホームズ以外のミステリにも共通するのである。

『シャーロック・ホームズの冒険』には、『ストランド』一八九一年七月号から一八九二年六月号の一年間に掲載された一二の短篇が収められている。〈ボヘミアの醜聞《スキャンダル》〉、〈赤毛組合〉、〈唇のねじれた男〉、〈まだらの紐〉など、いわゆるシャーロッキアンでない読者の方々にもおなじみの短篇が多いのではなかろうか。

ホームズ物語の魅力は、すでにさまざまな人がさまざまなところで書いているので、詳しく繰り返すことは避けるが、キャラクターの魅力、ストーリーのパターンの魅力、時代や舞台の魅力など、かぎりない。キャラクターの魅力としては、ホームズ自身のユニークさもさることながら、〝相棒〟ワトスンと二人の関係の面白味もある。ホームズ以後、このコンビのパターンが模倣され、生き続けていることからもわかるだろう。

ストーリーのパターンというのは、〝依頼人の職業当て〟に代表される推理に始まり、ホームズが謎の言葉をはいてワトスンや読者を煙に巻いたあと、最後に説明をしてみんなが納得するという過程。そして時代や舞台の魅力は……もうおわかりだろうが、ヴィクトリア朝時代末期のロンドンなのである。一世紀以上たってもホームズ物語が色褪せないのは、たんなる懐古趣味に陥らずに読めるからではないだろうか。

このあたりに関しては、かつての児童書の功績も大きいのだが、子供のころに違和感なくホームズ物語にわくわくし、大人になって時代背景が飲み込めてきたとき、あらためてその魅力を感じ取るという、二度の楽しみが提供されたのも、大きな原因だと考えられる。もっとも、この点は日本独自のものかもしれないが。

また、現代では推理小説《ミステリ》としての位置づけをされているホームズ物語だが、ヒットした当時はホームズというヒーローの活躍する冒険譚であった。社会制度や産業の急速な発展途上にあった当時は、警察制度も完全には整備されていなかったわけで、切り裂きジャックに代表される陰惨な事件もあとを断たなかった。そうした背景から、犯罪に立ち向かうヒーローが歓迎されたという要素もあろう。それがミステリ小説の円熟した現代で、あるいは科学捜査も組織による捜査も高度に発展した現代で変わらぬ人気を保っているのは、前述のような設定における冒険譚であるからにほかならない。

ところで、〝児童書の功績〟という日本的事情は前述したとおりだが、翻訳の問題もそのひとつである。ロングセラーの場合、時代と共に読者も変わるが、訳文もまた変遷していく。シェイクスピア作品などは、演劇のおかげで新たな〝解釈〟をもちこまれることにより、さらに変遷してきたと言えるだろう。ホームズ物の場合は、一九八〇年代くらいまであまり変わらなかったが、八〇～九〇年代は、半世紀にわたる研究者たちの成果を踏まえた、〝正確な訳〟が優先された時代であった。その後二十一世紀を迎え、読み物としての面白さを前面に押し出した訳が〝復権〟できるのかどうか、楽しみなところだ。（朝日新聞出版『小説トリッパー』一九九九年十二月号）

一五〇歳の養蜂生活者——ホームズの誕生日に寄せて

歴史上の偉人や芸術家の「生誕〇〇年記念」の年は、それこそ数かぎりなくある。だが、小説中の人物がそうした年を祝ってもらうという例は、かなり稀だろう。

二〇〇四年は、シャーロック・ホームズが生まれて一五〇年目（つまりホームズは一八五四年生まれ）……ということになっている。〝シャーロッキアン〟を生み出したホームズ団体「ベイカー・ストリート・イレギュラーズ（BSI）」の年次総会は、ホームズの誕生日に合わせて開かれる決まりなので、今年（注・二〇〇四年）も極寒のニューヨークで、ホームズ生誕一五〇年と自身の団体創立七〇周年を祝して行なわれた。

「……ということになっている」と書いたのは、物語中のどこにも彼の誕生日や正確な歳が書かれていないため、それがひとつの「説」にすぎないからだ。また、誕生日は一月六日ということに「なっている」が、それも諸説のなかのひとつにすぎない。

生年について有力とされる一九五四年説の根拠は、二つ。ひとつは〈ボスコム谷の謎〉(一八八九年に起きたとされる事件)のなかでホームズが自分のことを「中年男《ミドル・エイジド》」と表現していることだ。聖書に出てくる「七十路」の半分である三五歳は、これまで何世紀にもわたって「中年」と考えられてきたから、一八八九年にその歳なら一八五四年生まれだ、というのである。

そして第二の根拠は、〈最後の挨拶〉。一九一四年に起きたこの事件で、アイルランド系アメリカ人アルタモントに変装したホームズが、「六十歳の男《マン・オブ・シクスティ》に見えた」という記述があるのだ。

養蜂生活のホームズ―― 2004 年 BSI ディナーのメニュー表紙

また、一月六日という点については根拠が三つあるが、正典にからむ主なものは二つ。ひとつは《恐怖の谷》で、一八八八年一月七日に始まった事件だ。その朝ホームズは、いらいらしてワトスンに辛辣な言葉を投げかけたあげく、朝食にも手をつけずじまいだった。それが、前の晩の誕生祝いで飲み過ぎて二日酔いになったせいだというので……笑うかもしれないが、ホームズ研究家たちは大まじめなのである。

第二の根拠は、もうちょっと文学的だ。ホームズはよくシェイクスピアを引用するが、二回も引用しているのは、『十二夜』だけ。〝十二夜〟は一月六日であり、自分の誕生日のことなので、この作品をとくに気に入っているのだろう、という説である。ちなみにアメリカのホームズ研究家スーザン・ダーリンガーは、「〝十二夜〟は〝十二日節〟または〝顕現日〟である一月六日のイヴのことなので、一月五日のはずだ」と指摘している。そういえば、シェイクスピアの『十二夜』も、元は一月五日の夜のための出し物として書かれた喜劇だった。

そういうツッコミは別としても、とにかく、あらゆる「説」がこのたぐいの怪しいものであることは確かである。第一、ホームズ自身がすでに死んだという研究家もいれば、サセックスで元気に養蜂生活を送っているという人もいるのである(ローヤルゼリーが長寿の秘訣とか)。まあ、私としては、ウィスキーの名前になったパー爺《オールド・パー》さんの例も鑑みて、後者の説をとりたいところだが。

実は、こうした説はみな「後付け」だという指摘もある。前述のBSIの創立は、文芸評論誌『サタデー・レビュー・オブ・リテラチャー』でコラムを書いていたクリストファー・モーリーが呼びかけていたのだが、創立前年である一九三三年一月の同誌で、彼は「占星術でホームズは一月の生まれと言われているので、私としては(本誌のこの号の発行日である)一月六日を提案したい」と書いた。いささか軽いノリではある。しかもその日は、クリストファーの弟フェリックスの誕生日でもあったのだから、何をか言わんやだろう。

それがBSI創立時に採用され(会則に「年次例会を一月六日に開く」とある)、ひいてはその後の研究家たちの諸説に結びついたわけだが、先に言った者勝ちというよりは、〝元祖シャーロッキアン〟を尊重し、遊び心を尊重する気持ちからだったのだろうと、私は思いたい。（光文社『ジャーロ』二〇〇四年春号）

ホームズと二十一世紀

永遠のシャーロック・ホームズ

郷原宏氏の言う「個体発展を停止してしまった頑固なシャーロッキアン」（『ＥＱ』一九九九年七月最終号のオールタイム・ベスト・アンケート）が多いせいかどうかはわからないが、どうも日本でシャーロッキアンは、作家や評論家たちから敬遠されたり疎まれたりしがちなようだ。プロ作家がまともなホームズ・パスティーシュを書く例も、残念ながらかなり少ない。それに比べ米英の場合は、ディクスン・カーやドロシー・セイヤーズの時代から現在まで、ホームズ・ストーリーに対するミステリ作家のアプローチはなかなか活発である。

そのいい例が、昨年末に日本版の出たオリジナル・パロディ・アンソロジー『シャーロック・ホームズ　クリスマスの依頼人』（"Holmes for the Holidays"、原書房）だろう。今年十月には本国で続編"More Holmes for the Holidays"（→『シャーロック・ホームズ　四人目の賢者』）の出版が決まっていて、一巻目の著者でもあるアン・ペリーやローレン・エスルマン、エドワード・D・ホック、ジョン・L・ブリーンのほか、新たにピーター・ラヴゼイやタニス・リーといった作家たちが加わって、クリスマス・テーマで書き下ろしている。

パロディ／パスティーシュ分野のこの二年間における注目株は、九七年末に出た"The Mammoth Book of New Sherlock Holmes Adventures"（→『シャーロック・ホームズの大冒険』）だろう。二六篇の短篇パロディを収録した全五二〇ページもの大冊で、四篇を除くすべてが書き下ろしだというのもうれしい。デイヴィッド・スチュワート・デイヴィーズやバーバラ・ローデンといったホームズ研究家の名も見えるが、エドワード・D・ホック（この人のホームズ・パロディはもうずいぶんな数になるんじゃなかろうか）やH・R・F・キーティングなどお馴染みのプロに混じって、SF作家のマイケル・ムアコックやスティーヴン・バクスターが書いているのには、驚かされた。ちなみに、バクスターの作品にはH・G・ウェルズが登場する。

一方、ローリー・キングのメアリ・ラッセル・シリーズは、アメリカでの人気が衰えないようだ。昨年刊行された第四作"The Moor"（『シャーロック・ホームズの愛弟子　バスカヴィルの謎』）に続き、今年も"O Jerusalem"（→『シャーロック・ホームズの愛弟子　エルサレムへの道』）という新作が出た。今回は時代が一作目『シャーロック・ホームズの愛弟子』の直後である一九一九年に戻り、エルサレムが舞台。出版社がセント・マーティンからバンタムに移ったのが若干気になるが、すでに六作目の設定（一九二三〜二四年のイングランドが舞台）も決まっているとのことで、一年に一作というこれまでのペースからすると、来年の夏前には出るだろう。

一方、研究書の分野で最大の注目株は、昨年末からガジソーン・ブックスという出版社で刊行の始まった新しい「注釈付き全集」。注釈付き全集はこれまでにもウィリアム・ベアリング＝グールドのもの（ちくま文庫）とオックスフォード大学出版局のもの（河出書房新社）があったが、前者はシャーロッキアンによる注釈、後者はドイル研究者による注釈という、それぞれの特徴があった。今回のレスリー・クリンガーによる"The Sherlock Holmes Reference Library"は前者のくくりに入るもので、ベアリング＝グールド以来三〇年間のシャーロッキアーナをフォローしたものとして期待されている。とりあえず昨年末に『冒険』の巻が出て、今年は『緋色の研究』と『回想』が出ると聞いているが、おそらく遅れ気味になるだろう。大判のペーパーバックだ。

このほか、写真やイラストの入ったガイドブック的なものとしては、マーティン・ファイドーの"The World of Sherlock Holmes"（→『シャーロック・ホームズの世界』）が昨年、"The Bedside, Bathtub & Armchair Companion to Sherlock Holmes"（→『ミステリ・ハンドブック　シャーロック・ホームズ』）が今年に、刊行された。後者は今年原書房から出た『ミステリ・ハンドブック　アガサ・クリスティ』のシリーズの一冊だ。

HMM1999年10月ホームズ特集号

また、久々に力の入ったドイル伝が今年四月に刊行され、七月にニューヨークで出版記念パーティが開かれた。"Teller of Tales"(→『コナン・ドイル伝』)というタイトルで、著者は過去にホームズ・パロディ(『ロンドンの超能力男』扶桑社文庫)を書いたダニエル・スタシャワー。彼は作家兼マジシャンとしてフーディーニに詳しかったせいもあり、この本ではドイルとスピリチュアリズムの関係部分にページを割いている。

このほか、イギリスの雑誌『シャーロック・ホームズ——ザ・ディテクティヴ・マガジン』が、相変わらず元気のいいところを見せている。

今年のイベント関係では、BSI(ベイカー・ストリート・イレギュラーズ)の年次総会が例年通り一月初めにニューヨークで行なわれたほか、イギリスはイースト・サセックスでの「シャーロック・ホームズ・フェスティヴァル」も、七月二~四日に開催された。

このフェスティヴァルは、コナン・ドイルが晩年の二三年間を過ごしたクロウバラという町がドイルの命日(七月七日)のある週末に行なうもので、今年で四回目。これまでに比べ、少し元気がないようにも見えたが、むしろ町の年中行事として定着しはじめた感もある。

主なイベントは、初日の金曜日夕方がドイル記念のビリヤード・トーナメントと、研究家フィリップ・ウェラーによる講演「クロウバラのシャーロック・ホームズ」。土曜日は朝から夕方まで「ヴィクトリアン・ストリート・マーケット」(売り子は当時の衣装を着る)が商店街で行なわれる一方、午後からはドイル晩年の家の庭でミステリ作家講演が行なわれた。いつも顔を見せていたH・R・F・キーティングのいないのが残念だったが、ピーター・ガトリッジ、マリリン・

トッド、マーガレット・マーフィーというマイナー・メンバーながら、四〇名ほどの聴衆と和気あいあいという感じだった。お茶が出たあとは俳優ギャヴィン・ロバートソンによる正典の朗読も行なわれ、彼の一番好きな作品である〈ブルース・パーティントン型設計書〉の全文が読まれた。彼、本当はチャレンジャー教授ものも朗読するつもりだったらしいが、〈ブルース・パーティントン〉が思いのほか時間をくったため、あきらめることになった。

最終日の日曜は、ドイルの記念プレートの前で行なう追悼式と、その後のウォーキング・ツアー。ウォーキング・ツアーはクロウバラ・コナン・ドイル・エスタブリッシュメントのキュレーターが案内人になって、ドイルの散歩した道や所属したゴルフ・クラブなど一帯を歩き回るもので、けっこうな距離がある。このほか、「バスカヴィル・ドッグショウ」やゴルフマッチ、短篇小説コンテストなども行なわれた。

クロウバラでは、自分たちの町にドイルの銅像を建てるのが第一回フェスティヴァルのときからの目標となっているが、まだ資金が十分でないらしい。ロンドンから鉄道で一時間の近郊にありながら、これといった観光資源のない田舎町だから、そうかんたんに金が集まるわけでもないのだろう。一昨年にはすでにミニチュアのモデルも完成し、去年行ったときには銅像を建てる場所まで確保して、公園にしてあったのだが、完成に至らないのがさびしいかぎりだ。ちなみに、予定地の公園に設置されたベンチには、二年前に亡くなったデイム・ジーン・コナン・ドイル（アーサー・コナン・ドイルの娘）を記念したプレートが付いている。

銅像といえば、ついにベイカー街そのものにホームズ像が建つことになった。こちらはロンドン・シャーロック・ホームズ協会が中心となって資金集めをしたためか、一年余りであっという間に完成にこぎつけてしまって、驚いたものだ。しかも、地下鉄ベイカー街駅の入り口の真ん前という一等地に建設場所を確保することができたのは、この協会がもともとロンドン・マリルボーン区と密接な関係をもっているからだろう。この銅像建設場所は、厳密にはベイカー街でなく、それに直行する道路（ベイカー街駅前の交差点からマダム・タッソー蠟人形館に向かう道）にあたるのだが、逆に観光客の非常に多い場所でもある。

協会では、この銅像の除幕式を中心にした大々的な「シャーロック・ホームズの帰還──銅像フェスティヴァル一九九九」を今年九月二一日〜二六日に行なう。大英博物館特別見学や、プレイヤーズ・シアターでのショウ（ここはロンドンにただひとつ残るヴィクトリア朝様式のミュージックホール）、英国議会でのティー・パーティ、映画上映会、ホームズ劇上演、ヴィクトリアン・コスチュームによるパレードなど、盛りだくさんのイベントが予定され、協会員以外も予約すれば参加することが出来る。ちなみに、除幕式にはチャールズ皇太子も来るという噂がある。……あくまでも噂だが。

ところで、今回ロンドンに行って一番ショックだったのは、ミステリアス・ブックショップのロンドン店が閉店していたことだ。新刊案内の五月号に「先月閉じた」と書いてあったので、知ってはいたのだが、やはり気持ちのいいものではなかった。マーダー・ワン、クライム・イン・ストアに続いてロンドン第三のミステリ専門書店が出来たときには、大いに喜んだものだ。だが、アメリカでこそオットー・ペンズラーのミステリ書店として名高いものの、ＳＦも含めた品揃えの豊富さが売りのマーダー・ワン、英国推理作家協会の作家たちと密接な結びつきをもつクライム・イン・ストアに比べ、ロンドンではいまひとつ強力な武器がなかったのかもしれない。（早川書房『ミステリマガジン』一九九九年十月号）

ホームズとドイルの話題、この一年

ＨＭＭがホームズの本格的な「特集」を初めて組んだのは、一九七五年十月号だったと思う。古い読者ならご存じだろうが、パロディだけで一一作も載ったうえ、ピーター・ヘイニングの『シャーロック・ホームズ・スクラップブック』の連載翻訳が始まったのだから、なかなかすごい内容だ。連載エッセイでは、仁賀克雄氏が海外ミステリ情報欄「ミステリ走査線」で「きみもシャーロキアンにならないか」と題し、「十年計画」で一人前のシャーロッキアンになるために必要な資料を紹介していたのが、印象的だった。

HMM2000 年 12 月ホームズ特集号

思えば、仁賀氏が「長沼（弘毅）さんのあとを継いでシャーロッキアンにならないか」と読者に呼びかけた一年半後、一九九七年四月に当の長沼氏が「ライヘンバッハの滝のかなたへ去り」、その二カ月後にホームズ翻訳の延原謙氏が続き、他方その四カ月後には、日本シャーロック・ホームズ・クラブが産声を上げたわけである。

そこに特別な意味あいを見出そうというほどではないが、この一九七五〜七七年あたりが日本のホームズ・シーンにおけるエポックメイキングな時期であったことは、確かだと思う。

感傷はともかく、前回の特集（一九九九年十月号）以来一年余りのホームズの話題を、出版物中心に振り返ってみることにしよう。

前の号で私は、「日本の場合、シャーロッキアンは作家や評論家たちから敬遠されたり疎まれたりしがちなようだ。プロ作家がまともなホームズ・パスティーシュを書く例も、残念ながらかなり少ない」と書いた。海外でも日本でも、ミステリ作家がホームズ・シリーズに何らかの（たいていは非常に大きな）影響を受けていることに変わりはないのだが、プロ作家によるオリジナル・パロディが少ないばかりでなく、ミステリ作家とシャーロッキアンとの交流さえ、日本の場合稀薄なのではないか、と常々感じていたからである。英米の作家たちがあんなにも素直にホームズ・パロディを書いている（書きたがっている）のに、なぜ日本は……と。

「交流」の面で言うと、シャーロッキアン同士で面白がっていることの中身が、プロ作家たちから見ればあまり魅力のない場合が多い、という原因が考えられる。しかしその要素は英米も同じだし、映画やテレビ作品、パロディ、マンガなど、シャーロッキアンが面白いと思っているものは作家や世間も面白いと感じているはず。どうも「交流」が稀薄なのは、別の理由があるとしか思えない。

一方、パロディ執筆の問題となると、「へたにホームズを登場させたりしたら、どんな突っ込みをされるかわからない」と思って敬遠するケースが、過去には多かったのではあるまいか。

ところが、ここ数年の国内作品を見ていると、むしろ若い（あるいは作家歴の短い）ミステリ作家たちにとって、ホームズの要素を取り入れることに抵抗感がなくなってきたように見える。これは、上滑りなホームズ・パロディを書くのでなく、自分の作品の中に消化しようという姿勢の表れであろうか。そうだとすれば、いい意味での「ホームズの浸透と拡散」が始まったわけで、喜ばしい限りである。

そうした国内作の中でも、この一年で最も読みごたえのあったのが、芦辺拓『真説ルパン対ホームズ』（原書房）だ。ファイロ・ヴァンスや明智小五郎その他、名探偵揃いの贋作集で、表題作は一〇〇ページ程度の中篇だが、密度はかなり濃い。同じ芦辺の編になる『贋作館事件』（原書房）も、オリジナル・パロディ集としては出色の出来。前回の特集の新刊案内には間に合わなかったが、これには「緋色の紛糾」（柄刀一）と「緋色の電球」（斎藤肇）という二つのホームズ・パロディが収録されており、特に柄刀作には笑わせられたり感心させられたり、大いに楽しませてもらった。本誌の発売後間もなく、同じ原書房から彼の新作長篇が出ると聞いているが、これもホームズ作品をうまくネタとして利用したものらしく、今から楽しみだ。

このほか国内の小説としては、『探偵の冬あるいはシャーロック・ホームズの絶望』（岩崎正吾、東京創元社）と『ＱＥＤ　ベイカー街の問題』（高田崇史、講談社ノベルス）があり、実りの多かった一年余りと言えよう。

また、例年のようにヤングアダルト小説や児童書の世界でもホームズを扱った作品は衰えを見せないが、マンガの世界も例外ではない。今年はオーソドックスなホームズ・パスティーシュが登場した。『ビジネスジャンプ２０００』第六号（三月一日）から『エクストラ・ビージャン』十月三〇日号にかけて四回、読み切りで連載された、久保田眞二の「ホームズ　ロンドンの竜」、「ホームズ　水晶宮の水晶」、「ホームズ　水車城の惨劇」、「ホームズ　片腕の鳥人」である。明智小五郎の父親（少年時）をホームズと出会わせるというアイデアは買うが、若干トリックの「空回り」がある点が惜しい。

一方、翻訳のフィクションはどうか。こちらも例年通りさまざまに刊行されているので、直接ホームズに関わる作品から刊行順に見ていこう。

まず、前回の特集のあと、昨年暮れに、グリーンバーグ他編『シャーロック・ホームズ　四人目の賢者』（原書房）が出た。クリスマステーマ・ホームズ・パロディ書き下ろしアンソロジーの第二弾だ。今年に入ると、ジューン・トムスン『シャーロック・ホームズのドキュメント』（創元推理文庫）、ロバート・フィッシュ『英米短編ミステリー名人選集Ⅶ　シュロック・ホームズの迷推理』（光文社文庫）、ロバータ・ロゴウ『名探偵ドジソン氏　降霊会殺人事件』（扶桑社文庫）、ローリー・キング『シャーロック・ホームズの愛弟子　マリアの手紙』（集英社文庫）が刊行。その間に、短篇パロディひとつを収録したスティーヴン・キングの『ヘッド・ダウン――ナイトメアズ＆ドリームスケープⅡ』（文藝春秋）も出たが、この短篇は一九八九年に翻訳出版されたアンソロジー『シャーロック・ホームズの新冒険』（ハヤカワ文庫）に入っているもの。総体的には、見ておわかりの通り「シリーズ第〇作」というものが多く、これも「浸透と拡散」のせいだろうか。

また、前回拾えなかったものとして忘れてならないのは、翔泳社から出た『ドイル傑作選』［ミステリー篇］［ホラー・SF篇］（北原尚彦・西崎憲編訳）の二冊だろう。一巻目には「外典」としてドイル自身の手になるパロディも入っているが、初訳ではなく、むしろそのほかのラインナップが楽しめる。それに関連してさらに貴重なのが、古典SF研究会誌『未来趣味』第八号。ドイル特集のこの号は、研究者必携の文献と言えよう。

ノンフィクション（研究書等）のジャンルも、今年はなかなか多彩であった。まず、意外に楽しませてくれたのが、『週刊朝日百科　世界の文学13　コナン・ドイル、スティーヴンソンほか』（責任編集・小池滋）。こういう多角的な見方をさせてくれる文献は、ありがたい。その後『シャーロック・ホームズの秘密の一端』（シャーロック・ホームズ研究会編、青春出版）なる本が登場。つくりも構成も九四年に出た『シャーロッキアンは眠れない』を思い出させられるが、ホームズ「学」のお勉強をしようというのでなく、読んで楽しみたい向きには、こちらのほうがいいかもしれない。

そして、二月には『ミステリ・ハンドブック　シャーロック・ホームズ』（ライリー＆マカリスター、原書房）、五月には『シャーロック・ホームズの世界』（マーティン・ファイドー、求龍堂）と『優雅に楽しむ　新シャーロック・ホームズ読本』（小林司・東山あかね編、フットワーク出版）という、総合案内的文献が相次いで出版された。三者三様の特長をもっているので、理想的にはすべてを買いたいところだが、多くのホームズ・ファンは「財布と相談」せざるを得なかったようだ。

その他、『シャーロック・ホームズの時間旅行』（水野雅士、青弓社）や『ワイルドとホームズとサロメのレヴュー世界』（堀江珠喜、北栄社）といったものもあった。同じように目立たぬ出版社としては、すずさわ書店がジャック・トレイシーの『シャーロック・ホームズ事典』をいきなり復刊して、ホームズファンたちを驚かせたことが、記憶に新しい。また正典の翻訳は、刊行三年目の河出書房新社版全集（小林司・東山あかね・高田寛訳）が『生還』、『最後の挨拶』を出して、ラストスパートに入った。

活字の世界以外ではどうかというと、CMの世界でひとつ、大きな実りがあった。テレビ、新聞、駅貼りのポスターと、さまざまに見るチャンスがあったので、ご存じの方も多かろう。英企業、シュローダー投信投資顧問のイメージCMだ。出演者も撮影場所も海外だが、制作会社は日本。ロンドン・ホームズ協会の大物キャサリン・クックをアドバイザー（時代考証など）にしていて、金（￥）とホームズをからめたユーモアある掌篇である。

以上は、国内の話題。海外の出版物・イベントも例年通りにぎやかなのだが、残念ながらあえてここで取り上げるほどのものはあまりないようだ。もちろん、イギリスのブリーズ・ブックスやイアン・ヘンリー、カナダのキャラバッシュ・プレス、アメリカのミステリアス・プレスなど、意欲的にパロディを出版しているところが多いとはいえ、ひとつひとつを紹介すればきりがない。「海外では相変わらずどんどんパロディが出ています」としか言えないのである。（早川書房『ミステリマガジン』二〇〇〇年十二月号）

ホームズ一五〇回目の誕生日

ここでは前回（本誌二〇〇〇年十二月号）からこれまでのホームズ関連書籍と今後刊行予定の本の紹介、それに今号掲載の作品解説をしてみたい。

◉国内書籍の既刊本

前回の本誌発売直後、二〇〇〇年十一月に、柄刀一の『マスグレイヴ館の島』（原書房）が刊行された。日本人ミステリ作家の手になるパロディが注目されているという私の記述を、覚えてるだろうか。その後、パロディ単行本は減ったようだが、芦辺拓の本誌掲載作（「ホークスヴィル決闘」）や、夢枕漠「踊るお人形」（『小説すばる』二〇〇三年十一月号）などが記憶に新しい。

HMM2004 年 4 月ホームズ特集号

後者は白石加代子の一人芝居「百物語」第二十夜として二〇〇三年夏に各地で上演されたから、ご覧になった方も多いと思う。

翌二〇〇一年の刊行物では、『シャーロック・ホームズ遊々学々』（植田弘隆著、透土社）や『シャーロック・ホームズ大事典』（小林司・東山あかね編、東京堂出版）、『シャーロック・ホームズ　事件と心理の謎』（ジョン・ラドフォード著、小林司・東山あかね・熊谷彰訳、講談社）など、研究書やエッセイが思い出される。『〜大事典』は数十人の著者による一〇〇〇ページを超す大作（労作）だが、誤植や不整合箇所の多い点が残念。水野雅士『シャーロッキアンへの道』（青弓社）も、この年の刊だった。氏は翌年の『手塚治虫とコナン・ドイル』、二〇〇三年の『シャーロック・ホームズと99人の賢者』と、青弓社から毎年研究書を出している。

また二〇〇一〜二〇〇二年は、マンガ作品でも注目される年だ。久保田眞二の『ホームズ』は前回の特集で雑誌掲載の作品を紹介したが、そのときの四作が集英社ヤングジャンプ・コミックス『ホームズ』第一巻（二〇〇一年）に収録され、それ以降の三作が第二巻（二〇〇二年）に収録された。さいとうたかをのゴルゴ13シリーズにホームズ・ネタが登場したことに、驚かれた方もあろう（私もそのひとり）。その作品『シャーロッキアン』は「ビッグコミック別冊」二〇〇二年七月の号に載り、SPコミックス131『シャーロッキアン』（リイド社、二〇〇四年）に再録されている。一方、これまた長寿シリーズの名探偵コナンも、劇場版でやっと本物のホームズがちょっぴり登場。『名探偵コナン　ベイカー街の亡霊』（青山剛昌、小学館）は上下巻で二〇〇二年に刊行された。

年代は戻るが、パロディやユーモア・ミステリについて書かれた中でも注目すべきものが、『バカミスの世界　史上空前のミステリガイド』（小山正とバカミステリーズ編、BSP、二〇〇一年）である。〝バカミス〟というと語感は悪いが、いわば「もうひとつの知的な面白がり方」とでもいうジャンル研究。一見けなしているようで並々ならぬ愛情と博識を感じさせる、すばらしい本である。ホームズ・パロディへの言及多数。

児童・ヤングアダルト向けでも、二〇〇二年は注目すべき年であった。『名探偵カマキリと5つの怪事件』(ウィリアム・コツウィンクル著、浅倉久志訳、早川書房)と『ガブガブの本』(ヒュー・ロフティング著、南條竹則訳、国書刊行会)だ。いずれもいい訳者を得たことを喜びたい。そのほか、二〇〇二年は河出書房新社『シャーロック・ホームズ全集』が完結したことでも記憶される。五月の第五巻『バスカヴィル家の犬』で、全九巻が完結した(小林司・東山あかね=本文訳、高田寛=注・解説訳)。その後、この全集の訳文を使ってジャック・トレイシー『シャーロック・ホームズ大百科事典』(日暮雅通訳、河出書房新社)が二〇〇二年十二月に刊行。

こうして見ると、この二、三年はあまり翻訳パロディの多くなかった時期と言えようか。ジャン=ピエール・ノーグレット『ハイド氏の奇妙な犯罪』(三好郁朗訳、二〇〇三年、創元推理文庫)のほかは、拙訳のエドワード・D・ホック他『シャーロック・ホームズ　ベイカー街の殺人』(二〇〇二年)とアン・ペリー他『シャーロック・ホームズ　ワトスンの災厄』(二〇〇三年、いずれも原書房)、それにマイクル・ディブディン『シャーロック・ホームズ対切り裂きジャック』(二〇〇四年、河出文庫)があるくらいだ。

◉海外書籍

きりがないので、パロディのみ。

ローリー・キングの「シャーロック・ホームズの愛弟子」シリーズはこれまで六作刊行されて

リーヴズ＆ペラン編 Shadows Over Baker Street

いるが、この三月に七作目"The Game"（→『魅惑のマハーラージャ』）が出るし、さらにサンフランシスコを舞台にした第八作も準備中とのこと。

その他進行中のシリーズには、ドイルとベル博士のコンビを扱ったデイヴィッド・ピリーの「シャーロック・ホームズ誕生秘史」シリーズ（二作目"The Night Calls"が二〇〇二年。さらに三作目が出る予定）、ラリー・ミレットのホームズ・シリーズ（ただし最新作"The Disappearance of Sherlock Holmes"では違う主人公になってしまった）、キャロル・ネルソン・ダグラスのアイリーン・シリーズなどがある。ダグラスのシリーズは第六作"Castle Rouge"が本誌今年一月号で紹介されていたが、そのときにはすでに七作目"Femme Fatale"が出ていた。

一方、この数年の特徴である多作家アンソロジー（前述の原書房の二冊がその例）も、相変わらず面白い。河出文庫で邦訳進行中の"Sherlock Holmes in Orbit"（→『シャーロック・ホームズのSF大冒険』）は、そのはしりと言えよう。去年出た中では、"My Sherlock Holmes"（マイケル・クアランド編）や"Shadows over Baker Street"（マイケル・リーヴズ&ジョン・ペラン編）が注目作。後者はあのラヴクラフト世界でホームズが活躍するという異色アンソロジーだ。（早川書房『ミステリマガジン』二〇〇四年四月号）

冬の夜長にホームズを

昨二〇〇五年はエラリー・クイーンの二人（リーとダネイ）の生誕一〇〇年目であり、ルパンの生誕一〇〇年目であり、ジュール・ヴェルヌの没後一〇〇年目であった。だが、残念ながらホームズ／ドイル関係では、二〇〇五年も〇六年もこれはという大きな節目でない。とはいえ、翻訳ミステリに不況が嘆かれるなか、海の向こうのホームズ関連出版は相変わらず元気がいいようだ。

◉最近の海外作品から

HMM2006年1月ホームズ特集号

この二、三年における短篇ホームズ・パロディ界最大の収穫は、スティーヴ・ホッケンスミスの「親愛なるホームズ様」とニール・ゲイマンの「エメラルド色の習作」だった。ゲイマンはこの作品で二〇〇四年度ヒューゴー賞（短篇部門）を受賞し、翌二〇〇五年一月にニューヨークで開かれたベイカー・ストリート・イレギュラーズの年次総会で、同会の正式会員に選ばれている（呼び名は〝悪魔の足〟)。

　さらに、二〇〇五年のMWA賞最優秀短編賞にノミネートされたゲアリ・ラヴィシの「消えた探偵の秘密」(本誌二〇〇五年九月号)も、収穫のひとつであった(原作の発表は二〇〇四年)。

　しかしMWA賞といえば、なんといっても近年最大の話題は評論部門で新・注釈付きホームズ全集が受賞したことであろう。注釈者・編者のレスリー・クリンガーは、一九九八年から"The Sherlock Holmes Reference Library"と称する新・注釈付きホームズ全集をマイナーな出版社ガソジーン・ブックスで出し始めていたのだが、それがまだ完結しないうちに、大手ノートン社から"The New Annotated Sherlock Holmes"を出したのだった。これは全三巻(短篇二巻セットと長篇一巻)なのに、二〇〇四年末に短篇集二巻本セットが出ただけでMWA賞を受賞してしまった。長篇集が出たのはつい最近、二〇〇五年十一月だ。この受賞のことやクリンガーのコメントについては本誌二〇〇五年八月号のオットー・ペンズラーのクライム・コラムに詳しいので、ここでは省き、もうひとつのレファレンス・ライブラリについて触れておきたい。

　実は、こちらのシリーズこそシャーロッキアン向けの新たな注釈付き全集としてクリンガーが力を入れていたものであり、著者自身、日本での出版も大いに期待していた。これまでの注釈ものといえば、大物シャーロッキアンであるウィリアム・S・ベアリング゠グールドが一九六〇年代に出した同名の"The Annotated Sherlock Holmes"(邦訳はちくま文庫)が長らく研究書兼全集として定着していた。そこへ、一九九〇年代になってオックスフォード大学出版局の注釈付き全集が出たのだが(邦訳は河出書房新社)、こちらはドイル研究者および文学者による作家論に重きをおいた注釈集であり、シャーロッキアン向けの注釈は除外されていた（要するに〝シャーロッキアーナ〟でなく〝ドイリアーナ〟だ）。そこで六〇年代以降のホームズ研究を踏まえた、シャーロッキアンとしての新たな注釈の集大成をつくろうとしたのが、クリンガーのレファレンス・ライブラリだったのである。

したがって、レファレンス・ライブラリが出始めたころは、ついにベアリング゠グールド注釈のあとを継ぐ新版が出たというのがもっぱらの評判だった。ところが、外見も中身もベアリング゠グールド版とそっくりの（箱入りで同サイズで文章と注のレイアウトもほぼ同じの）ノートン版が「新・注釈付き全集」を名乗ったことで、こちらがその位置を占めることになったのだった。まあ、クリンガーにとっては同じことだろうし、一般読者向けだとはいえ、注釈がそれほど換骨奪胎されているわけではない。ただ、レファレンス・ライブラリの当初からの読者で、残り二冊（『最後の挨拶』と『事件簿』）の刊行を待つ身としては、ノートン版が受賞してしまったのには、やや複雑な思いがある。

ところで、古い読者はご存知と思うが、過去にホームズ／ドイル関係書でMWA賞を受賞またはノミネートされた作品は、けっこうある。その解説はここでは省くが、MWAのサイトのデータベースが役に立つだろう。

さて、スペースが残り少ないが、ここ二、三年のホームズ関係出版物から話題作をいくつか紹介しておきたい。

ケイレブ・カーの"The Italian Secretary"（二〇〇五年↓『シャーロック・ホームズ　メアリ

ミッチ・カリン著 A Slight Trick in the Mind

女王の個人秘書殺人事件』）は、ホームズとワトスンがヴィクトリア女王のスコットランドでの居城、ホリールードハウス宮殿に呼ばれるところから始まる。十六世紀にスコットランド女王メアリのイタリア人秘書が夫ダーンリー卿の嫉妬により殺されたときと似た状況で、二人の男が殺されたのだ。愛国過激派のしわざか、それともイタリア人秘書の亡霊がからんでいるのか。『エイリアニスト　精神科医』で知られるカーらしいホームズ・パスティーシュに仕上がっている。巻末の解説を書いているのは、著名シャーロッキアンでパロディ・アンソロジーも編んでいるジョン・レレンバーグだ。

一方、ミッチ・カリンの"A Slight Trick of the Mind"（二〇〇五年）は、『タイドランド』（角川書店）で知られるメインストリーム作家の新作。第二次世界大戦後、ワトスンもマイクロフトも死んだあと九〇代になってまだ養蜂生活を続けるホームズの老後と、戦後すぐ広島に行ってきた彼の日本での話など、三つの中篇から成る。おそらく、ホームズ・パスティーシュとして読むと期待はずれに終わるかもしれないが（そういう読者評もある）、エンターテインメントを求めるのでなく、純文学的視点からすれば秀作なのだろう。……とくに晩年の孤独を描く部分は。『タイドランド』は奇才テリー・ギリアムによって映画化されるというが、今回の作品はだいぶ趣が違うと思う。

ピューリッツァー賞作家マイケル・シェイボンの"The Final Solution"(二〇〇四年↓『シャーロック・ホームズ最後の解決』)も、引退後のホームズ(らしき老人)の話だ。八九歳になって養蜂生活を続ける老人のもとに、口のきけない九歳の少年がやってくる。彼は唯一の仲間であるアフリカ・オウム(洋鵡)とともにナチから逃れてきたのだが、そのオウムがドイツ語で不思議な数字を口にするのだった。ナチ親衛隊の暗号なのか、スイス銀行の秘密口座の番号なのか? そのオウムが盗まれ、老人は捜査を開始する。はたしてオウムと少年の秘密は? という作品だ。長篇というにはかなり短いと思ったら、二〇〇三年に雑誌『パリ・レヴュー』で発表されたものを改訂したのだった。

やはりメインストリーム作家であるジュリアン・バーンズの"Arthur and George"(二〇〇五年)は、コナン・ドイルとあのジョージ・エダルジの交流を描いた小説。「あの」というのは、ドイルが実生活でエダルジの冤罪を晴らしたのは有名な話だからだ。タイトルだけ聞いて著者が誰だが知らなかった当初は、ノンフィクションだと思っていたが、こういう材料でメインストリームの小説ができるとは思わなかった。バーンズは『フロベールの鸚鵡』などで知られる作家だ。ちなみに、この作品でわかることだが、ジョージの姓はエダルジでなく「アイドルジ」といった感じの発音が正しいらしい。

また、ヘミングウェイ賞受賞者のガブリエル・ブラウンステインも、"The Man from Beyond"(二〇〇五年)という、ドイルとハリー・フーディーニの交流を描く小説を書いている。

こうして紹介していくと、何やらホームズ関連小説は純文学に傾いていっているのかという感じを受けるかもしれないが、エンターテインメント色の強いパスティーシュも、まだまだ健在である。先に紹介したダグラスのアイリーン・シリーズやローリー・キングのラッセル・ホームズものも新作が出ているし、BBCのプロデューサー、マーティン・デイヴィーズは、ハドスン夫人を主人公にしたシリーズを始めた（二〇〇四年と二〇〇五年に二冊刊行）。

また、パロディらしいパロディとしては、ライダー・ハガードのキャラであるアラン・クォーターメインのエチオピア探検にトマス・ハクスリーやリチャード・バートン、ウィルキー・コリンズのカフ部長刑事、それに若きホームズが同行してインディ・ジョンーズばりの冒険がくり広げられるという、トマス＝ケント・ミラーの"The Great Detective at the Crucible of Life"（二〇〇五年）も楽しい。ここ数年で増えたオリジナル短篇アンソロジーも続いており、グリーンバーグ他編のアンソロジー・シリーズ第三巻"Ghosts of Baker Street"も、まもなく出る予定だ（↓『ベイカー街の幽霊』）。

最後になったが、ノンフィクションについてひとつだけ書いておこう。ジョージナ・ドイルによる"Out of the Shadows"（二〇〇四年）は、これまでのコナン・ドイル伝にない資料を駆使した貴重な本だ。ドイルの甥の妻であるジョージナは生前のドイルを知るおそらく唯一の生き残り親族で、本書はドイルの最初の妻ルイーズの娘メアリに焦点を当てている。刊行当時、日本のさる週刊誌にも小さな記事が出たが、残念ながらセンセーショナルな部分だけ取りあげたものであった。何度か会ったことのある彼女と版元の名誉のために書いておくが、これは決してドイル

を貶めるための〝暴露本〟ではないのである。（早川書房『ミステリマガジン』二〇〇六年一月号）

クリスマスにホームズを

今年二〇〇七年は《緋色の研究》発表（ホームズ登場）一二〇年目にあたるので、それを記念したイベントや出版物を若干目にされたことだろう。ただ、一二〇年前の〝《緋色の研究》一〇〇年〟とか、一九八〇年のドイル没後五〇年（通常なら著作権が切れる）などに比べるといまひとつで、世界的な盛り上がりも特になかった。それでなくてもシャーロッキアンは、ホームズ物語六〇篇の出版年や事件発生年やドイルの生没年、ホームズの生誕年（!?）を使って、しょっちゅう〝『〇〇〇』××年記念〟を主張するのだから、またかと思われてもしかたがない。ちなみに、二〇〇七年は〈最後の挨拶〉発表九〇年目であり、『シャーロック・ホームズの事件簿』刊行八〇年目でもある。……しつこいか。

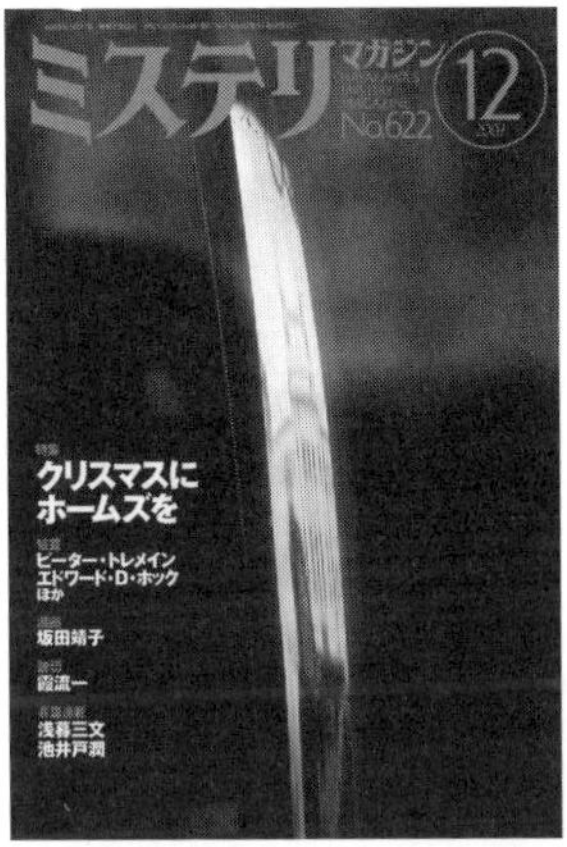

HMM2007年12月ホームズ特集号

そんなわけで、今回の特集は十二月号にちなみ、「クリスマスにホームズを」とした。本誌発売日からすると、ちょっと早いかもしれないが、先取りは雑誌の常。クリスマス・テーマのパスティーシュを集めるとともに、ホームズ物語にまつわるクリスマス料理を（編集部に）作っていただくことにした。

そのクリスマスだが、実はホームズ物語の中でクリスマス近辺に起きる事件というのは、一篇しかない。ご存じ〈青いガーネット〉（『シャーロック・ホームズの冒険』所収）である。ウィリアム・ベアリング＝グールドの説によると、十二月に起きた事件は六〇篇のうち三篇しかないのだが、さらにワトスン自身の記述を信じるとすれば、これひとつきりになってしまう。

〈青いガーネット〉は、便利屋のピーターースンがひょんなことから手に入れたクリスマス用のガチョウに端を発する、宝石盗難事件。ホームズ物語をネタにした料理本はこれまでに数種類出されているが、クリスマスの料理としては、たいがいこのガチョウのローストとクリスマス・プディングが紹介されている。たとえば、未訳のホームズ料理本、ウィリアム・ボネルの"The Sherlock Holmes Victorian Cookbook"（一九九七年）でも、"ベイカー街でのクリスマス料理"として真っ先に挙げられているのが、「ベイカー街のクリスマス・グース、プルーン詰め」だ。今回は同書のレシピを参考にして、"変幻自在の編集後記マイスター" K塚嬢が、「ハドスン夫人のベストエバー・ショートブレッド」に挑戦する。

ところで、正典に一篇しかないとはいえ、クリスマスをテーマにしたパスティーシュはけっこう書かれているし、根強い人気がある。特に日本人はクリスマスが好きなせいか（私も実は隠れクリスマス・ファンだ）、かつて拙訳で出たパスティーシュ・アンソロジーの中でも、クリスマス・テーマのものが最も売れ行きがいい。クリスマス・ストーリーの傑作古典『クリスマス・キャロル』におけるディケンズの時代が、ホームズの時代に近いせいもあるのだろうか。あるいは、ベイカー街には暖炉と雪とクリスマスが似合うからか。
ともあれ、もうすぐやってくるクリスマスは、〈青いガーネット〉のラストでホームズが言うように、〝人を許す季節〟。今回の特集に不備があった場合は、寛容の気持ちでお許しあれ。

◉最近の海外ホームズ関係書から

この二年間、つまり二〇〇六年から二〇〇七年に海外で刊行されたホームズ・パスティーシュ、ホームズ関係書を紹介しておこう。

今回もまず、MWA賞の話題がある。前回は二〇〇五年に評論・伝記部門でレスリー・クリンガーの『新・注釈付きホームズ全集』が受賞したが、二〇〇七年も同部門で、E・J・ワグナーの"The Science of Sherlock Holmes"(二〇〇六年→『シャーロック・ホームズの科学捜査を読む』)が受賞。ホームズ物語で語られる事件を足がかりとして、ヴィクトリア時代における科学捜査について解説をするという本だ。解剖学から指紋や筆跡の話まで、一三のテーマについて、正典をたくみに引用しながら、当時の事件や科学者・医者たちのエピソードを紹介している。著者は犯罪史と法科学史の女性研究者。

一方、前回の特集で短篇を掲載したアムリングマイヤー兄弟の〝荒野のホームズ・シリーズ〟(スティーヴ・ホッケンスミス著)は、初の長篇"Holmes on the Range"(二〇〇六年→『荒野のホームズ』)が処女長篇部門にノミネートされたものの、残念ながら受賞を逃した。さらにシェイマス賞とアンソニー賞でも最優秀新人賞の最終候補作になっていたが、受賞はかなわなかった。しかし、今後を大いに期待される作家としてスタートを切った意義は大きいだろう。翌二〇〇七年には、長篇第二作"On the Wrong Track"(→『荒野のホームズ、西へ行く』)も刊行され、『エラリー・クイーン・ミステリ・マガジン(EQMM)』掲載の短篇も四篇目となった。短篇は例によって弟が兄の手がけた事件を出版社へ書き送るという形式で、長篇のほうは通常のストーリーものだ。

以上は二〇〇六年の作品だが、今年二〇〇七年の目玉は、秋に出版されたばかりの、コナン・ドイル自身に関わる次の二作だろう。

ジョン・レレンバーグ、ダニエル・スタシャワー、チャールズ・フォーリー編"Arthur Conan Doyle: A Life in Letters"(→『コナン・ドイル書簡集』)。

アンドルー・ライセット"Conan Doyle: The Man Who Created Sherlock Holmes"。

前者はコナン・ドイルの未公開書簡集で、後者はドイル伝。目下、出版界をはじめホームズ/ドイル研究家のあいだでも大きな話題となっており、アメリカより先に刊行されたイギリスでは、新聞・雑誌がさかんに書評を載せている。

書簡集は六〇年にわたって未公開だったドイルの手紙を整理してコメントをつけたもので、七〇〇ページを超える。その特徴は、以下のように要約できるだろう。

◎死後初めて公開されるドイルの私信が六〇〇通も収録されている。そのほとんどが、ドイルに最も影響を与えた存在である母親に宛てた手紙であるため、そこからドイルと母親の関係（いかに彼が影響されたか）や、母親の性格が推し量れる。
◎七歳から六〇歳まで、ドイルの一生のうちほとんどを占める時期の書簡であるため、彼の伝記の役割も果たしており、しかもこれまでの伝記や自伝に書かれなかった生々しい人間関係がわかる。
◎初出の写真や手書きメモ、イラストが入っている。

さらに、編者たちのコメントと注釈が効果的で、手紙と手紙を有機的につなげつつ、読者が状況や背景をつかみやすいような解説を加えている。レレンバーグはドイル財団のアメリカにおける著作権代理人で、ホームズ・パスティーシュの編者としても知られる。スタシャワーはミステリ作家で、かつてドイル伝によりMWA賞をとった。誰よりもドイルとホームズを知るこの二人に、財団の管理者のひとりでドイルの妹の孫息子であるフォーリーが加わったのである。

一方、伝記のほうの著者は、オックスフォード大卒の元ジャーナリストで現在はフルタイムの伝記作家。これも五〇〇ページ以上あるが、かなり珍しい写真を豊富に使いながら、未公開の資料をもとに、ホームズもの作家以外のドイル、物書き以外のドイルの側面を淡々と描いていく書き方は、さすがディラン・トーマスやイアン・フレミングの伝記で高い評価を受けただけあると思わせる。なお、アメリカ版のタイトルは"The Man Who Created Sherlock Holmes: The Life and Times of Sir Arthur Conan Doyle"となっている。

その他、この二年で出た主な（ごく一部の）ホームズ関係書を列挙しておこう（順不同）。

ジャイルズ・ブランドレス"Oscar Wilde and the Candlelight Murders"（二〇〇七年→『オスカー・ワイルドとキャンドルライト殺人事件』）……オスカー・ワイルドがドイルの協力を得て殺人事件を捜査する。

ドナルド・トーマス"The Execution of Sherlock Holmes"（二〇〇七年）……ヴィクトリア時代に強いベテラン作家による正統派パスティーシュ集。

ジャスパー・フォード"First Among Sequels"（二〇〇七年）……文学刑事サーズデイ・ネクストの最新作。

ローリー・キング"The Art of Detection"（二〇〇六年→『捜査官ケイト　過去からの挨拶』）……「捜査官ケイト」シリーズ最新作。著名コレクターのシャーロッキアンが殺され、ドイルの未発表原稿が発見される。

スティーヴン・サイツ"Sherlock Holmes and the Plague of Dracula"（二〇〇六年）……ホームズ対ドラキュラものの長篇。ほとんどがワトスンの手紙と日記で語られる点が新機軸。

パトリシア・ガイ他編"Ladies, Ladies: The Women in the Life of Sherlock Holmes"（二〇〇七年）……ホームズ物語に登場する女性をテーマにした一七篇のエッセイや詩。

ブライアン・ピュー他"On the Trail of Arthur Conan Doyle"（二〇〇八年）……前半はドイルやフレッチャー・ロビンスンなどの伝記、ポーツマスからトーキーまでのカー・ツアー。

ビヤルン・ニールセン編"Scandinavia and Sherlock Holmes"（二〇〇六年）……ＢＳＩインター

ナショナル・シリーズ二巻目。スカンジナヴィア諸国のホームズ団体による論文やエッセイ集。

ロイ・パイロット他編"Mandate for Murder"(二〇〇六年)……BSIマニュスクリプト・シリーズ第五巻。今回は〈赤い輪団〉のオリジナル原稿の復刻とコメント。

ニコラス・ユーテチン編"The Best of The Sherlock Holmes Journal volume 1"(二〇〇六年)……ロンドン・ホームズ協会の機関紙『シャーロック・ホームズ・ジャーナル』の傑作選。

レスリー・クリンガー"The Case-Book of Sherlock Holmes"(二〇〇七年)……『注釈付きホームズ全集』の研究者向け版「レファレンス・ライブラリ」の第九巻。全集が完結した。


(早川書房『ミステリマガジン』二〇〇七年十二月号)

さよなら、短篇の名手ホック――ホックとホームズの接点

「エドワード・D・ホックが二〇〇八年一月十七日に死亡。享年、七十七歳。」というメールを木村二郎さんからいただいたのは、十八日未明のことだった。まさかと思いつつ、これはきっと第一報だろうと思ってホームズ関係のメーリングリストに投稿したら、やはり誰も知らなかった。そしてもちろん、リスト参加者の多くから、哀悼の辞が寄せられた。一月十一日にベイカー・ストリート・イレギュラーズ(BSI)の年次総会がニューヨークで開かれ、そこでいつも配られるEQMM(二月号)にホックのホームズ・パスティーシュ(今号に訳載のもの)が

HMM2008年5月ホック追悼特集号

掲載されているのを全員が見たばかりだったから、ショックも大きかったのだろう。二〇〇七年一月号の本誌（ＨＭＭ）で紹介した"The Limehouse Text"の著者ウィル・トーマスなども、「一九八〇年代、ＥＱＭＭに私の小説が初めて載りはじめたころ、ホックは私のヒーローだった。それ以来、今でも変わらず私のヒーローだ」などという、熱いメッセージを送ってきたくらいだ。

私が調べたかぎり、ホックはこれまでに一七篇のホームズ・パスティーシュ（短篇）を書いている。もちろん、九〇〇作以上と言われる膨大な短篇全体からすればわずかだが、彼のパスティーシュはほかのシリーズ・キャラクターものと同様、素直で上品で、かつひねりが効いており、読んでいて安心できるものだ。また——翻訳家として白状してしまうと——文章がわかりやすいので、特にめんどうな事物やシチュエーションが出てくる場合を除き、訳しやすい。この先まだまだ書いてくれると思っていたのに、今号に訳載の「モントリオールの醜聞」が最後のホームズものになってしまった。残念でならない。

その作品だが、実はこれ、今年六月にオリリアで行なわれるスティーヴン・リーコック記念ユーモア小説賞のディナーで配布するために書かれたものだった。カナダのシャーロッキアン出版者、ジョージ・ヴァンダーバーグが去年の春にホックから依頼されたのだが、その前にEQMMへ送ったのは、ホック自身の考えだという。ヴァンダーバーグも、「クリスマスに話したときは元気だったのに」と突然の死に驚いていた。結末のトーンが暗いと感じられる方もあろうが、こはやはり、アイリーンとホームズのプラトニックだが情感溢れる関係と、リーコックという大物（一九一〇年から二五年にかけて、英語による作家としては世界で一番読まれていたという）を扱ったことがミソだと考えるべきだろう。

一方、やはり木村氏情報で、アメリカのグリフォン・ブックスが今年ホックのホームズ・パスティーシュ集を出すというので調べてみたら、本誌二〇〇五年九月号に掲載したホームズ・パスティーシュ「消えた探偵の秘密」の著者、ゲアリ・ラヴィシが経営する小さな出版社だった。彼自身に聞いたところでは、タイトルは"The Sherlock Holmes Stories of Edward D. Hoch"、今年夏に刊行予定で、一二作のパスティーシュを収録し、ホック自身の序文（今年一月の執筆）と、ラヴィシによるあとがきがついているという。

ホックのホームズ・パスティーシュを読んでいると、ホームズ物語に対する深い愛情を感じざるをえない。並みのミステリ作家よりもホームズ物語に関する知識は豊富だとも思える。しかしなお、彼はいわゆるシャーロッキアンにはならなかった。そのあたりは私が本誌二〇〇七年十二月号のエッセイで書いたように、彼はティーンのころにBSIの機関誌を購読していたくらいだが、「シャーロッキアンたちが正典について書くときの知識の量や、研究のためのエネルギーに驚嘆し、圧倒されてきた」し、「自分自身がそういうものを書けるとは思えなかった」からだった。

あのエッセイでは書かなかったが、ホックはさらに、「私の書いてきたものは単なるストーリーであって、退屈な〝研究〟に命を吹き込むイレギュラー（BSIのシャーロッキアン）たちの魔法の資質はないのである」と付け加えている。だが、これこそ彼がホームズ〝研究者〟でなくホームズ・パスティーシュの作り手に向いていたということなのではないだろうか。ホックのショートストーリーにおける共通の特徴——知的で、エログロバイオレンスがなく、洒落たひねりがあること——は、まさにホームズ・パスティーシュに向いているのだから。

【付記】ここで紹介したグリフォン社の本は、この後『エドワード・D・ホックのホームズ・ストーリーズ』として二〇一二年に原書房から刊行された（以下、「グリフォン版」と記載）。このコラム掲載時に載せたホームズ作品リストを、さらに改訂した最新版が、以下である。

「いちばん危険な人物」（The Most Dangerous Man）……初出は"Ellery Queen's Mystery Magazine"（以下EQMM）一九七三年二月号。R・L・スティーヴンズという別名義。邦訳は山本俊子訳、ハヤカワ文庫『愉快な結末　アメリカ探偵作家クラブ傑作選10』（グレゴリー・マクドナルド編、一九八七年）所収（グリフォン版に所収）。

「まだらの紐の復活」（The Return of the Speckled Band）……初出は"The New Adventures of Sherlock Holmes"edited by Martin H. Greenberg, Carol-Lynn Rossel Waugh & Jon L. Lellenberg（一九八七年）。邦訳は菊地よしみ訳「第二の〝まだらの紐〟」（『ミステリマガ

ジン』一九八七年九月号）と、ハヤカワ文庫『シャーロック・ホームズの新冒険（上）』（グリーンバーグ他編、一九八九年）所収の高橋裕訳（グリフォン版に所収）。

「サーカス美女ヴィットーリアの事件」（The Adventure of Vittoria The Circus Belle）……初出はマイク・アシュレイ編"The Mammoth Book of New Sherlock Holmes Stories"（一九九七年）。邦訳は原書房『シャーロック・ホームズの大冒険（上）』（マイク・アシュレイ編、二〇〇九年）所収、日暮雅通訳（グリフォン版に所収）。

「マナー・ハウス事件」（The Manor House Case）……初出は"Resurrected Holmes"edited by Marvin Kaye（一九九六年）。初訳は垣内雪江訳「マナー・ハウスの秘密」（『ミステリマガジン』一九九八年五月号）。グリフォン版は日暮雅通による新訳。

「クリスマスの依頼人」（The Christmas Client）……初出は"Holmes For the Holidays"edited by Martin H. Greenberg, Jon L. Lellenberg & Carol-Lynn Waugh（一九九六年）。邦訳は原書房『シャーロック・ホームズ　クリスマスの依頼人』（グリーンバーグ他編、一九九八年）所収、日暮雅通訳（グリフォン版に所収）。

「アドルトンの悲劇」（Addleton Tragedy）……初出は"Sherlock Holmes@35"by Edward D. Hoch, et al.（二〇〇六年）。邦訳は『ミステリマガジン』二〇〇九年十一月号、日暮雅通訳（グリフォン版に所収）。

「ドミノ・クラブ殺人事件」（The Adventure of the Domino Club）……初出は"The Strand"二〇〇五年二—五月号（第十五号）。邦訳は日暮雅通訳（グリフォン版に所収）。

「砂の上の暗号事件」（The Adventure of the Cipher in the Sand）……初出は"Mysterious Sherlock Holmes Series" 四号（一九九九年）。再録ＥＱＭＭ二〇〇〇年二月号。邦訳は日暮雅通訳（グリフォン版に所収）。

「クリスマスの陰謀」（The Christmas Conspiracy）……初出は"More Holmes For the Holidays"edited by Martin H. Greenberg, Jon L. Lellenberg & Carol-Lynn Waugh（一九九九年）。邦訳は原書房『シャーロック・ホームズ　四人目の賢者』（グリーンバーグ他編、一九九九年）所収、日暮雅通訳（グリフォン版に所収）。

「匿名作家の事件」（The Adventure of the Anonymous Author）……初出は"Murder In Baker Street" edited by Martin H. Greenberg, Jon L. Lellenberg Daniel Stashower（二〇〇一年）。邦訳は原書房『シャーロック・ホームズ　ベイカー街の殺人』（グリーンバーグ他編、二〇〇二年）所収、日暮雅通訳（グリフォン版に所収）。

「モントリオールの醜聞」（A Scandal in Montreal）……初出はＥＱＭＭ二〇〇八年二月号。再録"The Improbable Adventures of Sherlock Holmes"edited by John Joseph Adams（二〇〇九年）。邦訳は『ミステリマガジン』二〇〇八年五月号、日暮雅通訳（グリフォン版に所収）。

「瀕死の客船」（The Adventure of the Dying Ship）……初出は"The Confidential Casebook of Sherlock Holmes"edited by Marvin Kaye（一九九八年）。邦訳は『ジャーロ』二〇〇一年夏号（第四号）、中井京子訳（グリフォン版に所収）。

「リノの五つのリング」(Five rings in Reno)……R・L・スティーヴンズ名義。初出EQMM一九七六年七月号。再録"The Mammoth Book of Historical Whodunits"(一九九三年)。邦訳『ミステリマガジン』二〇一二年九月号、日暮雅通訳。

「シャーロック・ホームズのスリッパー」(The Theft of the Sherlockian Slipper)……初出EQMM一九七七年二月号(のちにThe Theft of the Persian Slipperに改題)。再録"The Thief Strike Again"(一九七九年)、再々録"The Game Is Afoot"edited by Marvin Kaye(一九九四年)。邦訳『怪盗ニックを盗め』(一九七九年ハヤカワ・ミステリ、二〇〇三年ハヤカワ文庫)所収、木村二郎訳。

「イレギュラーなクリスマス」(An Irregular Christmas)……初出"The Strand"二〇〇六年十~十一月号(第二〇号)。邦訳『ミステリマガジン』二〇〇七年十二月号、日暮雅通訳。

「消えたセールスマンの謎」(The Problem of the Vanishing Salesman)……初出EQMM一九九二年八月号。邦訳『サム・ホーソーンの事件簿IV』(日本オリジナル・アンソロジー、二〇〇六年創元推理文庫)所収、木村二郎訳。

"A Parcel of Deerstalkers"(未訳)……初出EQMM一九九五年一月号。登場人物はベイカー・ストリート・イレギュラーズ。

(早川書房『ミステリマガジン』二〇〇八年五月号)

ドイル生誕一五〇周年

今年二〇〇九年も、さまざまな文学者や科学者の生誕／没後何百周年かにあたる年であった。まあ、毎年誰かがそういう節目にあたると言ってしまえばそれまでだが、国内では太宰治と松本清張の生誕一〇〇年が有名どころだろう。この二人が同年の生まれと聞いたときはちょっと驚いたものの、太宰が早く死にすぎたということかもしれない。海外では本誌二〇〇九年八月号で特集したポーのほか、ダーウィンもゴーゴリも生誕二〇〇年。そんな中で、コナン・ドイルが生誕一五〇年だ。

一〇〇年単位でないとインパクトが低い？　いやいや、「〇〇年記念」の好きなシャーロッキアンでなくても、「節目」として何かしておきたくなるものだ。なにせ、五〇年後の生誕二〇〇年まで生きていられる見込みはないし、没後一〇〇年の二〇三〇年（ドイルは一九三〇年に死んだ）だって微妙なのだから。……あ、お若い読者なら二〇五九年も楽勝かな？

◉書籍新刊二〇〇八〜二〇〇九（海外作品）

この二年で、また数多くのホームズ関係本が刊行された。本誌二〇〇八年九月号の「私の本棚」で私は「英米のホームズ・パスティーシュは年間に十数冊以上」と言っているが、これはちゃんとした作家の（出版社の）もののことで、自費出版に近いものや改訂版を合わせたら年に三〇冊を超えるだろう。研究書や正典新版を含めたら、五、六〇冊はあると思う。そんなわけで、ここでは主要なもの（注目作）に絞って紹介したい。【付記】二〇一二年に英語圏で出版されたものを数えたところ、私の把握しているパロディ、パスティーシュに限っても、八〇冊以上にのぼった。

まずはドイルに関係したノンフィクションを先にと思ったが、ちょうどいいことに、前回の特集で紹介したドイル書簡集がＭＷＡ賞をとったという話題があった。

二〇〇七年九月に刊行された"Arthur Conan Doyle: A Life in Letters"（→『コナン・ドイル書簡集』）は、あのあとも英米で大きな話題となりつづけ、ついに二〇〇八年度のＭＷＡ賞を評論・評伝部門で受賞した。この数年、ドイルやホームズ関係の本が同賞をとるのは珍しくなくなったが、内容から言っても著者から言っても、文句のない受賞だろう。ちなみに、同年のアンソニー賞最優秀評論賞とアガサ賞最優秀評論賞も受賞したので、"ハット・トリック"だと言われている。

HMM2009年11月ﾄﾞｲﾙ生誕150年特集号

二〇〇八年にはペーパーバック版も英米で刊行された。かなりの厚さのため、日本ではまだ名乗りを上げる出版社がいないが、なんと中国語版の版権が先に取得されたという。

一方、二〇〇八年にはまた新しいドイル伝、"The Adventures of Arthur Conan Doyle"が出た。著者のラッセル・ミラーは英国のサンデー・タイムズにいたジャーナリストで、日本では『マグナム』(白水社)という写真ジャーナリズム本が訳されている。前回の特集で書いたように、二〇〇七年にはアンドルー・ライセットによる分厚いドイル伝が出ているので、英米加のドイリアンやシャーロッキアンのあいだでは、驚きと戸惑いと疑問の声が出た。ちなみに、ラッセルはロン・ハバード(ご存じトム・クルーズやトラボルタを広告塔にしているカルト、〝サイエントロジー〟の創始者)の伝記も書いている。

ドイル関係でもうひとつ。ちょっと珍しいドイル自身の著作の復刻が出た。コナン・ドイル他"The Fate of Fenella"(二〇〇八年)は、一八九二年刊の英版単行本の、おそらく初めての復刻(出したのはアメリカの出版社)。雑誌に連載された当時のベストセラー作家二四人(男女半数ずつ)による連作で、全員が互いに相談することなくひとつの長篇を書き継いでいくという実験小説だ。コナン・ドイルは二四章のうち第四章を執筆している。ブラム・ストーカーが第十章を担当。子持ちの女性フェネラの浮気相手が殺されて彼女に嫌疑がかかるという、ミステリっぽい扇情小説。

ガイドブックのジャンルで注目作は、ダニエル・スミス"The Sherlock Holmes Companion"(二〇〇九年)。今年九月にイギリスで出たばかりだ。「コンパニオン」を書名にしたものはいくつか過去にあるものの、それらとは違う新鮮さを備えている。正典六十篇のストーリー解説が軸だが、あいだにはさまれた俳優へのインタビューやコラムが貴重。フルカラーの写真とイラストも新鮮で、リサーチもキャサリン・クック(マリルボーン図書館のホームズ・コレクション管理者)を始めとした研究者にきちんとコンタクトしており、今年のお勧めのひとつだ。

その他のノンフィクションは、以下の通り。

ブライアン・ピュー&ポール・スパイリング"Bertram Flethcher Robinson: A Footnote to the Hound of the Baskervilles"（二〇〇八年）……《バスカヴィル家の犬》の真の執筆者という説もあったバートラム・フレッチャー・ロビンソンの伝記とドイルとの関係。

ブライアン・ピュー&ポール・スパイリング"On the Trail of Arthur Conan Doyle"（二〇〇八年）……前半はドイルの医者時代の話とバートラム・フレッチャー・ロビンソンについて、後半はデヴォン州のドイルゆかりの地ツアー。

ブライアン・ピュー"A Chronology of the Life of Sir Arthur Conan Doyle"（二〇〇九年）……二〇〇〇年に出した私家版を改訂し充実させた労作。研究者必携。

ピエール・バイヤール"Sherlock Holmes was Wrong: Reopening the case of the Hound of the Baskervilles"（二〇〇八年↓『シャーロック・ホームズの誤謬』）……本誌二〇〇九年十月号で平岡敦が紹介した本の英語版。

トマス・ブルース・ホイーラー"The New Finding Sherlock's London"（二〇〇九）……写真のないホームズ・ロンドンガイド。最近よく見るネットの自費出版社によるもの。著者はテネシー在住の、（ロンドンに関する）データベース屋さんで、ロンドンに足繁く通ってガイドブックは書いているものの、ホームズ／ドイルの研究者ではないらしい。

アリステア・ダンカン"Close to Holmes"（二〇〇九年）……これもホームズのロンドンガイドだが、写真入り。

レスリー・クリンガー"The Apocrypha of Sherlock Holmes"（二〇〇九年）……完結したと思っていたホームズ・レファレンス・ライブラリ（注釈付き全集）の第一〇巻として、「外典」の注釈付き本文が出た。

では、パロディ／パスティーシュはどうか。長篇としての注目作は、やはりまずローリー・キングの新作だろう。"The Language of Bees"（二〇〇九年）は、二〇〇五年刊の八作目"Locked Rooms"からしばらく間があいたが、ラッセル・シリーズの九作目だ。キングは二〇〇八年一月のBSI年次総会にゲストとして招かれ、シリーズや新作の話をした。三日目に行なわれるカクテル・パーティでのチャリティ・オークションでは、なんと彼女の次作に実名でシャーロッキアンとして登場する権利が競売にかけられ、七〇〇ドルで落札されている。また、今年十月の第四〇回バウチャーコン（会場はインディアナポリス）でもゲスト・オブ・オナーとなるし、版元のバンタムは、同月のフランクフルト・ブックフェア用に大規模な展示を準備しているという。

個人的に二番目の注目作は、惜しくも亡くなってしまったジョン・ガードナーの遺作、"Moriarty"（二〇〇八年）だ。かつて講談社文庫で出て今でも根強い人気を誇るシリーズ、『モリアーティの生還』、『モリアーティの復讐』に続く、第三作。今度は世紀の変わり目に、アメリカへ渡って数年間自分の組織作りをしていたモリアーティが、急遽ロンドンに呼びもどされる。そこではヨーロッパの各国で広がるライバル組織の手先がモリアーティの一味を脅かしていた……というストーリーだ。

一方、二七歳の素人（売れない女優）がいきなり一〇万ドルの前払い金をもらって話題になったのは去年のことだったが、その本が今年の四月に発行された。リンジー・フェイのDust and Shadowで、ワトスンの未発表原稿というオーソドックスなスタイルをとりながら、ホームズ対切り裂きジャックの闘いを描くものだ。【付記】彼女の新作長篇小説"The Gods of Gotham"（二〇一二年）は東京創元社から刊行予定。ただし、ホームズものではない。

そのほか、スティーヴ・ホッケンスミスの〝荒野のホームズ〟シリーズは、長篇第三作"The Black Dove"（二〇〇八年）のあと、四作目の"The Crack in the Lens"（二〇〇九年）が出たばかりだ。

前回の特集で紹介したジャイルズ・ブランドレスのオスカー・ワイルド・シリーズも、第二作"Oscar Wilde and the Ring of Death"（二〇〇八年、米版タイトルは"Oscar Wilde and a Game Called Murder"）と、第三作"Oscar Wilde and the Deat Man's Smile"（二〇〇九年、米版も同じ）が出た。

以上は長篇だが、私としては短篇アンソロジーのほうが元気だという印象が強い。一九九〇年代後半から始まったこのニューウェーブは、二〇〇〇年代終わりになっても衰えないようだ。まずは以下の四作に注目。

キャンベル&プレポレック編"Gaslight Grimoire"（二〇〇八年）……書き下ろし短篇アンソロジー。ファンタジーの色合いが濃い作品ばかり。キム・ニューマンのもうひとつのモラン大佐ものを収録。同じ編者で"Gaslight Grotesque"も二〇〇九年十一月に出る予定だが、未見。こちらはホラー・パスティーシュのアンソロジーだ。

アダムズ編 Improbable Adventures of Sherlock Holmes

デイヴィッド・スチュアート・デイヴィーズ編"Sherlock Holmes: The Game's Afoot"（二〇〇八年）……これも書き下ろしアンソロジー。ジャンルはミステリ&スーパーナチュラル。ひとりで複数書いている作家もいるが、二〇作を収録。

グリーンバーグ他編"Sherlock Holmes in America"（二〇〇九年↓『シャーロック・ホームズ　アメリカの冒険』）……これまで原書房が出してきたワンテーマ書き下ろしホームズ・パスティーシュ・アンソロジーの第六弾。今度はホームズとワトスンがアメリカで事件を捜査するという条件のもとに、ローレン・エスルマンなど一四人のミステリ作家が書き下ろした。

このほか、二〇〇九年九月に出るJ・J・アダムズ編のアンソロジー、"The Improbable Adventures of Sherlock Holmes"がつい先日Amazonの倉庫を出たらしいが、我が家にはまだ届かず、この原稿には間に合わなかった。これはミステリからファンタジー、ホラー、ＳＦまで幅広いジャンルの作家二八人が過去二五年間に書いた短篇パスティーシュを集めたもの。再録が多いと思われるが、ドラゴンもので売れているナオミ・ノヴィクまでがホームズ・パスティーシュを書いているとは知らなかった。どんなラインナップかが楽しみだ。

また、雑誌形式のパスティーシュ集も新たに二種類出ている。マーヴィン・ケイ編"Sherlock

Holmes Mystery Magazine"（一号が二〇〇八年、二号が二〇〇九年）と、オン・フロンティア編"Sherlock Holmes: Consulting Detective"（一号が二〇〇九年刊）だ。後者はニュー・ジェネレーションのためのパルプフィクションを出すことを目標とし、パルプ・ヒーローとしてのホームズをクローズアップするとのこと。

ほかにユニークなものとしては、アレックス・アウスワクス編訳"Sherlock Holmes in Russia"（二〇〇八年）がある。一九〇八年にロシアの作家二人が書いた短篇パスティーシュの英訳だ。序文がロシアにおけるホームズ移入史およびパスティーシュ史となっている。

◉書籍新刊二〇〇八〜二〇〇九（国内作品）

国内の本は本誌のチェックリストやレビューでご存知のものが多いと思うので、ざっと紹介するだけにしておく（雑誌記事や復刊は省かせていただいた）。

この二年の注目作は、いずれも日本人によるオリジナルであった。パスティーシュでは北原尚彦編『日本版シャーロック・ホームズの災難』（論創社、二〇〇七年十二月）があるほか、ホームズ訳者の代名詞のような延原謙に注目した、中西裕『ホームズ翻訳への道——延原謙評伝』（日本古書通信社、二〇〇九年二月）も、労作であり力作。エンターテインメント系のメディアで紹介されることは少ないが、貴重な文献である。延原謙に関しては『延原謙探偵小説選』（論創社、二〇〇七年十二月）が出たこともありがたい。

変わったところでは、パスティーシュだけのカタログ&ガイド本、森瀬繚&クロノスケープ編『シャーロック・ホームズ・イレギュラーズ　未公開事件カタログ』（エンターブレイン、二〇〇八年十二月）がある。ホームズ・パスティーシュだけの研究書は海外にもあるが、ここまでバラエティに富み、しかもインタビューやコラム、座談会まで含めたものは世界でも初だろう。

ドイル関係では、ダニエル・スタシャワーのドイル伝"Teller of Tales"（一九九九年→『コナン・ドイル伝』）が年内に東洋書林から邦訳される。この本はドイツでも近々出るらしい。訳者のミヒャエル・ロスによれば、ドイツではこれまでドイル伝も自伝も出ていなかったとのことだ。

その他、ノンフィクションとパスティーシュには以下のようなものがあった。

水野雅士『シャーロッキアンの放浪三昧』（青弓社、二〇〇八年五月）、『別冊宝島　僕たちの好きなシャーロック・ホームズ』（宝島社、二〇〇八年七月）、河村幹夫『ドイルとホームズを「探偵」する』（日経プレミアシリーズ、二〇〇九年一月）、E・J・ワグナー『シャーロック・ホームズの科学捜査を読む』（日暮雅通訳、河出書房新社、二〇〇九年一月）、平賀三郎編著『ホームズまるわかり事典』（青弓社、二〇〇九年八月）、ローリー・キング『捜査官ケイト　過去からの挨拶』（布施由紀子訳、集英社文庫、二〇〇八年一月）、グラディス・ミッチェル『ワトスンの選択』（佐久間野百合訳、長崎出版、二〇〇八年五月）、スティーヴ・ホッケンスミス『荒野のホームズ』（日暮雅通訳、早川書房、二〇〇八年七月）、同『荒野のホームズ　西へ行く』（日暮雅通訳、早川書房、二〇〇九年六月）、トマス・ウィーラー『神秘結社アルカーヌム』（大瀧啓裕訳、扶桑社ミステリー、二〇〇八年九月）、ホック他『シャーロック・ホームズの大冒険（上）』（日暮雅通訳、原書房、二〇〇〇年七月）。

児童向けパスティーシュも、なかなか充実した二年間だったと言える。ナンシー・スプリンガーのエノーラ・ホームズ・シリーズが五冊（杉田七重訳、小学館ルルル文庫）、アンソニー・リードのベイカー少年探偵団シリーズが六冊（池央耿訳」、評論社）、さらにはレックス・シモンズ&ビル・マッケイ『〈カラス同盟〉事件簿——シャーロック・ホームズ外伝』（片岡しのぶ訳、あすなろ書房）や、コナン・ドイル『シャーロック・ホームズの冒険3　六つのナポレオン胸像』（朝日新聞出版、JET作画）などだ。コミックでも、パスティーシュとして新しい味を出している新谷かおる『クリスティ・ハイテンション』（メディアファクトリー）が四巻まで出たし、ポプラ社は『コミック版　ルパン&ホームズ』のシリーズで健闘している。（早川書房『ミステリマガジン』二〇〇九年十一月号）

シャーロック・ホームズはいかに〝再生〟されたか——映像および活字作品のトレンドを追う

今回の特集では、古典であるホームズものに新たな命を吹き込んだ映像作品を、ピックアップしている。BBCテレビの人気ドラマ『シャーロック』がメインだが、今年春に二作目が日本公開されたワーナー映画の『シャーロック・ホームズ』も、「新しいホームズ像」を提供した点においで、やはり〝再生《リボーン》〟を果たしたものと言えよう。

BBCの『シャーロック』は、舞台を完全に現代にもってくるというアクロバティックなこと

HMM2012年9月シャーロック再生特集号

をしながら、原作の魅力と面白みをうまく反映させた脚本により、成功した。一方のワーナー映画も、〃筋肉質ホームズ〃（笑）、あるいは格闘派の「新しいホームズ」をつくり出し、正典から離れたストーリーでありながら、BBCと同様にシャーロッキアン以外の視聴者からも人気を得た。

これら二つのホームズ映画は、まったく違うタイプのものでありながら、ワトスンの能力を認め、二人のあいだの友情をうまく描き出しているという共通点をもっている。過去の映画では、ともすればワトスンはただ驚くだけのでくのぼうであることが多かった。BBCとワーナーの場合、なんと魅力あふれるワトスンであることか！

ホームズがスマートフォンを使いこなすとか、カンフーまがいの技を使うという面ばかりに注目していると、作品の本当の魅力を見落とすことになりがちだ。

これはあくまで私見だが、ホームズ物語（正典）の映像化作品、つまり、活字によるオリジナル作品を〃リボーン〃させたものは、すべてがある意味でパスティーシュないしパロディである。確かに、グラナダTVのホームズ・シリーズは、正典を忠実に再現することでスタートした。だが、原作に忠実なホームズ像を映像化したとたん、一般の視聴者から「ホームズってあんなやつだったっけ？」という声が上がったのも、事実。それまでの映像作品でホームズのイメージをつくってきた人たちにとっては、原作に忠実な姿が逆に〝リボーン〟だったわけである。

また、そのグラナダのホームズものも、後半では原作からかけ離れたストーリーになった。小説がそのまま映像作品の脚本になるわけがないのだから、会話にしろストーリー展開にしろ、変わってしまうのが当然だろう。


日本における映像化〝リボーン〟は、すでに一九八〇年代、アニメ映画によって行なわれていた。あの宮崎駿監督による犬のホームズ、『名探偵ホームズ』である（ただしキャラクターをすべて犬にしようと発案したのは合作相手のイタリア企業であった）。あの作品ではホームズとワトスンが自動車を使うが、ワーナー映画のダウニーJr.ホームズが自動車に乗るシーンを見て、共通点を見出したシャーロッキアンも多いと思う。

この〝犬のホームズ〟や、『天空の城ラピュタ』などから、宮崎アニメにスチームパンクの要素を色濃く感じるSFファンも多いようだ。一方、前述のワーナー映画(ダウニーJr.のホームズ)が典型的なスチームパンクであるという意見も多い。事実、今年のMWA賞（評論・伝記部門）をとったマイケル・ダーダも、受賞作"On Conan Doyle: Or, The Whole Art of Storytelling"の中で、この映画を「スチームパンク」と書いている。

スチームパンクとは何なのかを説明すると長くなるのでやめるが、いわゆるサイバーパンクSFから派生したスチームパンク小説が、今やネオ・スチームパンクとなっていることは、『SFマガジン』の二〇一二年七月号などを読むとよくわかるだろう。並行世界のネオ・ヴィクトリア

マーティン著 Steampunk Holmes

ン・イングランドに蒸気エンジンや飛行船や歯車とぜんまいによるガジェットなどが出てくれば、すぐスチームパンクと言ってしまう傾向も見られるようで、ホームズ・パロディが真のスチームパンクと言えるのかどうかはわからないが、映像作品や活字パロディのホームズものがスチームパンク的なものになりやすいのは、確かである。

　オルタナティヴ世界としての「もうひとつのヴィクトリア時代」という設定は、ＰＣやネットのゲーム作品によく見られるのではなかろうか。活字のホームズ・パロディでは、ファンタジーやＳＦとの融合作品で以前から見られる設定である。

　その融合作品で、なおかつ最新のスチームパンク・ホームズ・パロディという中篇小説を、ここで紹介しておこう。タイトルは"Steampunk Holmes: Legacy of the Nautilus"、著者はＰ・Ｃ・マーティン、今年（二〇一二年）六月の刊行である。

　舞台は一八八五年頃のオルタナティヴ・スチームパンク世界。ホームズもワトスンもハドスン夫人もそのままなのだが、ワトスンはアフガン戦争で腕をなくし、「メカニカルな」義手をつけているし、「英国政府そのもの」であるマイクロフトは、シャーロックの兄でなく、姉。ホームズは〈ウィドウメイカー〉と名付けたスチームエンジン付きバイクを愛用し、そのサイドカーにワトスンを乗せてロンドンの街を突っ走る。事件は潜水艦の技術情報の入った「エンジンカード」がウリッジ工廠から盗まれるという、〈ブルース・パーティントン型設計書〉を思わせるものだが、潜水艦はキャプテン・ネモと名乗る北インドのプリンスが造ったノーチラス号。スチームパンク＋ＳＦパロディといった感じで、電子書籍との同時製作であり、インタラクティヴな iPad 版アプリなど、ソフトへの展開も当初から予定されている。

映像化作品がすべてパスティーシュであるなら、書籍の世界でも、最近のグラフィックノベルや、かつてのアメコミによるホームズ正典は、やはりパスティーシュなのではなかろうか。

北米では、バジル・ラスボーン主演の映画でホームズのイメージをつくった人が多いようだ。第二次世界大戦の前や最中に作られたラスボーンの映画は、アメコミというより、パルプフィクションを思わせるものがある（現代の目で見た古さを笑うだけでは意味がない）。ところがこの数年、グラフィックノベルやパルプフィクションを出している出版社がホームズものを出すというケースが、自費出版ホームズ・パロディの増加と並行して増え、中には「ホームズものはパルプフィクションなのだ」とまで言い切るミニ出版社も出てきた。ただ、そこにはラスボーン映画でなく、ダウニーJr.の影響が色濃く見られる。

また、活字書籍の世界では、新たな書き下ろしアンソロジーの登場が目立つ。ファンタジー、ＳＦ、異世界もの、超常現象もの……つまりはジャンルミックスなのかもしれないが、かつて長篇で流行った「別のフィクション・キャラクターとホームズの出会い」（たとえばドラキュラやチャレンジャー教授対ホームズ）を描く短篇も、含まれる。例を挙げるなら、ハワード・ホプキンズ編"Sherlock Holmes: Crossovers Casebook"（二〇一二年）やキャンベル&プレポレック編"Gaslight Arcanum: Uncanny Tales of Sherlock Holmes"(二〇一一年)といったところが、そうだ。

最後に、映像と出版に関するニュースをいくつか書いておこう。

二〇一二年八月三十一日から九月三日にかけて、ロサンジェルスのＵＣＬＡ（カリフォルニア大学ロサンジェルス校）で、"Sherlock Holmes: Behind the Canonical Screen"というホームズと映像に関するシンポジウムが開催される。これはＢＳＩ(ベイカー・ストリート・イレギュラーズ)とＵＣＬＡの舞台・映画・テレビ学部が共同開催するもので、映画監督のジョン・ランディスやＵＣＬＡの研究者、ホームズ研究者たちが、ホームズものの映画化やアニメの話からコスチュームについてまで、さまざまな発表を行なうほか、レアなホームズ映画の上映も予定されている。

国内では、「ホームズの部屋」製作から十月で五周年を迎える神戸異人館（英国館）が、記念イベントを行なう。ＢＢＣ『シャーロック』の新作放映に合わせ、八月頃からミステリチャンネルでの提携番組や試写会が始まる予定で、異人館とオリジナル・ホームズ・ストーリーを使ったミステリー・ツアーも準備されている。【付記】ＵＣＬＡのイベントには私を含む四人が日本から参加し、貴重な体験をした。ほかにも英国館でロケをしたミステリチャンネルの番組に出演したり、同館のミステリーツアーのストーリー（ホームズ・パロディ）を書き下ろしたりと、二〇一二年は充実した一年であった。

出版界での注目作は、ＢＢＣ出版の『シャーロック』ガイドブック、"Sherlock: The Casebook"（→

『シャーロック　ケースブック』）だろう。ワトスンのブログやレストレードの報告書を使った各事件の詳細、俳優や制作者たちへのインタビューなど盛りだくさんで、二〇一二年十月刊行予定(イギリス)。著者は最近立て続けにホームズ・パスティーシュを出している、ガイ・アダムズだ。

ところで、今回のキーワードは、「ホームズ再生《リボーン》」でなく、「シャーロック再生」。もちろんこれは、BBCテレビ作品のタイトルが『シャーロック』だからそうなったわけだが、いわゆるシャーロッキアン（ホームジアン）であれば、ここにこそ現代性を感じるのではないだろうか。

なぜか？　少し長くなるが、そのあたりを説明しておこう。そもそも、オリジナルのホームズ物語（正典）の舞台は、ガス灯と馬車と電報の時代だけでなく、電灯と電話と自動車の時代も含まれる。だが、後者が舞台の作品は数が少ないうえ、どうしてもイメージが薄いため、〝シャーロック・ホームズ〟はあくまでも前者の、ヴィクトリア朝時代末期の一八九〇年頃の存在である、というイメージが確立されている。これは大衆のイメージだけでなく、シャーロッキアンたちのあいだでも同じだ。

そのことから、シャーロッキアンたちにとって、ホームズとワトスンが互いに「ジョン」、「シャーロック」と呼び合うことはあり得ない。正典中でもそれはないし、そもそもヴィクトリア時代では――特にちゃんとした教育を受けた男たちのあいだでは――友人でもファーストネームで呼び合うことは珍しかったという事実による。時折、作品中でワトスンがホームズを「シャーロック」と呼んでいるパスティーシュがあったりするが、その筋からの評価が下がることは言うまでもない。一方、家族や夫婦のあいだではファーストネームやニックネームが使われていたから、兄マイクロフトは「シャーロック」と呼びかけてもいいわけである。

そこで冒頭に戻ると、BBCの『シャーロック』の場合は、当然二人は「ジョン」、「シャーロック」と呼び合うわけで、違和感はない。単に設定がネットとスマホの現代であるだけでなく、ホームズとワトスンの関係も新しい。まさに再生《リボーン》なのである。(早川書房『ミステリマガジン』二〇一二年九月号)

ホームズ・パスティーシュの世界——その歴史と分類

＊文中、日本でまだ訳されていない作品は、仮の邦題を付けて【未訳】と表記。なお、『 』は長篇及び単行本と雑誌、「 」は短篇の作品。正典以外で邦訳のあるものは出版社名を明記した。

「あなたが初めてシャーロック・ホームズを知ったのは、いつ、どうやってか?」

……この質問に対する答は、ある種の年代までの人なら「小学生のころ、児童向けホームズ物語で」がほとんどだろう。年代によって、どの出版社のどの訳者によるものかという違いはあるが、児童向けにやさしくした訳を活字で読み、その後おとな向けのちゃんとしたホームズ物語を読んだというケースは多いはずだ。

だが最近では、テレビ・映画・ＣＭその他のビジュアルもので初めてホームズ物語のことをちゃんと知った、という人も多い。かつてＮＨＫでジェレミー・ブレット演ずるホームズ・シリーズ（英グラナダＴＶ制作）が放映されたとき、名前とイメージだけで知っていたホームズのストーリーを、あの作品で初めてまともに知ったという声を、よく聞いたものだ（実はあのシリーズにも、後半では原作にあまり忠実でないパスティーシュ的なものがあるのだが）。

つまり、アーサー・コナン・ドイルによるホームズ作品（正典）を読んだことがなくても、ホームズというキャラクターに関するイメージは、誰もが持っている。そのイメージ作りに貢献するのは、テレビや雑誌の広告に登場するホームズだったり、アニメになったホームズだったり。いずれも本家ドイルのものから派生した、偽ホームズである。

これと似たような作品（キャラクター）としては、吸血鬼ドラキュラがすぐに思い出される。吸血鬼を扱ったビジュアル作品はたいていドラキュラ伯爵をイメージしているが、ブラム・ストーカーの『ドラキュラ』を活字で読んだ人がいったい何人いるだろうか。もちろん、超ロングセラーゆえ、延べ人数にすればかなりのものだが、吸血鬼＝ドラキュラのイメージを抱く人たちにおける比率は、かなり少ないはずである。

ドラキュラが吸血鬼の代名詞だとすれば、ホームズは名探偵の代名詞。一般世間のことを考えれば、その点に異論はないだろう。だが、その後の作品、つまり二十世紀に入ってから現在までのミステリ小説における〝名探偵〟とは、大きく異なる点がある。古今の名作中で、その模倣作が最も多く作られたのがホームズ物語であり、ホームズ・パロディやパスティーシュを含めた全体が、〝シャーロック・ホームズもの〟というひとつのサブカル・ジャンルだと言えるからだ。

広い意味では、映画になったホームズもテレビCMに登場するホームズもアニメ化されたホームズも、すべてが偽ホームズもの、ホームズ・パロディ。つまり、われわれは恐ろしく大量のホームズ・パロディに囲まれて暮らしているのだと言っても、言い過ぎではないだろう。

以降、記述を簡単にするため、「パロディ／パスティーシュ」と書くべきところを「パロディ」としてあるが、この二つの違いについては、後半の「パロディの分類」をご覧いただきたい。

これまでに発見されたホームズ・パロディの中で最も古いものは、一八九一年十一月に英国の雑誌『ザ・スピーカー』に載った匿名著者の作品、「シャーロック・ホームズとの夕べ」（〝My Evening with Sherlock Holmes〟）【未訳】だと言われている。

ドイルのホームズ・シリーズは月刊誌『ストランド』で短篇の掲載が始まってから人気を博すわけだが、その第一作が一八九一年七月号の〈ボヘミアの醜聞《スキャンダル》〉だから、この初のパロディはわずか三、四カ月後に現れたことになる（長篇のほうは一八八七年暮れに発表された《緋色の研究》が最初の作品）。それから一二〇年以上、世界の国々で無数のホームズ・パロディが書かれてきたことは、ご承知のとおり。そのほとんどは英、米、仏、独、そして日本で発表された作品である。

パロディ史におけるエポック・メイキングな出来事はさまざまにあるが、一二〇年を次の四期に分けてみた。

①　パロディの黎明期……初めてのパロディの登場から、正典の最終作品が発表されるあたりまでの約四〇年間

②　短篇パロディの黄金期……ドイルが死んだ一九三〇年から、一九七〇年頃までの約四〇年間

③　ニュー・ウェーブとスピンオフの時期……一九七四年のニコラス・マイヤー登場から二十世紀末までの約三〇年間

④　さらなる浸透と拡散——二十一世紀に入ってから、純文学作家などがパロディに参入する現在まで

①　パロディの黎明期

ドイルによって書かれた最後のホームズ物語（正典）である〈ショスコム荘〉は、一九二七年三月に発表された。その短篇を収録した『シャーロック・ホームズの事件簿』、つまり最後の単行本も、同じ一九二七年に刊行されている。

このころまでの作品のほとんどは、スプーフ（茶化し、もじり）やパロディ（諷刺・嘲笑的なもじり）、バーレスク（おふざけ、茶番、戯作）などと呼ばれるものだった。人気作品を茶化し、有名になったキャラクターを揶揄するという目的だったわけである。

ただ、だからといって必ずしもホームズの存在を否定しているとは限らず、現在も残る作品はいずれも、ホームズとワトスンの黄金コンビに対する愛着や敬愛の情、そして羨望ともいえる心理が見え隠れするものだ。「模倣は最も誠意ある追従なり」(Imitation is the sincerest form of flattery)ということわざが、そのあたりのことをよく表わしているのではないだろうか。

また、当時はまだ問題になることがなかったので、「シャーロック・ホームズ」という名前をそのまま使うこともあったが、ホームズをもじった名前の探偵が数多く登場したのも、この時期だった。

たとえば、次のようなホームズもどきとワトスンもどきのコンビがいる。いずれも英米の作家によるものだ。

シャーロー・コームズとホワトスン博士(一八九二年、ルーク・シャープ作)
ピックロック・ホールズとポトスン博士(一八九三年〜九四年、R・C・レーマン作)
ヘムロック・ジョーンズと名無しのドクター(一九〇二年、ブレット・ハート作)
シャイロック・ホームズ(一九〇三年、ジョン・ケンドリック・バングズ作)
シャムロック・ジョーンズとワッツアップ博士(一九一一年、O・ヘンリー作)
ハーロック・ショームズとジョトスン博士(一九一五〜二五年、ピーター・トッド作)

これらはみな、短篇一作で終わらずに複数の作品を生み出したコンビだが、たとえば最後のピーター・トッドによるシリーズなど、合計一〇〇篇近く書かれており、本家ドイルよりも数が多いくらいだ。一作しか書かれなかったものも拾っていくと、膨大な変名リストができあがるだろう。

また、この黎明期に、フランスで二人の大物作家がホームズ・パロディを書いていることも、注目される。

ひとりはルパン・シリーズで有名な、あのモーリス・ルブラン。探偵の名は、短篇の発表当時はシャーロック・ホームズ、単行本収録時にエルロック・ショルメ、英語版ではホウムロック・シアーズと変遷している。ルブランは一九〇六年六月の「遅かりしエルロック・ショルメ」発表以来、ホームズの登場するルパンものを三篇書いた。

もうひとりは、長篇『エッフェル塔の潜水夫』などで知られるユーモア作家、ピエール・アンリ・カミで、ルーフォック・オルメスを主人公とするコントを三、四〇篇書いた（単行本『ルーフォック・オルメスの冒険』はフランスで一九二六年刊）。

オルメスものは、日本では一九二〇年代終わりに『新青年』誌で訳出されたほか、単行本も何度か出されているが、なぜか英米のホームズ研究家はほとんど言及しない。膨大な数のホームズ・パロディを分類している研究書の中でさえ、カミの名は見られないし、ルブランのルパン対ホームズものにしても、ほんの少し紙面を割いているだけであり、残念なことだ。

カミ著『ルーフォック・オルメスの冒険』1926年

② 短篇パロディの黄金期

〈ショスコム荘〉発表後の一九三〇年にドイルが他界し、このあたりがひとつの時代の分かれ目になった。これから一九六〇年代終わりまでの四〇年間は、短篇のパロディで優れた作品が生まれた時代なのだ。そして、今は古典として親しまれる、有名なシリーズ物やアンソロジーが発表された時期でもあった。

代表的な作品としては、アメリカの作家オーガスト・ダーレスによる、ソーラー・ポンズ（ワトスン役はドクター・リンドン・パーカー）のシリーズだ。

ポンズ・シリーズの初出は一九二九年二月、執筆は一九二八年のうちで、ドイルの死からまもないころだった。ダーレスは、それまでのようなおふざけパロディでなく、敬愛する作品のシリアスな模倣作（贋作）を生み出したいという思いを、抱いていたと言われる。

ホームズとポンズは、名前も違えば時代も違う（ポンズたちが活躍するのは第一世界大戦後だ）。おまけに、ポンズのしゃべる言葉はいささかアメリカナイズされていると言われるが、その他の設定を見れば、紛れもないホームズの〝イミテーション〟であることがわかる。

ダーレスはポンズ・シリーズ最初の短篇集を一九四五年に出したあと、一九七一年に死ぬまで書き続け、一九七三年に最後の単行本が刊行された。ドイルより長いあいだ、ドイルよりたくさんのポンズものを書いたのだった（ホームズは六〇篇、ポンズは七一篇）。おまけに、ポンズ・ファンの作家が彼の死後もシリーズを書き続け、ポンズもの自体のパロディまで生まれているくらいなのだ。日本では創元推理文庫でオリジナル・アンソロジー（傑作選）が編まれている。

ポンズの登場はドイルの死後すぐだったが、世界初のシャーロッキアン団体、ベイカー・ストリート・イレギュラーズ（BSI）がニューヨークで設立されたのも、死後まもなくの一九三四年だった。

一九四〇年代になると、パロディ史上最も有名なアンソロジーが登場する。前述のポンズ・シリーズ第一短篇集の前年、つまり一九四四年に刊行された、エラリー・クイーン編の『シャーロック・ホームズの災難』だ（邦訳ハヤカワ文庫）。

一八九二年から一九四三年までのパロディから選りすぐった（しかも入手しにくい作品も入った）そのラインナップは、今でも色褪せないものばかり。前述のR・C・レーマンから、ブレット・ハート、ジョン・ケンドリック・バングズ、O・ヘンリー、モーリス・ルブラン、オーガスト・ダーレスまで、すべて入っている。

ところが、アーサー・コナン・ドイルの死後、その遺産管理人をしていたドイル財団のひとり、三男のエイドリアン・コナン・ドイルが、この作品集にクレームをつけた。結局クイーンのアンソロジーは絶版になり、エイドリアンとシャーロッキアンたち（特にBSI）との仲が険悪になったことは有名だ。欧米では古本として現在まったく入手不可能なわけではないものの、読む機会がほとんどないのは確か。その点、日本では一九八四年から八五年にかけて訳書が出ており、まだなんとか読むことができる。

この時期はまともな模倣作や贋作が多く生まれたが、ワトスンの記述、つまり正典の中に題名だけ出てきて中身が語られなかった事件をもとにして、新たなホームズものを書く（あるいは〝後日談〟を書く）という手法も、盛んになった。これは主に、短篇パロディに使われていて、それがさらに、後年の「ワトスンの未発表手記が発見された」という設定で長篇を書く流行に、つながっていったのだった。

一九五四年に刊行された短篇集『シャーロック・ホームズの功績』（邦訳早川書房）も、この〝語られざる事件〟ものである。この本は前述のエイドリアン・コナン・ドイルが推理作家ジョン・ディクスン・カー（ドイルの伝記も書いている）と共著で出したもので、一九五二年から五三年にかけて執筆された。もともとは全編共作にするはずだったが、カーが身体を悪くしたため、後半の六篇はエイドリアンひとりで書いている。当然ながら、他人のパロディは禁止しておいて自分のものこそ正統なのだというエイドリアンの態度が、いい評価を受けるはずはなかった。

ちなみに、この「ドイルの遺族対シャーロッキアンたち」の確執は、一九七〇年にエイドリアンが死んだあとも若干続いたが、末娘ジーン・コナン・ドイルのときに和解している。ジーンが一九九七年に死去すると、彼女の晩年からドイル財団のアメリカにおける代理人をしていたBSIの知恵袋的存在、ジョン・レレンバーグが、その後もアメリカに関しては引き受けることになった。

このほか、単発作品（短篇）ながら大きな話題をまいたのが、ドイルの未発表原稿（六一番目の正典）として一九四八年に雑誌『コスモポリタン』に掲載された、「指名手配の男」だ。

これはのちに、アーサー・ホイッテカーという人物が書いた作品だったということが判明している。彼は自分の書いた作品をドイルに送って合作をもちかけたのだが、ドイルは採用せず、プロットだけ使うときのために買い取っておいたというのだが、その後埋もれていたのを、伝記作家ヘスキス・ピアスンが見つけたのだった。現在でははっきりと贋作扱いされていて、日本では各務三郎編『ホームズ贋作展覧会』（河出文庫）で読めるほか、児童向け作品としても訳されている。

ホイッテカー「指名手配の男」Cosmopolitan1948年8月号

一方、六〇年代に入ると、真面目な模倣作でなく〝コミック・パロディ〟でありながら、この分野のベスト3のひとつとして後世に残る、人気シリーズが登場した。

そのシュロック・ホームズとワトニイ博士のコンビによる冒険第一作、「アスコット・タイ事件」は、著者ロバート・L・フィッシュのデビュー作である（一九六〇年の発表なので、正確には五〇年代終わりか）。彼もまた、亡くなる一九八一年までこのシリーズを書き続けた。全三二作は、ハヤカワ文庫と光文社文庫で読むことができる。

シュロック・ホームズ・シリーズの特徴は、つねに二つのプロットが交錯し（あるいはホームズもの以外の有名作品がネタに使われ）、ホームズの推理は失敗しても、強引に結末にもっていく（あるいは解決したようにみせる）という点にある。そして、全編が駄洒落にあふれ、あらゆること（物、人、事件）が二重の意味をもつ。最悪の探偵ながらにくめない、いや、むしろ笑いながらも親愛の情をもってしまうシュロックの冒険は、スラップスティックスでありながら、理解には教養とセンスを要求される、希有なパロディと言えるだろう。

③　ニュー・ウェーブとスピンオフ

シュロック・ホームズは、パロディ黎明期からある〝ホームズもどき〟の一種であった。このタイプはその後しだいに衰え、一九八〇年あたりを境に、あまり姿を見せなくなる。

その少し前、一九七四年に、あるホームズ・パロディがベストセラーになって、新たなエポックをつくることになった。前述の「ワトスンの未発表手記が発見された」という設定と、「もし……だったら」式の設定を融合し、歴史上の著名人や架空の有名キャラクターをホームズと対決させるというタイプの作品、『シャーロック・ホームズ氏の素敵な冒険』（邦訳扶桑社文庫）である。

大物どうしの対決としては、前述のルパン対ホームズもあるが、ニコラス・マイヤーによるこの小説がベストセラーになり、さらに映画化もされると、このタイプの長篇が次々に出版されるようになった。一般世間にいわゆる〝ホームズ・カルト〟を知らしめたという意味で、シャーロッキアーナの歴史全体の中でも注目される。

また、この作品の出現を境に、ホームズ・パロディのニュー・ウェーブが始まったとも言われている。

ちなみに、邦訳では著者名が「メイヤー」となっているが、著者に会って聞いたところでは、「グリンペン・マイアー」(《バスカヴィル家の犬》に出てくる沼の名)に近い発音だとのことだったので、ここではあえて「マイヤー」を使わせていただく(データとして表記のときは「メイヤー」のまま)。

マイヤー作品における「ワトスンの未発表手記」と「大物対決」は、別に新しい発想ではないのだが、ホームズを扱った長篇小説が商売になると出版界その他に認識させたことは、重要だった。これ以後、長篇パロディが続々と刊行され、一方では〝スピンオフ作品〟、つまり正典中のほかの人物(たとえばレストレード警部やモリアーティ教授)を主人公にしたものも、増えていくのである。

マイヤー以降の大物対決作品として有名なのは、一九七六年のローレン・エスルマン『シャーロック・ホームズ対ドラキュラ』(邦訳河出文庫)と、一九七八年のマイケル・ディブディン『シャーロック・ホームズ対切り裂きジャック』(邦訳河出文庫)だろう。いずれの作家も、この作品発表のあとにミステリ作家として有名になっている。

また、ホームズ以外を主人公にした七〇年代のスピンオフ作品としては、モリアーティ教授を主人公としたジョン・ガードナーの『犯罪王モリアーティの生還』(一九七四年、邦訳講談社文庫)やマイケル・クアランドの『悪魔の装置』(〝The Infernal Device〟)【未訳】(一九七九年)、あるいはドイル自身を主人公としたロバート・サフロンの『悪魔の兵器』(〝The Demon Device〟)【未訳】（一九七九年）などが思い出される。

そして一九八〇年、つまりドイルの死後五〇年目には、正典の著作権が消滅し、それによってパロディが書きやすくなるはずだった。だが、ＥＵとアメリカは著作権法改正により、保護期間を延長。その後ＥＵでは二〇〇〇年末に切れたが、アメリカでは一九九七年の改正で再延長され、『事件簿』の一部などはいまだにフリーになっていない。キャラクターの権利についても、日本とは違う厳しさがある。

ちなみに、日本では日本語への翻訳権が一九九〇年に切れたことで、『事件簿』を含む正典すべての翻訳がフリーとなり、全集の刊行が容易になった。それまでは単行本、文庫、児童書、それぞれの形態ごとにひとつの出版社が翻訳権を保持していたからだ（それぞれ早川書房、新潮社、偕成社である）。

その後、ホームズが最初に登場する作品《緋色の研究》の刊行一〇〇周年にあたる一九八七年を経て、ホームズ関係のイベントや出版物は世界的な盛り上がりを見せた。

一九九〇年代に入ると、スピンオフ現象はさらに進み、あの手この手のパロディが増えていく。コナン・ドイル自身を有名人と対決させたり、あるいはホームズに恋や結婚をさせたり。そうした作品までホームズ・パロディと呼ぶことには抵抗があるかもしれないが、たとえば一九九四年に始まるローリー・キングの一連のメアリ・ラッセル・シリーズが、アメリカではホームズもの小説として多くのファンを得ていることを考えると、ジャンルの枠が広がったと解釈したほうがいいのだろう。

アメリカのキャロル・ネルソン・ダグラスが、アイリーン・アドラーを主人公とする長篇シリーズで人気を博したのも、九〇年代だった。第一作は一九九〇年の『おやすみなさい、ホームズさん』(邦訳創元推理文庫)だ。

その一方で、この時期は、さまざまな作家にホームズ・パロディを書き下ろさせてアンソロジーにするという本が多く現れた。前述した《緋色の研究》一〇〇年を記念して一九八七年にグリーンバーグ他によって編集された『シャーロック・ホームズの新冒険』(邦訳ハヤカワ文庫)を始めとして、一九九五年にはSFパロディ集『シャーロック・ホームズのSF大冒険』(邦訳河出文庫)、一九九六年には、ヘミングウェイなど著名作家の文体でホームズ・パスティーシュを書くというマーヴィン・ケイ編の〝ダブル・パスティーシュ〟集『ホームズの復活』(一部短篇邦訳あり)と、クリスマス・ストーリー集『シャーロック・ホームズ　クリスマスの依頼人』(邦訳原書房)が出た。いずれも書き下ろし短篇ばかりで、しかも有名どころのミステリ／SF作家たちが作品を寄せている。

その後、『〜新冒険』は新たな作家三人の作品を加えて一九九九年に新版を出し、『〜クリスマスの依頼人』の編者たちも、同年に続編『シャーロック・ホームズ　四人目の賢者』(邦訳原書房)を出した。その前の一九九七年に出たアンソロジー『シャーロック・ホームズの大冒険』(邦訳原書房)も、二六篇のうち四篇を除くとあとは書き下ろしだった。

〝短篇パロディの時代〟が再びやってきたのかどうかはともかく、こうしたアンソロジーの出現により、英米ミステリ作家たちのホームズに対する並々ならぬ愛情と意欲を見せつけられたことは確かだった。以前から「ミステリ作家なら一度はホームズ・パロディを書きたくなるものだ」と言われていたが、その言葉は正しかったようだ。

④ さらなる浸透と拡散

二十一世紀に入ってからすでに一〇年以上がたつわけだが、まだこの新しい時期の傾向がはっきり見えたわけではない。ただし、新世紀に入ってから数年間の新作を見ていると、いわゆる純文学（メインストリーム小説）の作家がホームズやドイルをテーマにした小説を執筆するケースが増えたような気がする。

その代表的なものが、ピューリッツァー賞作家マイケル・シェイボンの『シャーロック・ホームズ　最終解決』（邦訳新潮文庫、二〇〇四年）と、テリー・ギリアム監督の映画『ローズ・イン・タイドランド』の原作者ミッチ・カリンの『ちょっとした心の錯覚』（"A Slight Trick of the Mind"）【未訳】（二〇〇五年）だろう。

シェイボンの作品では、第二次大戦終結直前、探偵を引退して養蜂生活をいとなむ〝老人〟（つまりホームズ）のもとに、オウムを肩にのせた口のきけない少年がやってくる。彼はナチスから逃れてきたのだが、そのオウムはドイツ語で不思議な数字を口にするのだった。そのオウムが盗まれ、八九歳の老人（ホームズ）がオウムの失踪と殺人の謎を追う……というもので、ミステリと純文学の中間的作品と言えよう。

もっとも、シェイボンは最近、ミステリやSF関係の賞を受賞するような作品を書いているので、純文学作家というレッテルが正しいのかどうかはわからない。

一方カリンのほうは、ワトスンたちの死後（一九四七年）に引退して養蜂生活をいとなむ九三歳のホームズが、第二次大戦直後に日本を訪れたときのエピソードや、一九〇二年に自分が出会った事件（及び女性）のことを語るというもの。こちらはかなり純文学的なタッチで、晩年の孤独を鋭く描いている。……ということは、ホームズファンにはあまり受けない作品と言えるかもしれないが。

面白いのは、これら二作ともが引退後の、つまり老いたホームズの姿を描いているという点だろう。

また、サマセット・モーム賞受賞作家であるジュリアン・バーンズは、二〇〇五年に『アーサーとジョージ』（"Arthur and George"）【未訳】を発表している。コナン・ドイルと、彼が実生活で冤罪を晴らした相手、ジョージ・エダルジの交流を描いた小説だ（この作品でブッカー賞の最終候補になった）。

一方、ヘミングウェイ賞受賞者のガブリエル・ブラウンステインもドイルを扱っていて、同じ二〇〇五年に『遠くの世界から来た男』（"The Man from Beyond"）【未訳】という、ドイルとハリー・フーディーニの交流を描く小説を出した。

これだけを見ると、このジャンルは純文学に傾

バーンズ著 Arthur & George

いていっているのかという感じを受けるかもしれないが、もちろんエンターテインメント色の強いパスティーシュは、二十一世紀に入ってからも健在である。

たとえば、先のオリジナル・アンソロジーの流れをくむ、二〇〇三年のリーヴズ&ペラン編『ベイカー街に投げかけられる影』("Shadows over Baker Street" 一部邦訳あり)。これは「ホームズがラヴクラフトの悪夢の世界に入り込む」というキャッチフレーズの短篇集で、クトゥルー神話を始めとするラヴクラフトの世界でホームズが活躍することを必須条件にして、一八人の作家が書き下ろしたものだ。

その冒頭の一篇、ニール・ゲイマンの「エメラルド色の習作」(『SFマガジン』二〇〇五年五月号)は、二〇〇四年度ヒューゴー賞(短篇部門)を受賞した。

賞といえば、二〇〇四年発表のゲアリ・ラヴィシ作「消えた探偵の秘密」(『ミステリマガジン』二〇〇五年九月号)も、二〇〇五年のMWA(アメリカ探偵作家クラブ)賞最優秀短篇賞にノミネートされたが、惜しくも受賞を逸した。また二〇〇六年のスティーヴ・ホッケンスミスによる長篇『荒野のホームズ』(邦訳早川書房)も、MWA賞、シェイマス賞、アンソニー賞という著名ミステリ賞で処女長篇部門の最終候補になっている。昔はホームズ・パロディがMWA賞にノミネートされるということなどほとんどなかったが、それだけ一般に認められ、浸透したということだろうか。

なお、『荒野のホームズ』は十九世紀アメリカ西部のカウボーイ兄弟を主人公にしたもので、ホームズもホームズもどきも登場しない。無学で字の読めない兄が、弟に『ストランド』誌を読んでもらってホームズに心酔し、その手法で事件の謎を解くという、〝なりきり型パロディ〟。なりきり型そのものは特に新機軸ではないが、ウェスタン・ユーモア・ミステリとの融合というユニークさから、新たな境地の開拓として注目された。

二〇一〇年代に入った今、新たな波といえるものはまだ見えないが、二つの映像化作品（ワーナー映画のダウニーJr.ホームズとBBCのカンバーバッチ・ホームズ）により起きたブームと、自費出版や電子書籍づくりが安易になったことにより、パロディ／パスティーシュの刊行数は飛躍的に増えた。だが、同時に質の低下が進んだことも確かである。

日本の状況

これまではもっぱら海外の流れを分析してきたが、日本オリジナルのホームズ・パロディは、どんな動きをしてきたのだろうか

残念ながら、世界のパロディ・シーンから見て重要とされるような作品が日本で書かれることは、長いあいだなかった。一九二〇年代から短篇のパロディはぽつぽつ書かれていたが、本格的な長篇パロディは皆無といっていい状態だったのだ。ただ、短篇でも重要な作品がなかったわけではない。この時期のそうした作品は、新保博久編『日本版ホームズ贋作展覧会』（河出文庫、一九九〇年）と北原尚彦編『日本版シャーロック・ホームズの災難』（論創社、二〇〇七年）に収録されている。

一九八〇年代に入り、やっとその状況が変わった。日本初の本格的なオリジナル長篇パロディが、加納一朗によって書かれたのである。その作品『ホック氏の異郷の冒険』は、一九八三年に雑誌掲載され、翌年文庫本になっただけでなく、日本推理作家協会賞まで受賞した。その後もホック氏シリーズの長篇は二冊書かれている。

翌年には島田荘司が『漱石と倫敦ミイラ殺人事件』を発表、一九八〇年代半ばは、日本人作家による長篇パロディ時代幕開けの時期となったのだった。

その後、一九九〇年代に入って、ヤングアダルト向け小説やライトノベル、ゲーム系小説の作家によって、〝ホームズを扱った小説〟はさらに増えていく。その一方、新世代の推理作家による凝った設定のホームズ・パロディが、一九九〇年代から二〇〇〇年代にかけて続々と書かれた。いずれも、ホームズとワトスンが単に殺人事件を解決するようなステロタイプの贋作ではない。海外のパロディ界が一〇〇年かけて練ってきた新パターンに匹敵する、あるいはそれを凌駕するようなトリッキーな作品もあり、日本作家の水準が世界に誇れるものだということを実感させてくれるのだ。

そうした作品には、黒崎緑の『しゃべくり探偵』（一九九一年）と『しゃべくり探偵の四季』（一九九五年）、服部正の『影よ踊れ　シャーロック・ホームズの異形』（一九九四年）、伊吹秀明の『シャーロック・ホームズの決闘』（一九九七年）、岩崎正吾の『探偵の冬　あるいはシャーロック・ホームズの絶望』（二〇〇〇年）、柄刀一の『マスグレイヴ館の島』（二〇〇〇年）と『御手洗潔対シャーロック・ホームズ』（二〇〇四年）、芦辺拓の『名探偵博覧会　真説ルパン対ホームズ』（二〇〇〇年）、高田崇史の『QED　ベイカー街の問題』（二〇〇〇年）、柳広司の『吾輩はシャーロック・ホームズである』（二〇〇五年）、五十嵐貴久の『シャーロック・ホームズと賢者の石』（二〇〇七年）などがある。

また、日本のお家芸とも言えるアニメーションやコミックも、世界に誇るホームズ・パロディの生産に貢献してきた。冒頭でちらっと書いたように、原作に忠実だったはずのグラナダTVによるホームズ映画でさえ、後半はパロディになってしまうのだから、正典をアニメやコミックにすれば、自然にパロディ的なものになる。もちろん、宮崎アニメの『名探偵ホームズ』（犬のホームズ）などは典型的なパロディ（しかも優れたパロディ）だが、子ども向けにマンガ化された正典も、ほとんどが一種のパロディと言える。

その一方、最初からパロディとして描かれたホームズもののマンガは、活字の世界と同じように、短い作品が多かった。そんな中で四コマ・マンガながらこつこつと書き続け、同時に独特のセンスでホームズ・パロディ・マンガ史に足跡を残しているのは、いしいひさいちの『コミカル・ミステリー・ツアー　赤禿連盟』（一九九二年）を始めとする一連の〝ヘタレな〟ホームズのシリーズだ。正典全編と語られざる事件全編をパロディするという大目標をめざしていると聞いたが、現在どこまでいったのだろう。

二〇〇〇年代に入ると、シリーズ・マンガとしての本格的な取り組みが目立つようになった。たとえば久保田眞二の『ホームズ』一、二巻（二〇〇一、〇二年）。ホームズの絵がジェレミー・ブレットそっくりという点が多少気になるものの、明智小五郎（の父親）とホームズをからませて、きちんとしたミステリ・コミックを形成している。

そして二〇〇六年になって次々に登場したのが、女性マンガ家による新鮮な作品群だ。もとなおこの『Ｄｅａｒホームズ』一、二巻（二〇〇六、〇七年）や、複数作家のアンソロジーである、あおば出版『シャーロック・ホームズの新たな冒険』一～五巻（二〇〇六～〇七年）が、注目作。あおば出版は残念ながら第六巻を出す直前に破綻したが、二〇〇八年から宙出版が引き継いで二冊を出した。

また、ベテラン男性作家新谷かおるによる、ホームズの姪を主人公にした『クリスティ・ハイテンション』も、二〇〇七年に第一巻を出し、七巻まで出したあと、主人公クリスティが成長した新シリーズ『クリスティ・ロンドンマッシブ』に移り、雑誌連載が続いている。この作品は、正典を下敷きにしつつ（毎回のタイトルは正典どおり）、姪である伯爵令嬢（おてんば娘）がホームズたちと並行して事件解決を進めるというものだが、一見原作どおりの筋運びと思わせておいて、途中から秀逸なパロディ的解釈に変わるので、油断ならない。

こうして見ると、小説の世界同様、日本のコミックス界もホームズ・パロディに関してはかなり成熟してきたと言えるのではないだろうか。今後がどうなるか、楽しみなところだ。

パロディを分類する

一般的な文芸作品のパロディについては、さまざまな文学論の中で論議されているが、ここでは〝ホームズもの小説〟というジャンルの中で、活字作品に限ってその形式を分類してみたい。もちろん、以下はあくまで私見である（リスト中、作品例は訳書のあるもののみにした。

また、本の形式（通常のパロディ小説、実用書の案内役としてのパロディ、クイズブックの問題に使うパロディ・ストーリー、研究書の形態をとったパロディなど）による分類もできるが、ここでは内容による分類を行なうことにする。

その前に、パロディ／パスティーシュに準ずる二つの形式について説明しておこう。

ひとつは、〝翻案《アダプテーション》〟と呼ばれるものだ。本来は演劇用語で、小説を劇にしたり、時代背景を昔から現代に変えたりする改作を言うが、児童書でも、おとな向けである作品を子ども向けに書き直す（訳す）場合に使われる。たとえば、山中峯太郎訳のホームズ正典はすべてこの翻案であるが、あまりの改作ぶりに、パロディと読んだほうがいい新たな作品群になっている。翻訳業界では〝リトールド〟などとも呼ばれている形式だ。

また、明治・大正期は、外国文学の〝移植〟という観点から、原作に忠実な〝翻訳〟でなく、舞台や登場人物を日本に変えてしまう翻案が盛んに行なわれた。《緋色の研究》のユタ州が北海道になっていたりすれば、やはり一種のパロディとみなすこともできるだろう。

もうひとつは、〝正典《キャノン》〟に対して〝経外典《アポクリファ》〟と呼ばれるもの。コナン・ドイルが書いたホームズの登場する小説で、正典六〇篇以外の小品——要するにドイル自身が書いた番外編、ホームズ外伝だ。代表的なものには「競技場バザー」（一八九六年）や「ワトスンの推理法修行」（一九二〇年）などがある。

以上の二種類は、広いくくりでは〝ホームズもの〟ジャンルに入るが、ここでは原則的に扱わないこととした。

①パスティーシュ（贋作または真面目な模倣）

1　正統派

「書き手がドイルの文体やキャラクター、設定、構成を正確に再現したため、その物語が正典と区別がつかないところまで達したもの」を、シャーロッキアンのあいだでは〝正統派《オーソドックス》パスティーシュ〟と呼ぶ。絵画で言うと〝模写〟にあたるだろうか。この場合、ホームズやワトスンの名は変えないものが多い。〝語られざる事件〟などの、正典の穴を埋める作品や、「ドイルの未発表原稿」の体裁を取ったものも入る。ソーラー・ポンズものは、人物名や時代設定から見ると厳密にはこの条件に当てはまらないが、その誕生の経緯や作品の持つ雰囲気から、英米ではこの範疇に入れられている。

作品例　アドリアン・C・ドイル＆J・D・カー『シャーロック・ホームズの功績』、マイケル＆モリー・ハードウィック『シャーロック・ホームズの優雅な生活』、ジューン・トムスン『シャーロック・ホームズの秘密ファイル』、テッド・リカーディ『シャーロック・ホームズ　東洋の冒険』、アーサー・ホイッテカー「指名手配の男」（各務三郎編『ホームズ贋作展覧会』所収）

2　歴史上または架空の人物対決

主人公がホームズもどきの名でなく、たいていはホームズその人であり、文体や構成も正統派パスティーシュに近い場合が多い。ただ、内容的に正典としてはあり得ないものなので、正統派とは言えない。ホームズの相手との例としては、フロイト、マルクス、ローズベルト大統領、オスカー・ワイルド、フーディーニ、切り裂きジャック、ドラキュラ、ルパンなどがいる。ただ、切り裂きジャック事件はドイルが扱っていてもおかしくないので、正統派に入れてもいいかもしれない。

作品例　モーリス・ルブラン『リュパン対ホームズ』、エラリイ・クイーン『恐怖の研究』、ニコラス・メイヤー『シャーロック・ホームズ氏の素敵な冒険』、ローレン・D・エスルマン『シャーロック・ホームズ対ドラキュラ』、マイクル・ディブディン『シャーロック・ホームズ対切り裂きジャック』、キース・オートリー『ホームズ対フロイト』

②パロディ（愉しみのためのもの）

右記のもの以外。パロディの黎明期の項で説明したような、スプーフ（茶化し、もじり）やパロディ（諷刺・嘲笑的なもじり）、バーレスク（おふざけ、茶番、戯作）などを主眼とするもの。

1　ホームズもどきが主人公

ホームズをもじった名前は数十種類とも百種類とも言われるが、このジャンルの作品は最近少なくなってきている。

作品例　クイーン編『シャーロック・ホームズの災難』所収作品の多く、カミ『ルーフォック・オルメスの冒険』、ロバート・L・フィッシュ『シュロック・ホームズの冒険』

2　人間以外のホームズ

動物や宇宙人、異世界のホームズ。児童書やSFに多い。

作品例　イヴ・タイタス『ベイジルとふたご誘拐事件』、ロバート・リー・ホール『ホームズ最後の対決』、マイク・レズニック他『シャーロック・ホームズのSF大冒険』

3　ホームズ以外が主人公

たとえば映画『スター・ウォーズ』の場合、本来はサブの登場人物だったハン・ソロを主人公とした小説のシリーズが書き続けられたが、そうしたものを〝スピンオフ〟作品と呼ぶ。主人公になる人物としては、ワトスン、モリアーティ教授、レストレード警部、マイクロフト・ホームズ、アイリーン・アドラー、ハドスン夫人、ベイカー・ストリート・イレギュラーズの少年たちなど多数がある。また、ホームズの息子や姪、孫など、架空の存在を主人公にしたものもある。

作品例　ジョン・ガードナー『犯罪王モリアーティの生還』、M・J・トロー『霧の殺人鬼』、ロバート・ニューマン『ホームズ少年探偵団』、ブライアン・フリーマントル『シャーロック・ホームズの息子』

4　伝記の形式をとるもの

ホームズまたはワトスンをテーマにした架空の〝伝記〟も、一種のパロディと言える。

作品例　W・S・ベアリング=グールド『シャーロック・ホームズ――ガス燈に浮かぶその生涯』、マイケル・ハードウィック『シャーロック・ホームズ　わが人生と犯罪』

5　ドイルが主要キャラ

ドイルが主人公あるいは重要な役どころ。彼の冒険を描くのが主体なので、たいていはホームズは登場しないか、登場しても脇役。

作品例　マーク・フロスト『リスト・オブ・セブン』、ウォルター・サタスウェイト『名探偵登場』、ロバータ・ロゴウ『名探偵ドジソン氏　マーベリー嬢失踪事件』、デイヴィッド・ピリー『患者の眼』

6　正典にない人物が主人公

ホームズは重要な役どころになっているものの、主体は別の（正典にまったく関係のない）人物という形式。ホームズとの恋愛関係を扱うものが多い。

作品例　ローリー・キング『シャーロック・ホームズの愛弟子』、水城嶺子『世紀末ロンドン・ラプソディ』

7　なりきり型

ホームズの手法を使う主人公、あるいはホームズになりきる主人公のもの。ホームズは登場しない現代ものだったりする。

作品例　ジュリアン・シモンズ『シャーロック・ホームズの復活』、スティーヴ・ホッケンスミス『荒野のホームズ』

8　その他

シャーロッキアン団体で事件の起こるものや、ホームズ関係の小道具やドイルの遺稿などをめぐる事件、ホームズの名前だけ使ったペット探偵ものなど。一種、ボーダーラインの作品。

作品例　アントニー・バウチャー『シャーロキアン殺人事件』、キング『捜査官ケイト　過去からの挨拶』

◉最後に

われわれはなぜ新たなホームズ・パロディを求め、読むのだろう？　六〇篇では物足りなくて、もっと読みたいという欲求もあろう。あるいは、正典にない要素や面白さが加味されたホームズものを読みたいという気持ちもあろう。いずれにせよ、ホームズという永遠の魅力をもつキャラクターがいることで、永遠に楽しむことができるのだと思う。

ただ、ホームズ・パロディは、いわゆる〝キャラ萌え〟の人だけが楽しめるというものではない。正典をほとんど読まず、メディアによるイメージでしかホームズを知らない読者が、パロディだけ読んで楽しめるということもあるだろう。ホームズ・パロディというジャンルの裾野は広い。優れたミステリとしてのパロディを求める人にも、大笑いできるギャグを求める人にも、幅広く対応できる種類がある。それだけ浸透と拡散を続け、大きくなったサブジャンルなのである。

第2部

シャーロッキアンの旅と出会い

このセクションでは、海外で開催されたホームズ・イベント（ホームズ団体の大会や銅像の除幕式）に参加したときのレポートと、国内にある「ホームズ」の名を冠したパブやバーの訪問記を集めました。いずれも一九九九年から二〇〇九年の『ミステリマガジン』に掲載されたものですが、リライトしてあります。

商業誌以外に書いた旅の辛口エピソードや、ホームズ・クラブの大会で日本に招いた海外ゲストのこぼれ話などは、また別の機会に。

私が初めてロンドンとベイカー街を訪れたのは、一九七六年。まだ学生のころでした。一ドルが三六〇円という固定相場の時代、羽田から南回りの安い便でアテネを経由してたどり着いたロンドンは、推理小説で馴染んでいたせいか、ごく自然に歩くことができました。以来、味をしめたと言いましょうか、生活費を削って毎年ヨーロッパを訪れたものの、なぜかアメリカだけは行きませんでした。ひよっこシャーロッキアンという自覚があったせいで、シャーロッキアンのイベントに出ることもありませんでした。それが何かのきっかけでヴァーモント州のベニントンという小さな町で行われたホームズ・イベントに参加、それ以来ずっと米英のイベントに出るようになり、まもなく二〇年が経とうとしています。

シャーロッキアンにとって、正典をネタにイマジネーションを膨らませることはまず第一の楽しみですが、イベントでさまざまな人に出会うことも、〝同好の士〟ならではの楽しみです。残念ながら「シャーロッキアンに悪人なし」とまで言い切ることはできませんが、海外で初めての地に行っても、すぐに友人ができることは、間違いないのです。

エディンバラにつくられたホームズ像

海外ホームズ・イベントへの旅

ロンドン、シャーロック・ホームズ像除幕フェスティバル訪問記

【付記】一九九九年まで、ホームズの銅像はドイルの生まれたエディンバラ（スコットランド）とライヘンバッハの滝のあるマイリンゲン（スイス）、それに日本の信濃追分の三カ所にしかなかった。それがついにベイカー街に建てられることとなり、同年九月にその銅像除幕式を中心として、ロンドン・シャーロック・ホームズ協会主催で六日間に渡るフェスティバル、『シャーロック・ホームズの復活《リターン》』が行なわれた。以下はその概略レポートである。

同協会が数年前に催した『バック・トゥー・ベイカー・ストリート』にも世界各国から多くの参加者があったが、今回のイベントはそれをさらに上回るものだった。特に、二〇名以上もの人間が一挙にロンドンに押し掛けた日本勢（ほとんどが日本シャーロック・ホームズ・クラブ会員）は、かなり目立ったようだ。国単位のシャーロッキアン参加者数から言えば、（地元イギリスを除いて）アメリカが一番だったはずだが……その理由はご想像におまかせしよう。

さて、イベントの行われたのは、九月二十一日から二十六日の六日間。肝心の除幕式は二十三日の水曜日午前十一時半からで、日本では祝日だが、なぜ平日の昼間に……と多くの参加者が首をひねっていた。二十五日の土曜日にはクリケット場からベイカー街の銅像まで仮装パレードをして像の「贈呈式」を行なう予定でいたが、これが直前になって目的地変更になり、銅像まで行かずにマリルボーン駅前のホテルで式が行なわれることになった。

文句は後回しにして、イベントの具体的内容を説明しよう。

初日の二十一日夜は、タワー・ブリッジの展望室におけるレセプション。飲み物が出てワイワイやっているうちにゲストのスピーチがあって、またワイワイやっているうちにお開きという例のパターンで、フェスティバル全体のオープニング・イベントだ。ロンドンのシンボルのひとつ、タワー・ブリッジは一八八六年から九四年にかけて作られたもので、落成式のあった九四年は、ホームズがライヘンバッハの滝以後の〝大空白時代〟の失踪からロンドンに帰ってきた、記念すべき年である。タワーからの展望は、一見に値する。

ベイカー街のホームズ像

翌二十二日は、夕方から大英図書館で講演と特別展示の披露が行なわれた。この図書館は一九九八年まで大英博物館の一部だったが、その後セント・パンクラスに移転し、一五〇マイルもの書棚を有する近代的大図書館となったのは、ご存じの方も多いと思う。講演は、ドイル書誌などで世界的に知られるリチャード・ランスリン・グリーンによるスライド（貴重な本をたくさん見せてもらった）と、バーナード・デイヴィーズによる「トポグラフィカル・リサーチ」、つまり地図や時刻表、電話帳などの資料とホームズ物語の関係。

そして二十三日は、いよいよ銅像の除幕式だ。当然のことながら、銅像はすでに何日も前から設置されていて、そのまわりが木箱で覆われている。ベイカー街というのは地下鉄路線のたくさん交差する繁華街であり、かつ観光地でもあるから、日本に負けず劣らず心ない輩は多い（ついでに言うなら、観光客目当てのスリも多い）。そのせいかあらぬか、木箱はかなり頑丈そうなものであった。

ただ、除幕式前にこの木箱入り銅像を眺めた参加者の多くは、ひとつの懸念を抱いたことと思う。「こんな狭い空間で、いったい除幕式などできるのか？」と。像は地下鉄ベイカー街駅のマリルボーン・ロード側入り口の真ん前にあり、しかもそこはマダム・タッソー蠟人形館に続く細い歩道。すぐ脇は市内観光バスのたまり場で、像は歩道の真ん中で歩行者を邪魔するような位置にあるのである。

案の定、除幕式の際の像周辺はいささか混乱状態になった。当日の早朝から銅像の周辺に作られた小さなステージの真ん前、つまり一等地は、ゲストたちの場所。そのまわりに群がって立っているのは、イベントのチケットを持った大勢の参加者たち。そのうしろにめぐらされた柵の外には、一般客（たいていは「何をやってるのかわからんがとにかく覗いてみようとする」人たち）の群衆。小柄な日本人たちは当然のようにステージが見えないし、銅像にしてもシーツをかぶった頭くらいしか見ることはできないから、やむなく大通り側の塀に登って、地下鉄職員（除幕式の整理係）に注意されたりしていた。

わけのわからぬうちにスピーチが終わり（ほとんど聞こえない）、いよいよ幕が取り払われ……と思いきや、白布はホームズのパイプに引っかかってなかなか取れない。参加者の失笑を買うなか、ようやくホームズの姿が現れたら、顔の向きは当初の想像図と逆方向。マリルボーン・ロードとベイカー街の交差点を向いていると思っていたのに、地下鉄の入り口に向いているのである。そして、彼の目の前一、二メートルには、以前からある両替商のスタンド。窓口のお姉さんは、毎日この銅像と観光客を眺めることになるわけだ。

あるいは、「ホームズはアビ・ナショナル銀行のほうを向いているのだ」という説もあった。アビ・ナショナル銀行（元はビルディング・ソサイエティ）は、一九三二年以来、現在のベイカー街二二一番地を含むアビ・ハウスというビルに本社を置き、世界中から来るホームズ宛ての手紙に返事を書く担当者を設置したりしてきた。数年前は、その先の二三九番地にできたホームズ博物館が自分のところの番地を二二一と称して郵便物を横取りしようとする「事件」などもあって、私としては同情的な目で見ていたものだ。

ところが、今回はどうも形勢がちがう。除幕前の木箱にしても、除幕式ステージの看板にしても、見えるのは「アビ・ナショナル創業一五〇周年」の文字ばかり。おまけにベイカー街にあるアビ・ハウスの一角はショウウィンドウになって、銅像のミニチュア・モデルが大々的に飾ってある。これではどう見ても、「銅像はアビ・ナショナル一五〇周年記念に作られたもの」ではないか。

確かに、ホームズ協会が始めた銅像建設資金の寄付運動がわずか一年余りで終了したのは、アビ・ナショナルがほとんどの制作費を寄付したからだった。その点では貢献したのだろうが、日本の新聞までが「銅像はアビ・ナショナルが創業一五〇周年を記念して建てたもの」と書くにいたっては、何をかいわんやである。この点は、『シャーロック・ホームズ』マガジン編集長のデイヴィッド・スチュアート・デイヴィーズ（愛称DSD。パロディや劇脚本で知られる）も指摘していた。除幕式のメインゲストにしても、チャールズ皇太子でも国会議員でもなく、アビ・ナショナルの会長であった（ホームズ協会の作ったハンドブックには、皇太子とブレア首相からのお祝いの言葉が掲載されている。これはなかなか胸躍るものだ）。

除幕式の日の夕方からは、チャリング・クロス駅にあるプレイヤーズ・シアターで、ミュージック・ホールの夕べ。ここはロンドンにただ一つ残るヴィクトリア朝様式ミュージック・ホールで、かのチャップリンも若いとき芸を磨いた場所だ。劇場側が、ホームジアン特別プログラムを用意してくれていた。出演者と観客がいっしょになって歌うのが楽しく、特に『シャーロック・ホームズの幽霊』というコスチュームものは、抱腹絶倒だった。

翌二十四日はメーヴェンピック（スイスのレストラン・チェーン）でのインフォーマルな昼食

会（およびマーチャンダイズ商品発売）のあと、午後からは国会議事堂の上院議会宴会場における、アフタヌーン・ティー。ロンドンで絵葉書を買うと、たいていテムズ川の船から見た国会議事堂（およびビッグベン）の写真があるが、その議事堂と河岸のあいだに、ベランダのような部分が横長に見える。お茶会はそこで行なわれたのだが、めったに（あるいは一生）入れない場所だけに、緊張もひとしおであった。

同日夜は、ロンドン博物館における映画の夕べ。「イギリス映画・テレビ・アーカイブ」の担当者が、一〇〇年前のロンドンとロンドン周辺の貴重なフィルムを見せてくれた。戦争その他の理由により、サイレント・フィルムの八〇パーセントは失われてしまったというが、今後もどうかなくなってほしくない、と思える映像ばかりである。

二十五日の昼間は、前述したようにローズ・クリケット場（コナン・ドイルの属していたクリケット・クラブがあった）からスタートしてマリルボーンの駅前のランドマーク・ホテルまで、ヴィクトリア朝コスチュームによる徒歩のパレード（ごく一部の参加者は二階建て馬車で）。その後、ウェストミンスター市副市長への銅像贈呈式。

さらにその晩は、前述のDSD脚本による一人芝居、『シャーロック・ホームズ——最終幕』。この劇はフェスティバルの前後もかなりの期間上演されているが、当日はフェスティバルの参加者だけで一四〇人ほどの席がびっしり埋まった。この日のチケットを買えなくて前後のマチネーに回った参加者も、四、五〇人はいたらしい。劇は一九一六年、ベイカー街の部屋でホームズがそれまでのさまざまな事件を回想するというもので、最後はワトスンの死亡記事を読んだあと……(後略)となる。ロジャー・ルウェリンという役者は、なかなかの才人だ。

フェスティバル最終日のイベントは、シンポジウム「ロンドンの親善大使としてのシャーロック・ホームズ」。ロンドン協会のバーナード・デイヴィーズ、日本シャーロック・ホームズ・クラブ主宰者の小林司、ノーウェジアン・エクスプローラーズ（アメリカ、ミネアポリス）会長のジュリー・マキューラス、ライヘンバッハ・イレギュラーズ（スイス）会長のミヒャエル・メーア、フランコ・ミッドランド・ハードウェア・カンパニー（フランス）のセバスチャン・ルパージ、ベイカー・ストリート・イレギュラーズの〝ウィギンズ〟ことマイケル・ウェランほか、たくさんのキー・パースンが講演やスピーチを行なった。その後、銅像の作者ジョン・ダブルデイ（レスター・スクウェアのチャップリン像や、マイリンゲンのホームズ像の作者でもある）のアトリエ訪問というイベントが最後にあったが、私はＤＳＤとの『ＳＨマガジン』打ち合わせのためパスさせてもらった。

結局残ったものは、地下鉄ベイカー街駅前に立つホームズ像（及びマーチャンダイズ商品と若干の印刷物）だが、この像の前には毎日のようにホームズ博物館の宣伝マン（ホームズの格好をした青年または老人）が立って、博物館の名刺を配っている。訪れた観光客の大半は、銅像がこの博物館のものかと思って写真を撮るだろうが、博物館に向かう途中でアビ・ハウスのミニチュア像を見たら、混乱するかもしれない。ともあれ、この像が（善し悪しは別として）ベイカー街のさらなる観光地化に貢献することは確かであろう。（早川書房『ミステリマガジン』一九九九年十二月号）

【付記】アビ・ナショナルが二〇〇五年に移転したあと、アビ・ハウスは取り壊されて高級マンションに変わった。

コナン・ドイル像除幕式顚末記

必ずひどい目に遭うのがわかっていながら、つい手を出してしまう相手……というと何やら『ルパン三世』の峰不二子のようでもあるが（古くて申し訳ない）、私の場合それは、クロウバラという南イングランドの田舎町である。

ひどい風邪をひきこんで声が出なくなったり、ホテルの金庫にパスポートを忘れたまま帰途についたり……行くたびにそんなことの繰り返し。なのに懲りずに訪れてきたのは、ここがほかならぬコナン・ドイル晩年の地だからだ。そして二〇〇一年の四月十四日、ついに彼の銅像が完成して除幕の運びとなり、私は招待状を手に再びクロウバラの地を踏んだ。……はたして、期待（？）は裏切ら

クロウバラのドイル像

れなかった。今回は凍てつくような寒風の中、一時間半以上も突っ立っているハメに陥ったのである。

いったいなぜか。さまざまな理由により四〇分も早く着きすぎたうえ、式次第がわからず銅像周辺に突っ立っていたこと。さらに式が始まっても、周辺がせまいため一時間あまり立っていなければならなかったこと。この二点のせいであった。幸い、心配された雨はこの間降らなかったものの、日本の真冬並みの寒風は、かなりつらい。ベイカー街のホームズ像除幕式と同様、招待状のある人しか銅像周辺には入れないようにしてあるのだが、それにしてもせまくて、ほとんど身動きもとれないほどなのだ。

イベントは大きく三段階に分かれていた。十一時から正午まではメインの除幕式で、場所は町のメインストリートと国道の交差点にある公園（真向かいは町で一番大きいパブだ）。十二時半から場所をレジャーセンターの仮設大テントに移して、昼食会。その後五時半まではタウンホールでの講演プラス・スライド上映と、ドイルの屋敷（今は特別養老院）見学である。

人口二万の小さな町のイベントといっても、ばかにできないもので、「オノラブル」付きで呼ばれる名前のゲストがいたり、軽歩兵隊のラッパ手たちによるファンファーレがあったりと、なかなかのものであった。

十一時を過ぎるころ、町の有力者らしき人物たちが夫妻でぞくぞくと現われ、銅像周辺はびっしりの人。一角には、ロンドン・ホームズ協会の面々が見える。現会長のピーター・ホロックや、マリルボーン図書館でホームズ・コレクションを管理するキャサリン・クック、ドイル書誌で名高いリチャード・ランスリン・グリーン、それにホームズ映画本やパロディの著者デイヴィッド・スチュアート・デイヴィーズ。コナン・ドイル協会の代表クリストファー・ローデンの姿が見えなかったのは寂しいが（彼はカナダ在住）、もうひとつのドイル研究団体、フランコ・ミッドランド・ハードウェア・カンパニー（FMHC）のフィリップ・ウェラー夫妻は、講演の予定もあって精力的に動き回っている。そういえば、ドイルのコレクションで有名なトロント・レファレンス・ライブラリの関係者（トロントのホームズ団体の面々）も、姿が見えなかった。

一方、日本からは私のほか、ホームズ・グッズのコレクションではおそらく日本一の志垣由美子、同じく日本シャーロック・ホームズ・クラブの柴崎節子とその夫（非シャーロッキアン）、それにロンドン在住で『シャーロック・ホームズ・マガジン』の翻訳を手掛ける堀田治見の五人。米・加・仏・独・伊といった主要国のドイル／ホームズ団体から参加者がほとんどなかったのとは対照的であった。

なぜそうなったかというと、ひとつには、アナウンスがあまりにも直前だったからだ。非公式な情報がもたらされたのが二月中旬、正式に除幕式招待状と町長挨拶文が届いたのが三月初め。それで四月十四日にイギリスへ来いというのは、かなり難しいではないか。しかも、この時期はイースター休暇の始まりだから、地元の人たちからでさえ、すでに旅行を予定していて参加できないという苦情が出ていたくらいなのだ。

十一時半。ラッパ手たちのファンファーレに続いて、赤い布をかぶったままの銅像の前で、町長のミセス・ジリアン・ナッソーがみずから司会を始める。式次第のトップは〝コナン・ドイル・

クロウバラ・エスタブリッシュメント〝（地元のドイル財団）のキュレーター、ブライアン・ピューだ。

アーサー・コナン・ドイル（以後ACD）は一九〇七年、四八歳のときに二人目の妻ジーン・レッキーと結婚し、クロウバラの屋敷〝ウィンドルシャム〟に移り住んだ。以後二三年間、亡くなるまでここにいたわけだが、この期間は非常に意義深い。〈ウィステリア荘〉（『最後の挨拶』所収）以降のホームズものを書いたのはこの時期だし、スレイターなどの冤罪事件を弁護したのも、第一次世界大戦をはさんで心霊学にのめりこんでいったのも、この時期。すでにヴィクトリア時代も世紀末も終わっていたとはいえ、ジーンといっしょの「第二の人生」を謳歌した時期と言えるだろう。

ブライアンのスピーチはまず、このクロウバラ在住のあいだにACDが地元の人といかに交流したかに焦点をあてた。彼のメイドや庭師、運転手、いきつけのテイラー、靴屋、宝石商などを、名前をあげながら具体的に紹介したのである。そして、第一次世界大戦で潜水艦戦を警告したり、鉄製ヘルメットの使用を進言したりしたエピソード。「サー・アーサーはホームズの産みの親というだけでない、大きな人物だったのです」というのが彼の結びであった。

続いて、主賓であるミセス・ジョージナ・ドイルによる除幕と、短いお礼のスピーチ。再びファンファーレが鳴り、彫刻家のデイヴィッド・コーネルが紹介される。ジョージナ・ドイルとは、ACDといったいどんな関係にある人物なのか？　……当然出てくる疑問だと思う。

ACDの子孫で一番知られているのは、ディクスン・カーと共著でホームズ・パスティーシュ集『シャーロック・ホームズの功績』を書いた、息子のひとりエイドリアンだろう。彼は兄デニスの死後、ＡＣＤの遺産のすべてを管理して、ぜいたくな暮らしをしていた。七〇年に彼が死ぬと、妹のデイム・ジーンが継いだが、これも九七年に死去。これらＡＣＤの二代目たちに子供がいなかったため、その後遺産はＡＣＤのきょうだいの子孫たちのあいだで分割されたと聞く。ジョージナは、ＡＣＤの弟イネスの、息子ジョンの、三人目の妻。したがって血はつながっていないのだが、イネスをはじめ、デイム・ジーンのいとこにあたる年代がすべて死に絶えているので、ジョージナは生前のＡＣＤを知る貴重な証人のひとりと言えるわけである。

いささか説明が長くなったが、今回の銅像を作った彫刻家のデイヴィッド・コーネルにも触れておこう。クロウバラ在住の彼は、四〇年間のキャリアをもち、英王室の公式肖像彫刻を手がけてきた。最近の作品では、レオナルド・ディカプリオの肖像や、ダイアナ元皇太子妃の記念硬貨などがある。

この後、製作費の寄付が最も多かった『アソシエイテッド・ニュースペーパーズ』の代表が、タイムカプセルを埋蔵。中身がなんであるかは聞きそびれたが、ここまでなんとか雨に降られずに終わったので、一同ほっとした感じであった。

午後からは前述のように場所を移して、仮設大テントの中で昼食会。と言っても、シャンパンやワインとつまみ程度の、ささやかなものだ。ここで私が「東洋」からの代表、ディクソン・スミスが「西洋」からの代表として、ＡＣＤへの賛辞《トリビュート》をひとくさり。

スミスは、ホームズ物やジャック・ザ・リッパー物の古書店および出版社として名高いルー

スピーチをする筆者（隣は町長）。堀田治見撮影

パート・ブックス（ケンブリッジ）のオーナー。リッパロロジスト雑誌に寄稿もしている。二人のスピーチの内容を詳しく書く紙幅はないが、私はＡＣＤがその作品を通して英日文化の橋渡し役になったことを、スミスはＡＣＤがホームズ物だけでなく幅広い執筆活動をしたことと、その像がクロウバラに建てられる悦びを語った。

　シャンパンの勢いをかったせいか、心配していたスピーチは思いのほかうまくいった。ところが、ジョージナにお礼を言われて悦んでいたバチか、テントを出るころには大雨。ジンクスはあくまで続くようだ。

　なんとか送迎バスに乗って、タウンホールへ。ここでは前述のフィリップ・ウェラーが、ＡＣＤ関係のスライドを見せながら講演したあと、ブライアン・ピューがＡＣＤ〝クロノロジー〟を詳しく披露。その講演の元になった資料、〝A Chronology of the Life of Sir Arthur Conan Doyle〟は、これまでのドイル伝とは違う視点のデータをうまくまとめた私家版文献で、今回の旅の収穫のひとつだった。

　夕方近く、ＡＣＤの元屋敷を訪問し、ディクスン・カー著『コナン・ドイル』の口絵に登場する居間でお茶をして、イベントの全体が終了。もちろんそのあとは、パブで「打ち上げ」だ。その帰りのタクシーの運転手が、興味深い話をしてくれた。彼は地元民なのだが、ＡＣＤ像の製作費に町が寄付した分と、今回の除幕式の費用のせいで、一人当たりの税金が年八六ポンドも上がったというのだ。しかも彼は、銅像のせいで観光客が増えることなんてありえないと考えていた。

複雑な気持ちで帰国した私にブライアンから後日談が届いたのは、この原稿を執筆し始めたころ。それによると、除幕式翌週の月曜日、銅像にＴシャツが着せられ、カツラがかぶせられ、さらに口紅をぬられるという「狼藉」がはたらかれたとのこと。さらにその数日後には、十七歳の少年が銅像の帽子を取って逃げた。銅像の写真を見てわかるように、帽子は右手に溶接してあるはずなので、力まかせにもぎ取ったらしい。犯人はその後捕まったが、お説教程度で釈放された。そして五月末、今度はスプレー塗料を吹きかけられるという事件があったという。

これまで世界各地で四体造られたホームズ像は、いずれもこれといった破壊行為を受けていないはず。とすると、ドイル像であるゆえなのか、それともクロウバラという田舎ゆえなのか、考えさせられるところだ。（早川書房『ミステリマガジン』二〇〇一年八月号）

ニューヨークで見た二人の涙
――ベイカー・ストリート・イレギュラーズ総会に参加して

今年二〇〇二年もまた、シャーロッキアンの季節が来ては去っていった。……ホームズの誕生日とされる一月六日の前後に、海外では多くのホームズ団体が年次総会やディナー会合を開くからである。

中でも、今から七〇年近く前にニューヨークで創立されたベイカー・ストリート・イレギュラーズ（ＢＳＩ）の総会は、有名なものだ。その誕生のいきさつなどは関係書籍に詳しいので端折るが、ＢＳＩは世界で最初に「ホームズ物語によるゲーム」を考え出し、その後世界中に影響を与えたことで、知られている。過去の著名会員を見ても、フレデリック・ダネイやレックス・スタウト、アンソニー・バウチャー、アイザック・アシモフなど、枚挙にいとまがない。

そうした歴史の長さや入会の難しさのため、ともすれば権威主義の団体と言われたり、年輩者が多いことで〝お達者クラブ〟などと揶揄されたこともあるが、シャーロッキアーナの歴史において相当の実績を残し、優れた人材を輩出しているという事実は、無視できないだろう。ちなみに、正典中の人物や事物の名を会員名として授与された正会員《インヴェスティチュアド》は、創立以来、五五八名。うち「ライヘンバッハの滝の向こうへ行った」物故者は、二四八人だ。日本人では、故・長沼弘毅氏を含め、これまで六人が会員になっている。【付記】いずれも二〇〇二年当時の数字。

ところで、〝シャーロッキアン〟という存在をめぐる一般人（？）の誤解で最も有名なものは、「シャーロッキアン同士の集まりでは正典の一部を互いに引用し合って、それがどの作品か当てられないと恥をかく」という類のものだろう。このいわば「引用合戦」は確かにＢＳＩの会則に載っており、初期のころは実際に行なわれていて、そのことを長沼氏が著作の中で書いたりしたため、シャーロッキアンを「あやしいオタク」の一種と見る一因になってきたようだ。しかし、現在ではそんなことをする会員は皆無と言ってよく（第一、日々記憶が衰えていく老人たちが、そんな自滅的なことをするだろうか）、だからこそ私も、怯えずに総会に参加できるというわけである。

とはいえ、今年の総会には、別の意味で私を怯えさせる要因があった。今年のテーマは〝インターナショナル〟で、アメリカ以外の会員が各国を代表して「自国とホームズ」についてスピーチすることになっていたのだが、日本の代表、つまり日本シャーロック・ホームズ・クラブ（JSHC）の主宰者である小林司氏が出席できなくなり、私が代わりにしゃべることになったからである……。

BSIについての説明が長くなったが、とにかく去る一月十日からの三日間、いわゆる〝BSIウィークエンド〟は始まったのだった。

公式イベントは、主要なものに限れば全部で三つ。会員外のゲストが話をする「卓越したスピーカーによるレクチャー」（木曜日の夕方）、年次総会兼ディナー・パーティ（金曜日夕方）、そしてカクテル・レセプションおよびオークション（土曜日の午後）である。

そのほか、本やグッズの即売会、「マーサ・ハドスン朝食会」、「ウィリアム・ジレット記念昼食会」、「バスカヴィル宴会」といったイベントが公式に発表されていて、希望すれば参加できるが、金曜日のディナーだけは招待者のみが参加できる。この招待者には会員以外で推薦された人物も含まれ、そうした人たちが何度も総会に出ているうち、ある年に認められて会員になる、というシステムなのだ。

マイケル・ウェランが会長になってから始まったレクチャーは、今年で五回を数える。今回のゲストは、英国BBCラジオの脚本家、バート・クールズ。九年間にわたるホームズ・シリーズで、同じ二人の役者を使って正典全編を作り上げた人物だ。すべての人が自分なりのホームズ像（イメージ）をもっている、という話から始まり、長短篇すべてをドラマ化することの難しさや特殊性を説明してくれたほか、テープデッキを持ち込んで、《バスカヴィル家の犬》の同じシーンが時代によってどう変遷してきたかを紹介したりと、実に楽しい話であった。

明けて金曜日は、メイン・イベントであるディナー（総会）の日。この日はまた、BSI会員でもあるオットー・ペンズラーの店〈ミステリアス・ブックショップ〉が混むときでもある。全米や海外から来るBSI会員・非会員のシャーロッキアンたちが、ホームズ本のコーナーへ押し寄せるからだ。

夕方六時から、カクテルアワーに続いてディナーによる総会。この席で私は、二人の人物の対照的な落涙に遭遇することとなる。

ディナーはたいてい、会長である〝ウィギンズ〟の挨拶に始まって、記念撮影、会則の朗読、乾杯（ハドスン夫人、マイクロフト、ワトスンの二番目の夫人、老イレギュラー、そしてホームズに）、〈マスグレイヴ家の儀式書〉の唱和と続き、各種スピーチ（毎年テーマが違う）のあとに音楽演奏（および合唱）、物故者と新会員と「二シリング賞」の発表、そしてヴィンセント・スタリットの詩「二二一B」の朗読で、お開きとなる。

涙の主のひとり目との遭遇は、このプログラムの中ほどの、休憩時間のことだった。

ホームズ・パロディでも知られる著名SF作家ポール・アンダースンが、二〇〇一年七月に亡くなったことは、ご存じだろう。一九六〇年以来の、BSI会員である。彼の奥さんがBSI会員になった一昨年の総会の折、私はご夫妻と話をできた嬉しさのあまり、記念写真を撮らせてもらった。ところが、ポールは翌年の総会に出ることがかなわず、その夏に亡くなったのだった。ならば、せめてあのときの三人一緒の写真を渡そう。そう思って休憩時にちょうどひとりでいる彼女をつかまえたのだが……

写真を見せると、数年前に夫婦で来日したときの楽しかった話などを再度してくれるうち、みるみる涙ぐんでいく。そのそばで面食らう私は(この事態が予測できなかったわけではないが)、シャーロッキアンの常套句を使って"please keep your memory green"などとつぶやくだけだった。

幸いにして、もともと明るい女性のせいか、その後も会うたびに微笑みかけてくれるのでほっとしたが、シャーロッキアーナ界に大きな足跡を残した故・ポール・アンダースンの冥福を祈るのみである。

というところで、ディナーの詳細に移ろう。今年はインターナショナルがテーマということで、会則の朗読役からスピーチの話し手までをみな、アメリカ以外(北欧、ドイツ、イタリア、カナダ、英国、そして日本)の会員が担当した。この数年活発に活動しているフランスからの参加がなかったのが残念だが、マイクロフトへの乾杯をした平山雄一(日本)や、〈マスグレイヴ家の儀式書〉朗読のエンリコ・ソリート(イタリア)など、注目されていたようだ。六年ぶりに出席した植田弘隆も、ジェリー・マーゴリン(あのフィリップ・マーゴリンの兄弟)など多くの旧友に、歓待

スピーチをする筆者（BSIディナー）。植田弘隆撮影

されていた。

では私のスピーチはどうだったかというと……心配したほどのひどいことにはならなかった。明治期のホームズ翻案をネタにして、スピーチの初めで「かつて（一時期）ホームズは日本人だった」とやってみたところ、かの有名なレックス・スタウトのスピーチ「ワトスンは女だった」ほどではないにしろ、そこそこ面白がってくれたようだ。

また、スピーチの中ほどで、日本におけるホームズ移入史の一部としてＪＳＨＣ創立の話をした際に、小林氏からのメッセージを読み上げた。「ホームズとワトスンの出会いで名前の出たアフガニスタンが、今回は不幸な理由で有名になったが、ホームズというすぐれた外交官によって、各国に早く平和の戻ることを望む」といった内容のもので、読み終えたあとに静かな拍手が広がっていったのが印象的であった。

実はこの「アフガン」の話題を出していいものかどうかという点は、出発前からの懸念のひとつであった。イベント初日に出席した昼食会でもまったくこの話題が出なかったので、ディナー直前まで心配していたのだ。ところがこれが、杞憂どころの話ではなかった。

配られた合唱用の歌詞集（「九月十一日の犠牲者の遺族に捧げる」と表紙にある）に載っているのは、ニューヨークをテーマにした歌から始まって、アメリカの愛国歌ばかりではないか。そのうちのひとつ、〝God Bless the U.S.A〟に至っては、全員で歌っているうちに、会長のウェランが感極まって涙を流し始めた。これが二人目の涙、というわけだ。

〝インターナショナル〟というテーマと、パトリオティズム。スピーチをするため会長と同じメイン・テーブルに並んで座っていた、私とイタリアのエンリコ、それにドイツの代表の三人は、日独伊うんぬんという古い単語を思い出して、複雑な視線を交わし合ったのだった。

翌日の土曜日午前は、準公式の宿であるアルゴンキン・ホテルで即売会。そして午後からはカクテル・レセプション。これまで数々の出会いがあったが、ここでもうれしい出会いがひとつ。二年前からなんとなく顔だけ知っていたダニエル・スタシャワーと、ゆっくり話ができたのである。

長身でラテン系顔のスタシャワーは、知る人ぞ知る、『コナン・ドイル伝』で二〇〇〇年度のMWA賞を評論／評伝部門で受賞したミステリ作家。その処女作であるホームズ・パロディ『ロンドンの超能力男』の翻訳者であると自己紹介すると、予想外の大変な喜びようだった。実は初刷りのまま絶版になってしまったのに。ああ、こうなっては彼のドイル伝をどこかの出版社に売り込まねば！

こうしてまた、海外のホームズ・イベントへ行くたびに余計な仕事（？）を背負い込んでくるのである……。（早川書房『ミステリマガジン』二〇〇二年四月号）

東と西の三都物語

シャーロッキアンとしての海外旅行には、大きく分けて二種類――海外の仲間に会う場合と〝正典〟ないしドイルゆかりの地をめぐる場合――がある。ベイカー・ストリート・イレギュラーズ（BSI）の年次総会に出るのは、前者の例だ。だから「イギリスやドイツのシャーロッキアンたちといっしょにロシアへ行く」と言うと、たいていの人が「なんでまた？」と首を傾げるのであった。

たしかに、ホームズとロシアは関係がなさそうに見える。いや実際、たいしたつながりはない。〈金縁の鼻眼鏡〉のコーラム教授がロシア人で、かつて虚無主義者の組織に属していたとか、事件のあとホームズとワトスンがロンドンのロシア大使館に書類を届けたとか、そんな程度だ。

というわけで、私も最初は「仲間うちの観光旅行」くらいに考えていたのだが、実は意外な収穫が――そのかわりにリスクも――あったのだった。

今回はその「モスクワ～サンクト・ペテルブルク旅行記」に、ニューヨークで行なわれた恒例のBSI総会の模様を加えて、お伝えしよう。

◉モスクワ編――ホームズで有名になった男

覚悟はしていたことだが、今回は旅立つ前からトラブル続きだった。まず、イギリスの旅行会社によるツアーを使うため、われわれ日本人参加者六名はイギリスから送ってもらう証明書を使って、東京の大使館で個人的にビザをとらねばならない。ロシア大使館の扱いにくさは、経験者ならご存じだろう。おまけに当の旅行会社がいいかげんで、六人のうち三人の書類のデータを間違えられ、直前まで冷や汗をかかされる羽目になった。

そんなこんなでツアー出発地のロンドンはガトウィック空港にたどり着いたのが、二〇〇三年の九月十一日。集まったのはイギリスから一〇人、ドイツから四人、そして日本から六人の、総勢二〇人。イギリスのホームズ/ドイル研究団体「フランコ・ミッドランド・ハードウェア・カンパニー(FMHC)」の会員たちである。

そもそも、このツアーが企画されたのは、イギリスの会員夫婦の奥さん(ターニャ・イザード)がサンクト・ペテルブルク出身だからであった。《バスカヴィル家の犬》出版一〇〇年記念でダートムアの合宿大会に参加した連中のあいだで、今度はロシアはどうか、という話になったのだ。一度は行っておきたいが不案内な都市へ、言葉も土地勘も確かな知り合いの案内で行ける。しかも彼女のアレンジで、あわよくばロシアのホームズ俳優に会えるかもしれない……これを逃す手はない、というわけである。

かくて、ターニャの八面六臂の活躍で、英独日連合対ロシアの戦いの幕が切って落とされたほどではないが、ロシアはやはり、一筋縄ではいかないのであった。

モスクワに行ったことのある人なら、ご存じだろう。何もかも巨大だが陰鬱さの漂う設備や街並み、官僚主義をひきずった無愛想な客あしらい、不景気のせいだけではなさそうな治安の悪さ。

……そのすべてを、われわれはのっけから体験することとなった。空港やホテルのフロントや両替所、地下鉄、デパート、露天商、その他さまざまな場所での不満を書きつらねていたら、何ページあっても足りはしないだろう。

ただ、たとえば店の従業員がにこりともしないのは、働いているときに笑うと不真面目だとされるからだ、という説も聞いたことがある。まあ、カルチャーの違いがもしこうした不満の原因になっているとしたら、しかたがないが……それを割り引いても、まだ「消費者サービス」という言葉には程遠いという印象はぬぐえない。

そんな中で唯一うれしいのが、物価の安さ（日本が高いだけかもしれないが）だ。特に酒や煙草の安さはうれしい。ホテル以外でウォッカやビール、ワインやシャンパンを飲み、国産の煙草を吸うぶんには、ごく安くてすむのである（キャビアに高級ウォッカなどはもってのほかだが）。それに、ショートステイの観光客だから感じるのではあろうが、屋台のおばちゃんの素朴さや、ホテル・レストランのウェイトレス（二〇歳前に限る）の笑顔などは印象的であった。

さて、市内観光や買い物でさんざんそんなことを経験した二日間ののち、いよいよホテルのレストランで〝ロシアのホームズ〟に対面できることとなった。

ワシーリー・リワノフ。ロシアでホームズといえば、ジェレミー・ブレットでもバジル・ラスボーンでもなく、この人を指す。一九七九年から一九八六年まで放映された純ロシア製のテレビ・シリーズ『シャーロック・ホームズとワトスン博士の冒険』で、大当たりをとった俳優だ。父親が〝ロシアのローレンス・オリヴィエ〟とまで言われる著名俳優だったから、ある種当然の人気と言えないこともないが、彼自身が伝説の人となれたのは、やはりホームズのおかげだろう。

あらわれたリワノフは、奥さんのほかにテレビ局らしきビデオ・クルーと、友人の週刊新聞記者を連れてきていた。なるほど、昔ほど有名でなくなっても自負心は変わらないんだな、というのが第一印象だった。とはいえ、シャーロッキアンにとってのホームズ役者は「お会いできるだけで光栄」な対象。ディアストーカーをかぶって登場し、席につけばパイプをくわえてくれるというサービス精神に、一同は感激したのであった。

リワノフを囲むFMHCの面々（中央下、パイプを持っているのがリワノフ）

　ディナーをしながらのひと通りのインタビュー、ＦＭＨＣ会長フィリップ・ウェラーから名誉会員証の授与、記念撮影、そして、サイン攻め。ここで得意そうな笑顔を浮かべたのが、分厚いサイン帳を取り出したウーヴァ・ゾマーラッド（フランクフルトからの参加者）。彼がフィルム・ヒストリアンだということは聞いていたが、そのサイン帳を見て、びっくりした。レイ・ブラッドベリ、ロバート・シルヴァーバーグ、ロバート・ブロック、フォレスト・J・アッカーマン、ショーン・コネリー……欧米のミステリ、ホラー、SF界の作家、俳優、映画監督などあらゆる有名人にもらったサインが、ぎっしり。つまり彼は、すべての人たちに直接会ってサインをもらったわけだ。

嬉々としてそのサイン帳をリワノフに差し出す彼。しかし、これがその後のとんでもないトラブルにつながるとは、誰も予想はしなかった……。

ところで、シャーロッキアンならずともミステリファンなら、現地の書店や古本露店に行くことは、旅の必須項目。今回はなかばあきらめていたが、モスクワにもサンクト・ペテルブルクにも「本の家」なる書店があると聞けば、やはり覗かずにはすまない。モスクワの「本の家」はたしかになかなかの大書店で、ホームズ／ドイル関係書は古典文学のコーナーでもミステリのコーナーでも、比較的探しやすかった。ただ安いことは安いのだが、なにせ重い本が多いので、私が厳選して買ったのは、たったの二冊。お恥ずかしい。

そのうちの一冊であるドイルが表紙になった研究書には、〝Arthur Conan Doyle: Memolries and Adventures〟なる表記があった。『思い出と冒険』といえば、言わずとしれたドイル自伝である。が、めくってみると、歴史上の人物写真のほか、同書にはないドイルの家や関係者の写真がちりばめられているうえ、口絵にはあらゆるホームズ関係書からとってきたとおぼしきイラストや写真が、ぎっしり。後半にはミステリの歴史とおぼしきエッセイと、ドイルの書簡集。あとで付き合わせたところでは、前半はたしかにドイルの自伝の翻訳なのだが、ほかがまだわからずにいる。アヤしい本だ。

◉サンクト・ペテルブルク編――怒りの監督とうろたえるコレクター

モスクワに三泊ののち、寝台列車でサンクト・ペテルブルクへ向かう。ガイドブックによくある『赤い矢号』より格下の列車の、しかも二等寝台。小柄な日本人にとっても、上の席は天井がせまってきてつらい。今回はロンドンからサンクト・ペテルブルクへの飛行機もひどくせまく――いや、せまいなんてもんじゃなく、前の席との距離がほとんどない、あとから付け足したような座席にすわらされたのであった。いったんすわると脚が抜けないというのは、初めての体験だ。

とはいえ、寝ているうちに人数が減るというミステリもなく、サンクト・ペテルブルクに無事到着。うってかわって素敵なホテルに一同、呆然とするのみであった。なんでも、この年の建都三〇〇年記念行事で招かれた各国首脳が泊まったリゾートホテルで、その後一般客を泊めるようになってから間もないらしい。メインの建物のほかに各首脳が泊まった豪華コテージがあり、レストランもかなり高級だった。

さて当地でのメイン・イベントは、先のリワノフといっしょにホームズ映画を作って名を馳せた映画監督、イゴール・マスレニコフとの会見だ。なぜ別々の日の、別々の場所のインタビューなのか。会見のため用意した部屋に集まった一同に、ターニャが説明する。……今の二人は犬猿の仲なので、決してむこうから持ち出さないかぎりリワノフの名前を口にしてはならない。先にモスクワで会った話など、もってのほか、と。

大成功のあと仲違いするのはよくあることとはいえ、みんなの顔がいっせいに緊張する。まも

ディナー席でのウーヴァと筆者

なくあらわれた監督（彼はひとりで来た）とシャンパンで乾杯のときも、どこかぎこちなさがかいま見える。

　だが、監督はむしろ〝プライドの高い名優〟より話しやすかった。状況判断が的確でジョークのうまいフィリップ・ウェラーに負うところも多いが、場所をレストランに移したあとは、英米のホームズ映画についての評価から、マスレニコフの作品の著作権を現在テレビ局がコントロールして困っていることまで、食べているひまもないほどさまざまな話が飛び交ったのだった。

　とくに、既存のホームズ映画の中でワトスンは不当に扱われている——彼は狂言回しでなく、ホームズと対等の存在であるべき、という彼の言葉は、印象深かった。

　さらに元の部屋に移ると、監督は用意してきたＤＶＤ版《バスカヴィル家の犬》を十数枚、寄贈してくれた。なんという太っ腹！　たちまちＤＶＤにサインを求める列ができたことは、言うまでもない。

そこで起きたのがウーヴァのサイン帳事件だ。ターニャがせっかく「リワノフのときとは離れたページを出すのよ」と注意したのに、空白ページをつくりたくなかったのか、それともたんに無頓着だったのか、すぐ次のページを開いて出したのである。

分厚いサイン帳を出されれば、前にはどんな人がサインしているのかと、ついめくって見たがるのが、人間の心理。監督も当然、ペンを持ったまま前のページをめくった。その表情が目に見えて変化したのは、言うまでもない。

だが、そこはベテランと言うべきか、監督は何も言わずサインして、最後までにこやかに去っていった。割を食ったのは、通訳をはじめすべてのアレンジをしてきたターニャである。監督を送り出して戻ってきた彼女の表情は、かなり硬かった。

「ウーヴァ、あれだけ言ったのにあなたは……去り際に監督が何て言ったと思う？『いつまでたっても、やっぱり私は彼の次の存在というわけかね』って。私、何とも答えようがなかったわ。監督がどんなに不快な気持ちだったか……」

一同、うって変わって神妙な顔。このときばかりは、いつもひょうきんなウーヴァもうろたえていたが、どこまで深刻に受け止めたのかはわからない。まさか、確信犯ではなかったと思うのだが……。

ともかくも、ロシアのビッグネームとの二つの会見は、なんとか終了。あとはまた――スリにバッグを切り裂かれたり（女性参加者二人）、屋台のペロシキ（ピロシキではない）を食べて「何の肉かわからないんだからダメ」とターニャにたしなめられたり（私のことだ）、楽しき（？）旅が続いたのであった。

◉ニューヨーク編――一五〇歳の誕生日

明けて二〇〇四年一月、BSIの年次総会が極寒のニューヨークで行なわれた。クリストファー・モーリーによる創立以来、これは変わっていない。

総会開催の名目となっているホームズの誕生日が、なぜ一月六日なのか。それは別の場所で書くとして、まあ、とにかく今年はホームズの「生誕一五〇年目」なのであった。

『エラリー・クイーンズ・ミステリ・マガジン（EQMM）』では、このホームズの誕生日とそれに合わせて開催されるBSI総会を記念して、二月号にホームズ・パロディやホームズ・テーマの詩を載せるのが恒例となっている。今年の二月号にもアーサー・ポージズのパロディが載ったほか、ジョン・L・ブリーンの書評「陪審席」ではホームズものを集中して取り上げているから、ご覧になった方もあろう。

一方、おなじみオットー・ペンズラーも、総会で全米だけでなく日・欧・豪からやってくるシャーロッキアンたちのために、マンハッタンのミステリアス・ブックショップを〝オープンハウス〟にしてくれる。店の奥にある彼の仕事場兼コレクションルームは圧巻で、その気になれば金がいくらあっても足りないが、眺めるだけでも素敵な気分になれる。今年はそのオープンハウスの日の前日におじゃまし、初めて本人写真を撮らせてもらった。ちなみにオットーは三〇年近く前、すでにＢＳＩ会員となっている。

今年二〇〇四年はホームズ生誕一五〇年に加え、当のＢＳＩ創立七〇周年とはいえ、とくに変わった催しや事件があったわけでもなかった。ただ、記念事業として、ハーバード大学ホウトン図書館にＢＳＩとしてのアーカイヴをつくる契約の成立が報告された。資金を集め、物を集め、利用ができるようになるのはこれからだ。

ミステリアス・ブックショップのオットー・ペンズラー

内容は一般的なシャーロッキアン／ドイリアン・コレクションでなく、ＢＳＩ固有のもので、手始めに前会長（故）トム・スティックスのコレクションと、現会長マイケル・ウェランのコレクション（シャーロッキアンたちのつくったグッズや、各種書簡）が入るという。できあがれば、ＢＳＩの歴史そのものが詰まったアーカイヴとなるのだろう。こうしたコレクションは通常の図書館では引き取ってもらえないから、ホームズ研究団体としては画期的なことと言えるのではないだろうか。（早川書房『ミステリマガジン』二〇〇四年四月号）

【注記】求龍堂『ＮＨＫテレビ版シャーロック・ホームズの冒険』では俳優がワシリー・リヤノフ、監督はイボール・マスレニコフとなっているが、これはピーター・ヘイニングによる原本のせいと思われる。現地では俳優が「リワノフ」または「リヴァノフ」、監督が「イゴール」と呼ばれていたことと、ＤＶＤのコンテンツにあるキャストとスタッフ名を英語のアルファベットに変換すると"VASILIY LIVANOV"および"IGOR MASLENNIKOV"となることから、ここではとりあえずワシーリー・リワノフとイゴール・マスレニコフという表記にした。

ナポリひきこもりツアー――イタリア・ホームズ大会を訪ねて

イタリアでシャーロック・ホームズの大会というと、何やらミスマッチという感じがするかもしれない。その点はロシアと似ているが、こちらの場合は〈赤い輪団〉や〈六つのナポレオン像〉といった、主要登場人物がイタリア人という作品があるだけでなく、活発な活動をしているホームズ団体があることでも知られている。

"Uno Studio in Holmes"（ＵＳＩＨ）、つまり《緋色の研究》(A Study in Scarlet)をもじった「ホームズの研究」という名称のそのイタリア・ホームズ協会は、年に一度、イタリア各地の回り持ちで総会を開いている。私がその総会に初めて出席したのは、二〇〇二年。《バスカヴィル家の犬》刊行一〇〇年を記念して、フィレンツェ郊外で開かれたときだった。

今回（二〇〇四年）、二年ぶりに出席した総会の開催地は、ナポリ。しかも五月という絶好の季節である。毎日パソコン画面に向かうか居酒屋にいるという身としては、期待しないほうがおかしいというものだろう。

ところが、毎度のことながら結果は期待を裏切るもので、カプリ島に渡っても青の洞窟になど行く暇はないし、博物館も美術館もストで閉まっている。ポンペイやヴェスーヴィオに足を伸ばすどころか、ナポリの教会広場にある怪しげな建物の奥や、ナポリの地下遺跡といった、「ひきこもり」的場所で過ごす日々なのであった。

ただ今回は、ナポリを拠点とするミステリファン・クラブである"Il Pozzo e il Pendolo"とのジョイント大会だという点も、動機付けには十分なのであった。この団体の名称は、英訳すると"The Pit and the Pendulum"。そう、ポーの「陥穽と振り子」である。これがなかなか活発なミステリクラブで、ナポリ中心地の教会広場にある古めかしいビルに本部を置き、毎週のように映画上映会やミステリをテーマにした食事会、ジャズ演奏会を開いているという。今回はこのP&PがUSIHと共同で、一カ月にわたりナポリで「ホームズ・フェスティヴァル」を開催したのだった。

ジョイント総会の日程は、五月の二十一日から二十三日の三日間。夕食会、昼食会、展示・販売、演劇、レクチャー、ナポリ地下遺跡ツアー、そしてドイルゆかりの地での記念銘板序幕という、盛りだくさんのイベントである。現地では、昨年秋のロシアツアーで世話になったイギリスのホームズ団体FMHC（フランコ＝ミッドランド・ハードウェア・カンパニー）の面々——主催者のフィリップ・ウェラー夫妻、ドイルが晩年に住んだクロウバラでドイル研究団体のキュレーターをしているブライアン・ピュー夫妻、そしてドイツのフィルム・ヒストリアン、ウーヴァ・ゾマーラッドと、再会することができた。

さて、いよいよ大会開催……と思いきや、初日から開始時間が午後四時から七時半に変更。期待にそぐわぬというか、二年前にフィレンツェでさんざん経験した「イタリア時間」によるスタートなのであった。

そんなわけで、時間をもてあましたミステリファンはどうするかというと、当然、書店めぐりをすることになる。本好きにとってたまらないのが、ダンテ広場の東に延びる路地だろう。石畳の路地の両側に、新刊および古書の書店がびっしり並んでいるのだ。だが、私にとっての掘り出し物は、滞在したホテル近辺をぶらついていて偶然見つけた書店のウィンドウにあった。『シャーロック・ホームズ　東洋の冒険』のイタリア語版である。イタリア語が読めるわけでもないのだが、ちょうど自分の仕事で翻訳中だったこともあり、目にしたのが運の尽きだった。

ダンテ広場でフィリップたちと落ち合い、歩いて五分ほどのサン・ドメニコ・マッジョーレ教会の広場へ。その広場にある古いビルがP&Pのクラブハウスだ。この教会はたいていのガイドブックに載っている有名なもの……だということは、あとで知った。無知な観光客にお許しあれ。ビルの中は古くてもけっこう広く、その一角がホームズ関係の展示場所となっている。イタリア語や英語、スペイン語などのホームズ関係書、等身大のホームズ人形など、かなりの点数だ。そのまわりにはホームズ以外のミステリ・ペーパーバックや映画のポスターなどの棚があり、常設展示になっているらしい。ここではスペイン語のホームズ・パロディを安く購入。拾いものであった。

奥のホールに進むと、映写会や講演をする小規模なステージと、三、四〇人分はありそうなテーブルと椅子。反対側にはバンドの準備がなされている。そこでUSIH会長ガブリエル・マッツォーニの挨拶が始まったのは、すでに夜の八時半をまわったころだった。

挨拶が終わると、一日目のメイン・アトラクションである「サプライズ・プレイ」。いささか太り気味の声優らしき人物が登場したかと思うと、〈赤い輪団〉の朗読を始めた。バックグラウンドは、先ほど準備をしていたバンドのジャズだ。朗読劇か講談か、はたまたホームズ一人芝居か。イタリア語じゃあよくわからんな、とぶつぶつ言っていたら、USIHの元会長であるエンリコ・ソリートが寄ってきて通訳をしてくれた。それによると、なんとこの朗読劇の脚本は、ナポリ弁で書かれているというのである。エンリコ自身、ナポリ弁ホームズの朗読が行なわれるとは知らず、そこが「サプライズ・プレイ」なのであった。

ホームズ人形とFMHCの面々

実はこの日、「サプライズ劇」はもうひとつあった。ロンドンから出席するはずの日本人二人——ロンドン在住の清水健と短期留学中の中島ひろ子（ともに日本シャーロック・ホームズ・クラブ会員）が、朗読劇の終わった十時ころになっても着かないのだ。やっと入った携帯電話によると、手配してもらった宿が空港から市街地を通り越して反対側の山の中にあるリゾートホテルであるうえ、USIHの会員の名で予約してあり、すったもんだのあげくタクシーで会場へ向かうことになったという。だが残念ながら、疲労困憊の二人が到着したときにはすべてのイベントが終わり、ディナーの残骸しか残っていないという状態であった。

翌日の午前中は、ナポリ地下ツアー。これが私にとってはクセ者だった。ナポリは紀元前に移住してきたギリシャ人のつくった町で、そのギリシャ文化による古代都市が、今でもナポリ旧市街の地下に残っている。これが近年発掘され、古代の劇場跡や再利用を計画中の水源などをめぐる観光客向けウォーキングツアーが催されているのだ。だが、最初のうちこそ広々とした水源や通路を歩けたが、最後は身体を横にしなければ通れないような細い迷路。ひとりずつ持ったロウソクの明かりを頼りに、水のしみ出した床を歩いていく……実は「ひきこもり」でもなんでもない閉所恐怖症の私にとって、これはつらかった。一緒に歩いている面々がいなかったら、発狂していたかもしれない。

なんとか明るい地上へ戻ると、三つ目の掘り出し物で心をなごませることができた。ヴェニス在住のイーヴォ・ロンバルドが書いたホームズ・パスティーシュ、"Sherlock Holmes a Venezia"(『ヴェニスのシャーロック・ホームズ』)である。同じ出版社から出ているプロモーション用の英語版も彼から譲ってもらったが、こちらは非売品らしい。

さらに、昼食のピッツァでナポリの味を堪能し、狭い迷路の恐怖を払拭する。とにかくトマトのうまさは絶品だから、ピッツァだろうがスパゲティだろうが、どんどん腹に入ってしまう。写真はピッツァハウス「ロンバルド」の食事風景だ。ピッツァは普通の大きさに見えるが、我々日本人の目の前に並ぶとかなり大きい。

食べ物の話を始めるときりがないのだが、夕方から始まった肝心のレクチャーについても触れておかねばなるまい。

P&P会長は、サンタ・ディ・サルヴァという女性だった。彼女の挨拶のあと、USIH名誉会員が発表され、次のようなレクチャーが夜の八時ころまで続いた。

昼食風景（左からウーヴァ、ブライアン、その夫人と、エンリコ）

「ホームズのサイレント映画」（ガブリエル・マッツォーニ会長）、「〈赤い輪団〉におけるナポリ訛り」（前日の劇の脚本を書いたロベルト・ダジェッロ）、「ホームズの世界」（ジェーン・ウェラー）、「コナン・ドイルとイタリア」（フィリップ・ウェラー）、「ホームズと法律」（ステファノ・ゲッラ）、「〈赤い輪団〉の歴史的ルーツ」（エンリコ・ソリート）、「ドイツにおけるホームズ」（ウーヴァ・ゾマーラッド）、そして私のスライドレクチャー、「日本におけるホームズ——その移入と現状」である。

それぞれの内容を説明しているスペースはないので省略するが、九時過ぎに始まったディナーを終え

記念銘板を持つ筆者夫妻

てホテルに帰ると、また真夜中なのであった。

三日目になってやっと、地下迷路からも教会広場のクラブハウスからも解放されることになる。行き先はナポリの西側にあるラ・ガイオラ島。島と言っても、ポジッリポ半島の先端から二〇メートルしか離れていない小島だ。そこにあるヴィラを所有していたのがコナン・ドイルの妹とその夫ネルソン・フォーリーで、ドイルはこの家を二度訪れ、しばらく滞在したという。そんな縁から、USIHとP&Pが合同で記念の銘板をつくったのであった。

ナポリから地下鉄とバスを乗り継いで一時間かけて着いたところは、ひきこもり気分も吹っ飛ぶ気持ちのいい高台の公園である。ナポリ湾とヴェスーヴィオ山の遠景もいい。ではドイル来訪の記念銘板の序幕を……というところで、これまたイタリア的というか、それとも私がそう運命づけられているのか、物事は予定どおりいかないのだった。

島の持ち主の許可はあるが、足場の問題でヴィラに渡ることができないのだという。とりあえずは公園のどこかに取り付けて、という悠長な話だ。そんなわけで、それぞれが銘板を抱えて記念写真を撮るという、奇妙な結末になったのであった。ちなみに、銘板に刻まれた文句は次のとおりである。

イタリアでナイト爵を授かったという／英国の文学者サー・アーサー・コナン・ドイルは／一八九六年と一九〇二年にこの地を訪れ／その美しさに感銘を受け／いくつかの作品のインスピレーションを得た／それを記念して／二〇〇四年五月／「ホームズの研究」協会／および「陥穽と振り子」協会

（早川書房『ミステリマガジン』二〇〇五年一月号）

エディンバラにドイルを訪ねて

二〇〇五年八月、（経緯は省くが）私は友人の結婚式のためスコットランドはグラスゴー近郊の小さな町へ行くことになった。となれば、ここはひとつコナン・ドイル生誕の（そして学生時代の）地、エディンバラに寄らねばなるまい。

ドイル一家は、アーサー・コナン・ドイルが生まれてからエディンバラ大学医学部を卒業するまで、少なくとも四回は引っ越ししている。そうした居住地のうち、建物がそのまま残っているのは、ひとつしかない。エディンバラ市街のはずれにある、リバートン・バンク・ハウスという家だ。といっても現在は廃屋になっていて、南イングランドのクロウバラにあるドイル晩年の家のように、さまざまなものが保存されているわけではないのだが、行ってみる価値はあるだろう。

パブ〈ザ・コナン・ドイル〉

エディンバラ市街は、東西に走る鉄道の北がニュータウン、南がオールドタウンに大きく分かれる。ホテルやパブの多いニュータウンに近いドイルゆかりの地といえば、まずは生誕の地と、その近くの広場に建てられたホームズ像。その向かいにはパブ〈ザ・コナン・ドイル〉もあるから、いっぺんに楽しむことができる。

まず生誕の地だが、住所はピカーディ・プレイス十一番地（11 Picardy Place）。ニュータウンの東のはずれのセント・ジェイムズ・ショッピングセンター前の坂を下りていった、大きなラウンドアバウトに広場があるから、そう難しくはない。残念ながらそのとおりの番地はなく、ハーツ・レンタカーの営業所になっていた。

その広場で道路に向かってでんと立つのが、シャーロック・ホームズ像だ。台座には「一八五九年五月二十二日にこの地の近くで生まれたサー・アーサー・コナン・ドイルを記念して」とある。序幕は一九九一年におこなわれた。

そして、手前の角にあるのがパブ〈ザ・コナン・ドイル〉。私も十年ほど前から何度か訪れているが、ビールも料理もうまい、居心地のいいパブである。ホームズ／ドイル関係の展示も多少はあるし、窓にはドイルの写真があり、メニューブックもなかなか趣がある。

さて、ニュータウンから線路を越えてオールドタウンに入り、エディンバラ城へ向かって行くと、ライターズ・ミュージアム(作家博物館)がある。たいていのガイドブックに紹介されている〝名所〟だから、ご存知の方もあろう。展示のメインはロバート・バーンズにサー・ウォルター・スコット、そしてロバート・スティーヴンスン。スティーヴンスンだけでひと部屋が与えられている。そういえば『難破船』がポケミスで出たばかりだな、と思いながら行ってみると……なんと！「スタッフ不足につき、本日スティーヴンスンの展示は閉めさせていただきます」という貼り紙があるではないか。残念！

かわりに見つけたのが、『エディンバラ・ブックラヴァーズ・ツアー』のポスター。ロンドンなどでよくあるウォーキングツアーなのだろう。ポスターにはバーンズの顔やホームズのイラストと並んで、どこかで見た作家の顔があった。そう、イアン・ランキンだ。忘れていたわけではないが、エディンバラといえばリーバス警部、というファンもいるだろう。失礼、失礼。

そこからまっすぐ南下してジョージ四世ブリッジという通りを行き、フォレスト・ロードに入って突き当たったテヴィオット・プレイスが、エディンバラ大学医学部の入り口だ。そのアーケードの左側の壁に、ドイルを記念したプレートがある。文面は「本大学の医学部卒業生にして作家、シャーロック・ホームズの生みの親サー・アーサー・コナン・ドイルに敬意を表して」だ。

さて、最後にメインである幼少期の家リバートン・バンク・ハウスを訪ねるわけだが、ここへはそのまま歩いていくというわけにもいかない。エディンバラ南部のネザー・リバートンとい

ドイルの記念プレート（エディンバラ大学医学部）

う郊外町にあり、エディンバラ大学までの四、五倍の距離があるからだ。私はレンタカーで回っていたからなんとかなったが、そうでない方はホテルからタクシーでも使うほうが手っ取り早いだろう。

ドイル幼少の家といっても、ここは七歳のころの彼が学校に通うため下宿していた、一家の知り合いの家だが、なんといってもエディンバラで唯一残るドイルゆかりの家だ（建てられたのは十八世紀）。住む人がいなくなったあと、マクドナルドが取り壊してハンバーガーショップにしようとして騒ぎになったのが、たしか一九九九年だった。その後もいろいろあったが、最新のニュースでは、ハンディキャップ児童の学校とタイアップして〝リテラリー・ガーデン〟にする計画が進んでいるらしい。建物は修復保存して、作家のイベントや戸外で詩の朗読会ができるような場所にするのだという。

ただ、いつどうなるかの詳しい計画はまだわからない。私が訪ねたリバートン・バンク・ハウスは、セインズベリのショッピングセンターと幹線道路リバートン・ロードに挟まれた草ぼうぼうの土地にあり、すっかり忘れ去られた場所といった感じであった。どこの国も、こうした建物

の保存・管理は難しいのだろう。(早川書房『ミステリマガジン』二〇〇六年一月号)

【付記】文中ホームズ像とパブ〈ザ・コナン・ドイル〉、それにリバートン・バンク・ハウスについては、あくまでも二〇〇六年当時の情報であることに注意されたい。

足掛け二年のホームズ・イベント――シャーロッキアンの旅行日誌より

今回の〝三都市物語〟は、北米とカナダだ。ホームズ・イベントなのにイギリスへ行くことが少ないという印象をもたれるかもしれないが、実際、大規模で歴史の古いホームズ団体は北米とカナダに多いのだから、しかたがない。ロンドンのホームズ協会ももちろん大きいし、BSI(ベイカー・ストリート・イレギュラーズ)に劣らず歴史が古いのだが、アメリカのように各地に支部があって親子二代、三代にわたり活動しているかというと、そうでもないのである。

◉ACD@35……トロント(カナダ)、二〇〇六年十月十九~二十二日

昨二〇〇六年は、トロント・レファレンス・ライブラリにあるアーサー・コナン・ドイル・コレクションが一般公開三五年目を迎えた。当初は記念のディナーのみという予定だったのだが、それが三日間にわたるカンファレンスに拡大された。二〇〇六年というのは、特に正典の発表年や事件年、ドイルの生没年からして記念すべき区切りというわけでもないのだが、ドイルが三十五歳のときを考えると、数多くの(ホームズもの以外でも)作品を発表した、脂ののった時

期であった。なおかつ、彼が初めてトロントに来たのも、三五歳のときのことだ。……まあ、要するにシャーロッキアン的こじつけによって、「ACD@35」というイベントに発展したのであった。主催はトロント・パブリック・ライブラリと、アーサー・コナン・ドイル・コレクション友の会、それに地元のホームズ協会である〈ブートメイカーズ・オブ・トロント〉だ。

十月十九日
トロント到着の翌日。午前十一時に集合して、ドイルにまつわる市内スポットめぐり。案内役はトロント・パブリック・ライブラリの郷土史家だ。集合場所のキング・エドワード・ホテルは、ドイルが一九二三年、二度目にトロントへ来たとき滞在した宿だという。一回目は前述の三十五歳のとき、つまり一八九四年で、「最後の事件」を書いてホームズを〝殺した〟直後のことだった。このときは作家としての講演をしに来たのだが、一九二三年に行なったのはスピリチュアリズム（心霊学）の講演だった。
二〇人ほどの一行は、このホテルを出て繁華街を進み、市庁舎や教会（ドイルが来た）、当時ミュージックホールだった劇場（ここで一八九四年にドイルが講演）、その他数カ所を回り、延々と歩いて最後にたどりついたのが、ちょっと大きめの民家。何かと思っていたら、そこはドイルが一八九四年の講演後、宿泊した家なのだった。

十月二十日

翌日は朝の九時からカンファレンスがスタート。こっちの連中は、いざやるとなれば一日中ぎっしりレクチャーやら研究発表やらを詰め込み、ディナー・バンケットにはさっと着替えて、優雅に酒と食事とパフォーマンスを楽しむ。ただしランチはたいていセルフで紙皿にとる軽食だったりする。このトロントでも、そしてミネアポリスでも、その形式は同じだった。

この日はランチをはさんで五つのプレゼンがあったほか、昼食時にはミニコンサート、午後四時に終了してから図書館が閉まる五時まではドイル・コレクションの閲覧、という日程であった。ミニコンサートは、映画『卒業』の挿入歌「ミセス・ロビンソン」を「ミスター・ロビンソン」にするといったたぐいの替え歌集だ。――《バスカヴィル家の犬》はロビンソンの作だったとか、ドイルがロビンソンを殺したといったアホな説をとなえる輩が当時いたのだ。

プレゼンテーションのもよう

興味深いプレゼンとしては、今回のテーマである〝三五歳のドイル〟が、その後の人生のターニングポイントにいたという分析や、図書館で開発中の〝バーチャル・ブック〟の説明（画面の本をマウスでめくって読むのだが、自動でないので、へたをするとつかめなかったりして、リアル）、執筆中のドイル伝についてなどがある。このドイル伝についてのプレゼンをしたのは、イギリスから来たアンドルー・ライセットで、この秋（二〇〇七年）に刊行された。

十月二十一日

大会三日目は、四つのプレゼンとひとつのパネル・ディスカッション、それにゲストを招いてのガラ・ディナー。のっけから「ホームズ物語における世界規模の国の脱構築」ときたので身構えたら、当時の大英帝国と『スター・ウォーズ』の帝国を対比させ、R2D2とC3POをイレギュラーズに、馬車をトランスポーターに、ダース・ベーダーをモリアーティにあてはめたりする、ユニークなものだった。パネルのテーマは「ドイルは優れた文学者か、それとも物語作家か」だ。

ディナーのゲストは、カナダのミステリ作家、モーリーン・ジェニングズ。十九世紀末のトロントを舞台にした長篇、マードック・シリーズは、テレビ化もされているが、日本での知名度はいまひとつだ。「私とコナン・ドイル」というスピーチのラストで、彼女は、昔から繰り返しホームズものを読んできたからホームズ物語は暗記してしまったと言った。そして、全集を取りだして聴衆に渡すと、どこでもいいから文章を読んでくれたら、そのあとを暗唱するというのだ。今やBSIの会員でほとんどしない（できない）シャーロッキアン的離れ業を、彼女はみごとにやってのけたのだった。

◉BSI年次総会ディナー……ニューヨーク、二〇〇七年一月十一〜十三日明けて二〇〇七年一月は、恒例のBSIウィークエンド。今年は運よく雪のない週末だった。今回の私の使命は、ゲストスピーカーのローリー・キングにサインをもらうことである。

一月十二日

自著にサインをするローリー・キング

定刻の午後六時を少し過ぎたころ、会場のユニオン・リーグ・クラブに着く。もうほとんどの人が来ているようだ。ディナーの前のカクテル・レセプションで、BSIの長老ピーター・ブラウがローリー・キングに紹介してくれた。彼女の訳書の話などして、あとでサインをもらう約束をする。第一印象は、物静かなおばさん。人気を鼻にかけているところなど、つゆほどもない。頭のお団子がなんか懐かしいなと思ったら、青島幸男の『意地悪ばあさん』にちょっと似ているのだった。

ディナーはもちろん着席方式で、指定の席（毎年違う）には名前の書かれた袋（記念品やスーベニアー入り）が置かれてある。この数年、EQMMが二月号にホームズものを載せるので、毎年それがみやげに入っているのだが、今年はなんと、それに加えてローリー・キングの新刊、"The Art of Detection" が入っていた。それぞれの会員が自作して全員に配る小冊子だのチラシだのチョコレートだのに混じって、ハードカバーがでんと入っているのだ。キングから出席者全員へのプレゼントだと知らされ、みんな拍手喝采。配布には最低一七五冊用意しなくてはならないことを考えると、なんとも太っ腹ではないか。

ディナーが一段落すると、そのハードカバーを持ってみんながキングのテーブルにやってくる。私も二冊の集英社文庫にサインをもらったことは、言うまでもない。

常連オークショナー、ピーター・ブラウ（2012年、志垣由美子撮影）

一月十三日

翌土曜日は、午後からカクテルパーティとオークションとアトラクション。いつも絵画やグッズが多いオークションだが、今年はなんと、二〇〇九年に出るメアリ・ラッセル・シリーズ最終作に、シャーロッキアンとして実名で登場させてくれる権利が（もちろんキングの了解で）オークションにかけられた。競り落としたのが誰かはよくわからなかったが、金額は確か八〇〇ドルだった。もちろん、私に手が出るわけがない（泣）。

【付記】このときのリベンジというわけでもないが、二〇一三年の同じオークションでは、キム・ニューマンの新作（ドラキュラ紀元シリーズ）に実名で登場する権利を落札することができた。謎の日本人役らしい（笑）。落札金額は二三二ドルと、キングより安かった。

巨大地下室のホームズ・コレクション

◉ヴィクトリア時代の秘密とエドワード時代の謎……
ミネアポリス、二〇〇七年七月六～八日

一九七四年のコレクション取得に始まったミネソタ大学図書館ホームズ・コレクションは、一九九九年に新築された巨大なライブラリに移った。今年の六月十一日から八月二十日にかけて、そのコレクションがホームズの部屋を作って特別展示を行うのに合わせたイベントが、今回の大会だ。主催はミネアポリスで六〇年近い歴史を誇るホームズ協会、〈ノーウェジアン・エクスプローラーズ・オブ・ミネソタ〉だ。日本からも日本シャーロック・ホームズ・クラブの面々五人が参加した。

七月六日
午後から受付と三つのプレゼンがあるが、われわれにとってのメインは午前十時からのホームズ・コレクション訪問だ。地上階にある〝ホームズの部屋〟にもコレクションからの展示物があるのだが、地下九〇フィートの倉庫にある膨大な量のコレクションを見られる機会は、めったにない。研究のためこのコレクションを訪れる人は、ひんやりとした広大な地下室で必要な資料を探し、地上の閲覧室に持ってきて利用するのだという。大型エレベータで下りた地下はデリケートなセンサとスプリンクラーだらけ。かなり空調の温度が低いので、外は猛暑なのに上着が必要なほどであった。

七月七日
今日はドイルの命日だが、日本と違い、特にこれといった行事があるわけではなかった。一時間きざみのプレゼンのうち注目株は、今年秋に刊行されるドイル書簡集の話。編者であるジョン・レレンバーグとダニエル・スタシャワーが交互に内容や経緯の解説をした。質疑応答の量がかなり多い。大会の中日で土曜なので、当然ながら夕方はカクテルアワーとバンケット。往年のホームズ・ラジオドラマの再現というパフォーマンス付きだった。

七月八日
会場の外は灼熱、中は涼しいという体に悪い大会も、これでクロージング、と思いきや、大会の最後になってテーマ「ヴィクトリア時代の謎」云々にそったパフォーマンスがあった。ヴィクトリア時代の下着（特に女性の下着）や寝間着の説明に続いて、大会スタッフたちが実際にその下着やらパジャマやらを着て現れたのである。時ならぬファッションショーに、会場は大いに沸いたのであった。

ヴィクトリア朝下着ファッションショー

そして無事帰国？　そう、悪運強いわれわれは、ホテルのすぐ裏にあるあの橋が落ちる前に、ミネアポリスから帰国していたのである。

【付記】このイベントの直後、ミネアポリスで橋が崩れ落ちる大事故があった。

こうして書いてくると、おそらく読者の中には、「特集のたびに海外取材レポを書いてるけど、さぞかし翻訳家ってのは儲かるんだろうね」とか、「どうせ原稿料で旅費がまかなえるんだろう。ケッ」とか思われる向きがいるのではないだろうか。……というか、それに近いことを言われたことが実際にある。だが、それはまったくの誤解であると、申し上げておこう。要するに、私はシャーロッキアンとしてほかの家計の大部分を趣味に注ぎ込んでいるのであって、その結果を原稿にしているにすぎない。取材経費が出るわけでもなんでもないのである。普通に仕事をしている翻訳家、ましてやベストセラー作品を一度もやったことのない翻訳家という立場から、あえて申しあげておく。（早川書房『ミステリマガジン』二〇〇七年十二月号）

ホームズからポーへ——ワシントンDCでポーの生誕を祝う

ピーター・ブラウ邸前の筆者

ホームズファンはエドガー・アラン・ポーをないがしろにしている？　……もしそんなイメージがあったら、訂正していただけるとありがたい。そもそも、《緋色の研究》の冒頭でホームズがデュパンとルコックの能力をこき下ろす場面が印象的なため、ホームズファンやドイルがポーを認めていないかのような印象があるのだが、その後の作品〈ボール箱〉ではデュパンのことを「鋭い推理家」と認めているし、ドイル自身、「ポーはこれまでを通じて最高の独創的な短篇小説家」だとまで書いているくらいなのだ。

今年二〇〇九年もまた、一月にニューヨークで開かれたベイカー・ストリート・イレギュラーズ（ＢＳＩ）の総会に運良く出席することができたが、今回は十年来の約束を果たすため、総会後にBSIの長老ピーター・ブラウの自宅に滞在することになっていた。彼は長らくワシントンDCのナショナル・プレス・クラブに所属していて、引退後の今はDC郊外（実際は隣のメリーランド州にある高級住宅街）に住んでいるのだ。

ピーターのコレクションのごく一部

その彼から、滞在予定日の初日にスミソニアンでポーのイベントがあるという知らせが届いたのは、去年の十一月だった。推理作家ダニエル・スタシャワーがトークをして、俳優スコット・セイダーがポーの作品を朗読、加えてスペシャル・バースデーケーキによるレセプションあり……。一も二もなく参加を表明したのは言うまでもない。

そのイベントのことを書く前に、ニューヨークのミステリアス・ブックショップのことをちょっとだけ書いておきたい。

同店は数年前に引っ越してBSI総会の会場からは行きにくくなったが、かなり広くなってホームズ・コーナーも充実している。特に、オッ

ミステリアス・ブックショップの地下でマーゴリンの放出品を見る筆者（2012年、志垣由美子撮影）

トー・ペンズラーの人脈のせいか、名だたるホームズ・コレクターがコレクションを放出してくれることがよくあり、今回も秘密の地下室（ほんとは事務所）で、パスティーシュ・コレクターであるジェリー・マーゴリンの逸品たちに出会うことができた。ジェリーはなんと、あのミステリ作家フィリップ・マーゴリンの実弟である。

さて、総会を終えたわれわれ（私と、パートナーである自称シャーロッキアン・ウォッチャー）は、一月十二日午後にアムトラックでニューヨークからワシントンＤＣへと移動、すぐピーターの車でホワイトハウス周辺部へと向かった。だが、自然史博物館の駐車場で車を降りたわれわれの目に飛び込んできたのは、ずらりと並ぶ青色のボックスだった。オバマ大統領の就任式を一週間後に控えたワシントンＤＣ。そのパレードが通る道からちょっと離れた、スミソニアンのミュージアムが点々とつながるあたりに延々と列を作るのは、簡易トイレだったのだ。話が長くなるので端折るが、就任式の影響は警備や交通や工事など、あらゆるところに出ていた。これが一週間後だったら、おそらくのんびりとスミソニアン見学を楽しむことなどできなかっただろう。

ピーターの案内でホワイトハウス周辺をさんざん歩き回ったわれわれは、前述のナショナルプレス・クラブで夕食をとったあと、いよいよポー・イベントに出席した。……というとまともだが、実はプレス・クラブでビールを余計に飲んだため、あやうく開会に間に合わないところであった。う～む。海外に行っても悪いクセは直らないようだ。

右からスコット・セイダー、ダニエル・スタシャワー、筆者夫妻

「Poe at 200」と名付けられたこのイベントは、前述のようにパフォーマンスとレセプションの二部に分かれている。パフォーマンスは、スコット・セイダーがポーの詩『アナベル・リー』を朗読することから始まった。次いでダニエル・スタシャワーが、小さなポー像を前にして、彼の生い立ちを語っていく。ダニエルのトークとスコットの朗読は別のパフォーマンスと思っていたら、二人でかけあいのようにトークと朗読をくり返していき、一八一一年の子供のころの話から、アルコールのせいでおかしくなるまでの生涯を振り返っていくという趣向なので

あった。

残念ながら、このパフォーマンスのあいだは部屋が暗くしてあり、写真撮影は自主規制の状態にあった。ダニエルの興味深い話と、スコットのすばらしい声、ドラマチックな朗読を前にして、雰囲気をぶち壊すような撮影ができるわけもない。ああ、残念!

スコットはワシントンDCを拠点とする舞台俳優で、オペラ歌手でもあり（バスバリトン）、画家でもある人物。どうりで朗読の声が普通の俳優よりすばらしかったはずだ。

一方のダニエルは、前述のドイル伝や、最近ではドイル書簡集の編集などで知られるが、二〇〇六年に"The Beautiful Cigar Girl: Mary Rogers, Edgar Allan Poe, and the Invention of Murder"という本を出している。ご存知『マリー・ロジェの謎』のもとになったニューヨークの煙草店売り子、メアリ・ロジャーズの殺人事件を読み解き、ポーがなぜ、どのように実際の事件を元にしたデュパンものを書き、それが彼の人生にどう関わっていったかを分析したノンフィクションだ。

正直言って、ポーの詩をそれほど読んでいない私にとり、すぐにわかる詩は『アナベル・リー』と『大鴉』くらい。暗い会場のうしろのほうでスコットの朗読を聞いていると、ビールの酔いについウトウトしてしまい、手帳のメモは一部ぐちゃぐちゃ、という始末であった。帰ったらポーの詩を読むぞ!……というのは結局、掛け声だけに終わったというのが、後日談である。

トークと朗読のミックスを堪能したあとは、いよいよバースデーケーキのおでましか!と思いきや、隣のレセプションルームでわれわれを待っていたのは、すでに細かくカットされて紙皿に載った毒々しい色の物体。「これだけ?」としょぼくれる私にとってせめてもの報いは、ドメーヌ・ド・カントンというフレンチ・ジンジャー・リキュールが差し入れられており、ほぼ飲み放題状況だったことだろう。コニャックとヴェトナムのジンジャーを使ったそのリキュールをストレートでやりながら、甘〜いケーキを食べる……これとポーがどう関係するんだろう、と考えても、答えなど出るはずもないのであった。

参考までに書いておくと、会場はスミソニアン協会本部の隣にあるS・ディロン・リプリー・センター、スポンサーは"Smithsonian Resident Associate"というスミソニアン協会の一部門で、ワシントンDCとその周辺の居住者向けに、教育とエンターテインメントの催しを開く団体だ。六月十七日には、ドイル生誕一五〇年のイベントを同じスポンサー、同じ会場、同じメンバーで行なった。(早川書房『ミステリマガジン』二〇〇九年八月号)

〈ホームズの店〉探訪記

八王子編

ミステリに酒はつきもの、というと昔のハードボイルド小説を思い出してしまうが、ホームズ好きにも酒飲みは多い。なにせ、最初にできたホームズ団体の規約に、酒をおごりあうための項目があるくらいなのだ。その酒飲みのホームズファン……もとい、酒も好きなホームズファンが愉しめる店を訪れるため、私と今井編集長は、東京の八王子へと向かったのだった。

われわれがJR八王子駅に降り立ったのは、二〇〇四年一月の雨のそぼ降る夕刻。駅の北口に出て斜め左の道、「西放射線通り」を三、四分歩くと、左手に突然、純英国風のパブが出現した。イギリスに行ったことのある人にはお馴染みの、あの建物。空模様までイギリス的な中、編集長じゃなくて女の子を連れてくればロマンチックに……などと思わせるような雰囲気の、パブ〈シャーロックホームズ〉である。

左手のドアから入ると、やや背の高いテーブル席が広がり、奥にパブ特有のカウンター。窓ガラスにはホームズ・シルエット、壁に写真と小物、それに天井を見上げると……巨大なホームズとバスカヴィル家の犬（もちろん写真だ）。私の経験では、マニアックな小物やらグッズやらを並べすぎた店は、一般客に引かれてしまう。その点、この店はちょうどいい具合で、ゆったりと酒や料理を愉しめそうだ。

二〇〇〇年十月のオープン時からいる古泉和彦チーフの話では、そもそもオーナー（近辺にバーやレストラン七店を経営）がパブ好きで、ロンドンのパブ・シャーロック・ホームズを訪れたときに感銘を受けたのがきっかけだそうだ。本場のテイストを失わないため、家具類もイギリスに特注したという。二階はレストラン的なつくりになっていて、昼間は一階がカフェ、二階がランチ用。それぞれメニューが違い、レストランメニューには「ホームズ・ハンバーグステーキ」なるものまである。

　そのオーナーの願いは通じているな……カウンターで生ギネスを飲みながら、私はそう思った（うれしいことに、キルケニーもある）。イギリスのパブは立ち飲みで人のひしめく店が多いが、それは日本には馴染まない。一方、こうしてカウンターに座ってグラスを傾けていると、不思議と穏やかな気分になってくるのである。

　店のスタッフでホームズに詳しい人がいるわけではないが、ホームズの話をしたければチーフを呼んでほしいとのこと。……そう、その程度がちょうどいい。ぼくらだって四六時中ホームズの話をしているわけではないんだから。

パブ〈シャーロックホームズ〉（八王子）

　ひとりで飲んでも、みんなでわいわい飲んでも、カフェとランチでも、マルチに愉しめる店である。明け方近くまで営業しているので、帰れなくなって始発を待つ飲んべえたちにも、重宝されているらしい。

　続いてわれわれが向かったのは、そこから二、三分歩いたビルの二階にあるバー、〈洋酒考〉。「シャーロック・ホームズ」という名のカクテルを飲ませてくれると聞いては、行かない手はない。

ぱりっとした真っ白なバーテンダー服に身を包んで現れたのは、オーナーの島村悟さん。やはり八王子にある〈The Bar〉というバーから二〇〇二年十月に独立し、この隠れ家的なバーをオープンした。十人くらいのカウンターを、ひとりで切り盛りしている。

カクテル「シャーロック・ホームズ」は、彼が〈The Bar〉時代の二〇〇〇年に考案し、十一月の日本バーテンダー協会主催関東本部カクテル・コンクールでみごと金賞に輝いた。いったいどんなカクテルなのかと誰しも思うだろうが、レシピはジン（タンカレー）四〇ミリリットル、ホワイト・ポートワイン（サンデマン）二〇ミリリットル、フレッシュ・ライムジュース一さじをシェイクするだけと、意外にシンプルである。

ところが、カクテルグラスに注いで気泡が上がっていくと、黄色っぽかった液体が透明になっていく（ジュースが多いと白濁するらしい）。これをホームズが謎解きをしていく過程になぞらえたのが、面白いところだ。しかも、グラスにつける飾りがまたいい。レモンの皮でつくったホームズの黄色いシルエットが、ライムを削った緑色のパイプをくわえているのである。これをつくるため、一回の注文をこなすのに時間がかかってしまうというが（メニューには載っていない）、この素敵なカクテルを飲むため、あるいは見るためにだけでも、八王子に来る価値はあろう。

え、味？　そうそう、かなりドライというか、男性的な仕上がりだ。痩せていてもパワーのあるホームズを思わせる、強いカクテルとも言えよう。

この店はシガー・バーでもあり、葉巻が置いてある。吸う客はそう多くなさそうだが、私もさっそく一本くわえながら、店の売りでもあるシングルモルト・ウィスキーを編集長といっしょに愉しんだ。二時間後、駅前を幸せそうな酔っぱらいミステリファンが二人歩いていたことは、言うまでもない。（早川書房『ミステリマガジン』二〇〇四年四月号）

【付記】この取材後、〈洋酒考〉は二〇一二年三月に移転したが、パブ〈シャーロックホームズ〉とともに八王子市三崎町で健在と聞く。

浅草編

前回の八王子編に続き、今井編集長と私の酒好きコンビが二〇〇五年の秋に繰り出したのは、なんと浅草である。

駒形一丁目、というより〈駒形どぜう〉の裏手と言ったほうがわかりやすいだろうか。今回お邪魔したのは、雷門や仲見世の喧噪から少し離れたあたりにあるカフェ＆パブ、〈The Holmes〉だ。数人分のカウンターと四人掛けのテーブルというこぢんまりとした店だが、表のホームズ・シルエットが目立つから、すぐに見つけることができる。

われわれがうかがったのは午後六時をまわったころ。すでに常連さんが二人、止まり木にいる。ではマスターである早川俊正さんに話を……と思ったら、おおっと見事な泡のドラフト・ギネスが出てくるではないか。ついグラスに口がいってしまうのを抑えながら、あらためて話をうかがっ

カフェ＆パブ〈ザ・ホームズ〉（浅草）

た。

　このお店を早川さんが引き受けて（独立して）から、ちょうど一年。その前は二年間、ミスト・パブリッシングという会社が経営していた。衣類などホームズの商標とロゴ付き商品も扱っているので、当初はその商品が店にも置いてあったらしい。今はマスターがひとりで切り盛りしているため、物販は難しい。今回も『ホームズとパイプ』という小冊子があるきりだったが、これがなかなか興味深い本だった（後述）。

　そんなわけで、店の看板とガラスにはホームズのシルエットがあるし、店内にもドイルの紹介パネルやロンドンの写真パネルがある。ホームズの名を書いた半纏まであって雰囲気満点なのだが、マスターがシャーロッキアンだとか、お店でミステリ・ファンが会合を開くといったことはない。気取らない居心地のいい店でおいしいビールやスコッチを飲め、酒に合うつまみを食べられる。客同士も和気あいあい……。それでいいのではないだろうか（止まり木のお客さんが「ミステリマガジン、ああ、知ってるよ」と言ってくださったのはうれしかったが）。

もちろん、マスター自慢のメニューに〝気まぐれパスタ〟があるから、お店の名前を冠して〝ザ・ホームズ・スペシャル〟にするのは簡単。行かれた方はこの名前で注文してみても、きっと通じるはず。通じなかったら「ミステリマガジン」という呪文を唱えてほしい。

もうひとつこの店で興味深かったのは、あの有名なパイプメーカー、柘製作所が近くにあり、専務の柘恭三郎氏やパイプクラブの方々が常連になっているということだ。前述の小冊子も柘氏の監修で、ダブリンのピーターソン社のホームズ・パイプなどが紹介されている。

パイプや葉巻の吸える店が少なくなっている昨今、なかなか貴重な店なのである。（早川書房『ミステリマガジン』二〇〇六年一月号）

【付記】残念ながらこの店は取材後になくなってしまったと知らされたが、移転して浅草に健在という情報もある。なお、柘恭三郎氏は現在同社の代表取締役で、私はこの後二〇一〇年に神戸の異人館〈英国館〉で行なわれたパイプコンテストで知己を得た。人との出会いは面白い。

大阪編

この訪問記もついに東京を離れ、大阪は梅田での取材とあいなった。おまけに今回は、諸般の事情により編集長も編集部員もいない単独取材。とはいえ、三〇年来の知り合いであるお店ゆえ、話題は尽きず、この紙幅ではとても収まりきれないたくさんのエピソードをうかがえたのであった（全貌はいずれ場所を変えて）。

実はこの〈英国パブ　シャーロック・ホームズ〉、本来なら真っ先に紹介すべき本命中の本命なのだ。なぜ「本命」なのかというと、ひとつには、一九七七年という早い時期に、おそらく日本で初めてできた「ホームズ」の名を冠した本格的英国式パブだということがある。しかも、今は亡き先代オーナー・津田昌信さんは、生粋のシャーロッキアンであるとともに、英国の文化とスポーツを日本に根付かせることにも熱心だった。

とにかく店内に一歩入れば、いかにここが純粋の英国式パブかということがわかるだろう。内装、家具、構造……開店に際し、凝り性で完璧主義の津田さんはヴィクトリア時代の内装再現にこだわり、英国のアンティーク家具を揃えたり、工務店に厳しい注文をつけたりしたと聞く（自ら手伝ったりもしたらしい）。店に入ると、正面にパブ・カウンターが見え、右手にダーツボードが二つ、左手にはドイルの直筆手紙などを含むホームズ関連品の飾られたボックス席。そうしたすばらしい雰囲気の中で飲む生ギネスは、格別の味だ。ちなみにこの店、ギネスの消費量（店の平米あたり）では、大阪で一番とのこと。

教師の職を辞してこの店を始めた津田さんは、前述のように英国文化とスポーツの両方を日本に紹介し根付かせることが夢だった。「文化」はホームズ、そして「スポーツ」はダーツ。ホームズの名がついたこのパブのもうひとつの柱が、遊びとしてでないスポーツとしての、ダーツなのである（それもトラディショナルなダーツだ）。

津田さんはそのダーツに関する活動もホームズ以上に熱心で、当時関西になかったダーツの団体を立ち上げ、ついには国際大会に代表を送り込むまでになったのであった（店頭右側の看板には「日本ダーツ協会関西本部事務局」とある）。「ダーツといっしょにマナーも学べ」というのが津田さんの姿勢であったというだけに、連日お店を賑わせるダーツ客のマナーのよさには感心させられる。

パブ〈シャーロック・ホームズ〉（大阪・梅田）

二〇〇二年に津田さんが亡くなったあとは、奥さんのアイ子さんと息子さんの雅之さんがあとを継いだ。現在の大黒柱である雅之さんは「古いものを守りつつ、メニューも変えていかなくてはお客さんに離れられてしまう」と考え、ランチにも力を入れ、ランチ激戦区にあってかなりの好評を得ている。そう、ここに一点だけ、英国の伝統的なパブとは異なるところが……つまり、料理が抜群においしいパブなのだ。この日の私は、ギネスだけでなく料理も堪能させていただいた。フィッシュ&チップス……本場よりうまい。特にロンドンのパブではひどいところが多いし。ホームズ・サラダ……店の名を冠したボリュームたっぷりの、これまたむこうにないみずみずしさ。ソーセージ……何も言うまい。絶品！　……といったぐあいである。

最後に言っておきたいのは、ここを単なる「ホームズ・パブ」と思ったら大間違いだということ。玉村豊男や仲代達矢、桂三枝、桂ざこばといった人たちがよく店を訪れていたという先代のころもさることながら、現在は〈マルタの鷹協会〉や〈ヴィク・ファン・クラブ〉（サラ・パレツキー／ウォーショースキーのファン・クラブ）、それに〈関西ウェールズ会〉（民間交流団体）といった団体の人たちが会合をしたり足繁く通ったりする、奥の深い店なのだ。関西在住の方はもちろん、ほかの地方の人たちも、大阪に行くことがあったらぜひとも立ち寄っていただきたい。（早川書房『ミステリマガジン』二〇〇九年十一月号）

故・津田雅之さんと筆者

【付記】津田雅之さんはこの後二〇一二年に、私も出演した〈ミステリチャンネル〉のホームズ特集TV番組に出られたが、悲しいことに同年九月に亡くなられた。その後は雅之さんの奥さんが店を続けられている。

第3部　翻訳家として――ホームズ物語とその時代

ここには〝シャーロッキアン翻訳家〟としての立場から書いた、正典を通じた翻訳と出版の話題や、ホームズの活躍したヴィクトリア時代と現代の違いに関するコラムを収録しました。これもまた、二十一世紀に入る直前の一九九八年から二〇一〇年ころにかけて書いたものです。

口幅ったいことをあえて言わせていただくと、この部分がおそらくほかの〝ホームズ本〟と一線を画しているのではないかと思います。私は英文学の専門家でもヴィクトリア時代の研究者でもなく、一介の職業翻訳家ですが、ホームズ研究者としての視点があることにより、何か違ったことが書けるのではないかと思ってきました。特に、「翻訳実践編」と題した章の内容は、今後さらに充実させて、もう少しまとまったものにしたいと考えています。

シャーロッキアンとしての立場だけで原文（正典）を読む人、あるいは、正典が小説であることを忘れ、英文解釈だけに没頭してしまう人。こうした人たちは、どうしても重箱の隅をつつくことになりがちで、TPOを考えずに〝誤訳〟とみなす傾向にあります。小説を訳す際には、原作の書かれた背景や原文の前後の文脈といった、TPOを踏まえた訳をしなくてはならない……このことは、文芸翻訳家なら誰でも知っていますし、翻訳学校の生徒でなくても、重要なことのはずなのですが。

また、既刊本の「訳者あとがき」あるいは「解説」は、第4部に収録してありますが、光文社文庫のホームズ全集の巻末解説で今回の〝新訳〟の意味や特徴について述べた部分は、翻訳に関わる話題として、このセクションに収録しました。『冒険』と『恐怖の谷』の解説を元にかなりのリライトをしたほか、当時は紙幅の関係でカットした部分も加えてあります（『冒険』解説のオリジナル原稿はかなり長いものでした）。

ここには書いていませんが、今回の〝新訳〟は私が考える正典訳のひとつのスタイル――いくつかあるバージョンのひとつに過ぎませんので、今後、まったく違うスタイルの正典訳をつくることもありうる、というよりも、すでにその準備をスタートしました。おそらくそれが実現すれば、「現代人読者のため」というスタイルの正反対になると思います。

最後には、ちょっと硬い話になりますが、翻訳家としてのつたない経験から書いた、正典翻訳史を収録しました。明治期から現代までのホームズ物語翻訳の歴史です。

シャーロック・ホームズ大賞の副賞（盾）／2009年、光文社文庫の全集による

ホームズ翻訳における人物像の問題

コナン・ドイルによるホームズ物語（正典）を改めて訳す、つまり〝新訳〟をつくりあげるのは、翻訳者にとって微妙な難しさがある。すでに多くの先達たちの訳文があるうえに、挿し絵や映画、テレビ、マンガなどで、さまざまな〝ホームズ像〟ができあがってしまっているからだ。

私自身、いかに先達たちと違う味をもった訳にすべきかという問題にずっと頭を悩ませてきたが、ホームズものの味をそこなわず、歴史的事実をねじまげないかぎり、ときには思い切った訳をしてもいいのでは、と考えている（小田嶋シェイクスピアのような境地まで到達するのは難しいだろうが）。それにはまず、自分を含めた読者の頭のなかにある既存のイメージに引きずられず、自分なりにホームズ像をあらためてとらえなおすことが必要だろう。

活字の原作は読んだが、ビジュアル・メディアでホームズを見たことはないという読者は、ほぼ皆無と思われる（逆は多いだろう）。ホームズがどんな外見をしていて、どんな仕草や言葉遣いをするかというイメージは、時代とメディアの種類によってさまざまに変遷してきた。シドニー・バジェット［注1］やフレデリック・ドーア・スティール［注2］による挿し絵、演劇のウィリアム・ジレット、映画のバジル・ラスボーン、テレビのジェレミー・ブレット……〝本家〟ホームズはいくらでもいるし、それぞれがみな、原作の〝解釈〟なのである。

　中でもグラナダTVによるジェレミー・ブレットのシリーズ［注3］は、原作に忠実にという製作方針が功を奏したのか、俳優がよかったのか（両方だろう）、かなりの成功をおさめた。ホームズファンのみならず一般の視聴者でも、ホームズというとブレットを第一に思い浮かべる人はけっこう多い。「ホームズ像のバカげた逸脱」とジャック・トレイシー［注4］に罵倒されたジレットとラスボーンや、そのジレットのホームズ像をもとにしたと言われるスティールのイラストと比べると、確かに雰囲気をよくとらえているのだ。

　だが、小説を百パーセント映像作品にすることはできない。映像作品として魅力的なものにするためには、そのままではだめなのだ。グラナダ・シリーズでもいくつかの作品が原作からの逸脱を余儀なくされたのは、ご存じの通りである。ブレットもまた、〝ビジュアル・ホームズ〟としてのひとつの解釈にすぎないといえよう。

　既存のホームズ像が正典を逸脱していった原因には、映画や小説やマンガ（イラスト）によるパロディもあった。正典をろくに読んでいないと、カリカチュアライズされた姿を本物と思ってしまうからだ。私自身はホームズ・パロディ愛好家だし、正典の中にパロディやパスティーシュよりも魅力の少ない作品があるのも事実だが、小説としての正典を訳す場合は、より正しいホームズ像を把握していたほうがいいのも、また事実なのである。

　自分なりのホームズ像を確立するために、まずホームズ自身の外見、性格、行動、発言といったものをとらえることが必要なのは、言うまでもない。パイプ、鹿撃ち帽《ディアストーカー》、インヴァネス・ケープ、拡大鏡、コカイン、ヴァイオリンといった〝イコン（アイコン）〟、〝女嫌い〟や〝思考機械〟に代表される性格など、再検討すべきこれまでのイメージは数多いはずだ。さらに、ホームズ物語の魅力であり特徴のひとつである〝コンビの面白さ〟〝相棒の重要性〟を考えると、ホームズとワトスンという二人の関係の把握も役に立つことがわかるだろう。

〝関係〟と言っても、ホモセクシャルだったのかどうかという問題などではない。二人の会話に含まれるちょっとした特徴から、その友人関係の程度を把握することもできるのではないかと思うのだ。些細なことほど重要である、というホームズの言葉を忘れてはならない。

その点は後半で検討するとして、まず既存のホームズ像（およびワトスン像）と正典との違いでよく言われるのは、次のような点だ。

◎映像作品に見られる曲がったパイプやメアシャム（海泡石）のパイプよりも、まっすぐなクレイパイプなどを吸っていたはず（その意味ではブレットのホームズは忠実）。曲がったパイプはウィリアム・ジレットが舞台で演じたとき、くわえやすいので使ったのが始まり。

◎正典に「鹿撃ち帽《ディアストーカー》」と「インヴァネス・ケープ」という言葉はなく、このイメージはシドニー・パジェットの挿し絵によってつくられた（これは旅行用の服装）。ただ、〈名馬シルヴァー・ブレイズ〉などでホームズがかぶる「ぴったりした布の帽子」は、鹿撃ち帽と考えることができる。「猫のようにみだしなみのいい」ホームズは、ロンドン市内では堅苦しい服装だったはずだが、郊外へ捜査に行くときは、この鹿撃ち帽をかぶっていたとしてもおかしくない。
◎ホームズは感情をまったく表に出さない冷徹な人間と考えられているが、自分の仕事ぶりをほめられると、少女が美貌をほめられたときのように敏感に反応したりもする。事件解決の最終段階などで、芝居がかった茶目っ気を発揮することもしばしばある。〝思考機械〟であるかのような記述もあるが、全体を読めば、むしろ多重人格的な矛盾する性格をあわせもっていたことがわかる。
◎女嫌いというホームズ本人の言により、ホモではないかとまで言われているが、そうでないと思わせる部分は正典にけっこうある。彼が惚れこんだ唯一の女性とされるアイリーン・アドラー（〈ボヘミアの醜聞《スキャンダル》〉に登場）については、〝好敵手〟として気に入っていた可能性が大きいものの、ホームズを出し抜いただけで惚れるというわけではなさそう。《四つの署名》のヒロインであるメアリ・モースタンの場合は、ワトスンが彼女に惚れこんで結婚することになると、「おめでとうとは言わないよ」と彼に言っている。これについては、ホームズがワトスンに嫉妬したのではないかという説もある。また、〈美しき自転車乗り〉のヴァイオレット・スミス、〈ぶな屋敷〉のヴァイオレット・ハンター、〈ライオンのたてがみ〉のモード・ベラミーなど、理知的でしっかりした性格の女性は、ホームズのお気に入りだったことが正典からわかる。物語の大半がワトスンの記述になるため［注5］、彼が女性を褒めちぎっている部分ばかり目立つが、それを差し引いて考える必要があるだろう。
◎そのワトスンは、正義感が強いがおっちょこちょいで女好き、いつもホームズの推理にびっくりしてばかり、という狂言回しにされることが多かった。だが、彼がなかなかの推理力をみせている場面も、正典にはけっこうある。たとえば〈入院患者〉では、ベイカー街への客についてホームズがした推理の筋道を、彼から聞く前に悟っているのだ。〈ボヘミアの醜聞《スキャンダル》〉、〈オレンジの種五つ〉、〈ウィステリア荘〉、《四つの署名》、《バスカヴィル家の犬》などでも、優れた推論を展開している。前述のように物語の語り手はワトスンであることが多いので、彼自身の性格はその筆のヴェールを通して伝えられており、かなり謙遜しているものと思われる。さらに、シャーロック・ホームズへの賛美によってさまざまな点が粉飾されているので、それも割り引いて考えなければならない。

◎バジル・ラスボーンの映画や商品広告などで見られる「初歩的なことだよ、ワトスン君！」(Elementary, my dear Watson!) というせりふは、正典には出てこない。ただし、"Elementary" と "My dear Watson" はある。"Elementary" という単語が形容詞でなく「なに、初歩さ」というせりふとして使われているのは一カ所のみ［注6］。"My (my) dear Watson" は後述するようにたくさんある。

こうしたことを理解するには全六〇篇を読むのが一番いいのだが、全編を読み直して上記の点すべてを再検討していったら、シャーロッキアンばりの論文のひとつも書けてしまうだろう［注7］。そこまでは……という向きには、先達たちの研究書を読むという手もある。ウィリアム・ベアリング＝グールドによる正典への注釈（『注釈版シャーロック・ホームズ全集』、ちくま文庫）

や、邦訳された二冊のホームズ事典［注8］のほか、日本シャーロック・ホームズ・クラブによるさまざまな書籍が役に立つ。

次に、〝ホームズとワトスンの関係把握に役立つ些細な点〟。私としては、互いの呼び方や一人称の種類などにこだわってみたい。ホームズ像の把握においては地道で見過ごされがちだが、翻訳者にとっては意味をもつと思うからだ。小説を訳されたことのある方なら、誰が誰に対してどんな口のききかたをするかという設定が、登場人物の把握に関わる基本的必須事項であることを、ご存じだろう。

前述のベアリング＝グールドによる説では、ホームズは一八五四年、ワトスンは一八五二年の生まれ。二人は一八八一年に出会い、ベイカー街の下宿をシェアし始める。途中、ワトスンが結婚して下宿を出るが、ホームズが失踪する一八九一年まで、ともに事件を捜査。ホームズは一八九四年に生還し、再び一九〇三年までワトスンと事件を追ったあと、サセックス丘陵に隠退した。一九一四年の〈最後の挨拶〉で再会するが、その後いっしょに事件を追うことはない。つまり、ふたりの〝ゴンビ〟は合計二〇年ほどにわたるわけである（ホームズの隠退後もワトスンが訪れることはあったろうから、つきあいとしては三〇年以上）。このうち、かなりの部分がヴィクトリア朝時代末期の二〇年間に一致するという要素も、参考になるだろう。

まず、次の原文を見ていただきたい。

'You would not call me a marrying man, Watson?'
'No, indeed!'
'You will be interested to hear that I am engaged.'
'My dear fellow! I congrat --'
'To Milverton's housemaid.'
'Good heavens, Holmes!'
'I wanted information, Watson.'
……
'But the girl, Holmes?'
He shrugged his shoulders.
'You can't help it, my dear Watson. ….〔注9〕

ちょっと長いが、これは〈恐喝王ミルヴァートン〉の中の二人の会話である。恐喝王ミルヴァートンの家の情報を得るため、ホームズは彼の女中アガサをわずか数日で口説き落として婚約するという離れ業をやってのける。いきなりその話をされてワトスンがびっくりする、なかなか楽しいシーンのひとつだ。

ここでわかるように、ふたりは通常、"Watson"、"Holmes"と互いに名字を呼び捨てにしている。事件発生年代学〔注10〕では、この事件が起きたのは二人のつきあいの中でもかなりあとの年代だとする者が多い。現代の英米の感覚からすると、一〇年以上つきあった男同士なら「ジョン」とか「シャーロック」とファーストネームで呼び合うのが普通だろう。

これは、前述したようにコンビを組んだ二〇年間のほとんどがヴィクトリア朝時代末期だったということと関係している。つまり、礼儀作法に厳格なあの時代では、親友でも名字の呼び捨てまでで、ファーストネームで呼び合うことは少なかったというのだ。実際、〈海軍条約文書〉に出てきたワトスンの級友パーシー・フェルプスは、「ワトスン」としか呼んでいないし、〈マスグレイヴ家の儀式書〉でも、ホームズとその下宿を訪ねてきた大学時代の友人レジナルド・マスグレイヴは、互いに名字で呼び合っている。

こうしたことから考えると、正典のヴィクトリア朝時代を忠実に再現しようとするなら、このいささかよそよそしい雰囲気を会話に出さねばならないわけだ。前述の〝my dear ～〟など（my dear Watson, my dear Holmes, my dear fellow）も会話に頻繁に出てくるが、よく考えればご大層な言い方が、一種の雰囲気をつくり出していることがわかる。残念なことに、日本語にしてしまうとそのまだるっこさが消えてしまうことが多いが［注11］。

では、エドワード朝時代になった一九〇一年以降はどうだろうか。ベアリング＝グールドによれば、〈這う男〉の事件発生年が一九〇三年。そのあとワトスンが登場するのは、エドワード朝時代になって一〇年以上たった一九一四年の〈最後の挨拶〉だ。二人は六十代になっているが、相変わらず「ワトスン」「ホームズ」と呼び合っている。ベアリング＝グールドの言うように、「以前の古い習慣を相変わらず守っている」のである。

もちろん、家族や恋人のあいだでは、ヴィクトリア朝時代でもファーストネームだ。〈唇のねじれた男〉ではワトスンの妻が［注12］、〈海軍条約文書〉ではパーシー・フェルプスの婚約者が、ともに相手をファーストネームで呼んでいる。マイクロフト・ホームズも、弟のことをシャーロックと呼んでいる。また、この習慣は階級や職業にもよるはずで、〈赤毛組合〉のジョン・クレイは、犯罪の相棒をアーチーというファーストネームで呼んでいるし、〈ボヘミアの醜聞《スキャンダル》〉でのアイリーン・アドラーと、〈唇のねじれた男〉でのホームズは、ともに御者をファーストネームで呼んでいる（偶然の一致か、同じジョンという名前だ）。

このことは、地の文で登場人物の名前を使うときに微妙な影響を与える。「彼は〜した」「彼女は〜した」を連発せずに名前を使うのは、翻訳調になるのを避ける手のひとつだが、親子が登場する場合の息子といった場合以外、ファーストネームは馴染まないだろう。ところで、さきほどの引用文の試訳は、次のようになる。


「ぼくが結婚したがっているなどとは思わないだろうね、ワトスン」

「ああ、もちろん！」

「ぼくが婚約したと聞いたら、どうかな」

「なんだって！　そいつはおめで――」

「相手はミルヴァートンのところのメイドさ」

「おいおい、ホームズ！」

「情報がほしかったんだよ」

……

「でも、その娘さんはどうなるんだい？」

ホームズは肩をすくめた。

「しかたないんだよ、ワトスン。……


忠実に訳せば「ワトスン」と「ホームズ」が増えるのだが、うるさくならない程度に減らしてある。前述のご大層さとかよそよそしさを出すために、「ワトスン」に「君」をつけている訳者もいるが、ホームズのほうにはつけないのがほとんどのようだ。このあたりに、二人の力関係というか、年代の微妙な違いが印象としてあるのかもしれない。

前述した〝my dear Watson〟と〝my dear fellow〟がここにも出てきているわけだが、スムーズな訳文にすると、このまだるっこしい言葉は消えてしまう。ちなみに、私が数えたところでは〝My (my) dear Watson〟は六〇篇の中に九五カ所あった［注13］。逆に〝my dear Holmes〟は一六しかない。ホームズ＝ワトスン間以外でも使われる〝my dear fellow〟は四七カ所、〝my dear Watson〟同様、ホームズがワトスンに対して口癖のように言う〝What do you think of it (that)〟とそれに類する表現は、ホームズ＝ワトスン間に限ると二二カ所であった。

この〝my dear Watson〟を今さら「親愛なるワトスン君」と訳す人はいないだろうが、パロディではわざとそうしたほうがいい場合がある。正典ではある訳書で一カ所だけ、そうした訳におめにかかった。これは前後の文章からして、ホームズがわざとらしい言い方をしたかったと解釈しているものと、好意的に考えておこう［注14］。

前述したように、ホームズのせりふとして有名な"Elementary, my dear Watson!"（初歩的なことだよ、ワトスン君！）は存在しないわけだが、ワトスンがホームズの推理に驚いてみせたとき、いかにもホームズが言いそうなことではある。注6にも書いたように、〈背中の曲がった男〉では、"Excellent!"とほめるワトスンに"Elementary"と答えているのだ。相手をばかにしている雰囲気もなくはないものの、そこには若干のはにかみと謙虚さが見られよう（ただし、ホームズは「謙遜を美徳とは考えない」とも言っている）。

些細なことの最後として、ホームズとワトスンが互いを呼ぶ人称代名詞について少し。現在読めるほぼすべての邦訳において、「ぼく」と「きみ」になっている。これはまあ、共通認識と言っていいだろう。ホームズが「おれ」と言ったりワトスンがホームズを「おまえ」と呼ぶのは、やはり二人には馴染まないだろうし［注15］、逆に「私」と「あなた」では、いくらヴィクトリア時代といえども、いささか気取った感じになってしまうからだ。ただし、《緋色の研究》の冒頭で二人が初めて出会うあたりでは、ワトスンに「私は……」と言わせている訳もある。

この「ぼく」と「きみ」の関係は、《緋色の研究》から〈最後の挨拶〉まで変わらない。二人が六十代になった〈最後の挨拶〉当時になっても、この呼び方で違和感がないのである。

ところで、ご存じのように、日本語と違って"I"と"You"には年齢も性別も表れない。だから、作品中にその手がかりがなければ、訳者側で推測して設定せざるを得ないことになる。私がまだ大学生だったころ、翻訳学校の先生からその極端な例を聞いたことがあった。ある短篇を題材にしたところ、たいていの人は語り手が男だと思いこんで訳してしまうのだが、女だとしてもまったく支障のない内容なのだという。訳者の解釈によって、まったく違うものになってしまうわけだ。シャーロッキアーナの世界で「ワトスンは女だった」とか「ホームズは女だった」などという極端な仮説が飛び出すのは、それに近いのかもしれない。

どうも最後まで些末な蛇足がくっついたようだが、もうひとつ些細な特徴として、正典にはあまり強烈なコクニー(ロンドン子なまり。およびロンドン子そのもののこと)が数多く出てこない点がある。ロンドン生まれでないホームズとワトスンはもちろん、ほかの登場人物もあまりコクニーは使わない。ベイカー街不正規隊の面々のせりふが《緋色の研究》でも《四つの署名》でもあまり出てこないのが、残念だ。ドイルがコクニーをあまり知らなかったということか、コクニーをしゃべる人たちの登場できるシーンが少なかったのか。むしろパロディであるエドワード・ハナ『ホワイトチャペルの恐怖』(扶桑社ミステリ)などは、コクニーのオンパレードで興味深い。(バベル『翻訳の世界』一九九八年二月号)

[注1]英『ストランド』誌で挿し絵を描いた。弟のウォルターをモデルにして、鹿撃ち帽にインヴァネスというホームズのイメージを確立。
[注2]米『コリアーズ』誌の挿し絵画家。アメリカでの第一人者。

［注3］ＮＨＫテレビで放映され、現在もＤＶＤで発売中。ブレットは一九九五年に亡くなったが、いまだに人気が高い。

［注4］『シャーロック・ホームズ大百科事典』（河出書房新社）の著者。この事典はホームズ研究者のみならず、十九世紀末を舞台としたミステリの訳者などにも重宝されているという。

［注5］長短篇六〇篇のうち五六篇がワトスンの一人称、二篇がホームズの一人称、二篇が三人称。

［注6］〈背中の曲がった男〉

［注7］過ぎたるは及ばざるがごとし。あまりシャーロッキアン的細部にこだわると、肝心の小説の訳がつまらないものになってしまうことがあるので、注意されたい（自戒の念をこめて）。

［注8］注4のトレイシー本と、マシュー・バンソン『シャーロック・ホームズ百科事典』（原書房）。

［注9］オックスフォード大学出版局版〝The Return of Sherlock Holmes〟（一九九三年）を使用。

［注10］一般社会にはないシャーロッキアーナだけの学問。ここで眉をひそめられてしまうとあとの話ができないので、ご寛容のほど。

［注11］その〝ご大層さ〟をとっぱらって超訳にすることの是非は、また別の論議になろう。

［注12］彼女がワトスンのことをジョンでなくジェイムズと呼んでしまったのは、有名な話。この理由は、ワトスンのミドルネームが、ジェイムズのゲール風の読み方であるヘイミッシュだからという説から、夫人は健忘症だったのだとか、ジョン・ワトスンとジェイムズ・ワト

スンの二人がいてジョンが早死にしたのだというトンデモ説まで、さまざまに推理されている。

［注13］【付記】このコラムの執筆当時（一九九八年）にはCD―ROMで検索し、検索した個所をすべて追って邦訳上でも確認したが、今回はPDFによるテキストを画面上で数えた。前回の〝my dear Watson〟は八九箇所だ。

［注14］〈踊る人形〉のラスト部分である。

［注15］パロディの世界で成り立つ〝ハードボイルド調ホームズ〟なら、いいかもしれない。

辞書の話――私の辞書引き人生

翻訳者はなぜ辞書を引くか。……当たり前の行為に思えるが、そこにはいくつかの目的があると思う。

まず第一に、知らない単語や忘れた単語を調べるため。時折、「私は辞書なしで訳せる」と豪語する訳者もいるようだが、大半の人は必要なはずだ。

それから、構文解釈の助けとするため。複雑な構造の文章に行き詰まったときなど、あらためて辞書を引くことでハタと気がつく、ということもあろう。

そして第三に、日本語の言い回しへのヒントを探るため。この目的には、用例の多い辞書が向く。私は、その辞書にない日本語表現を思いついたら、どんどん書き込むことにしている。辞書以外の参考図書で見つけた訳語も、書き込んでしまう。ある本の仕事で書き込んだ言葉が、別の本の仕事の役に立つことがけっこうあるからだ（そのせいもあって電子辞書はあまり私に向かないのだが）。この意味では、英和、英英のほか、国語辞典も重要な役割を担っていると思う。

辞書をマメに引いて、本来の意味をひととおり把握したうえで、辞書離れした、つまりこなれた表現をする。なかなか難しい行為だが、このあたりにプロと素人（ないしは下訳者）の違いが出てくると言えよう（……などと偉そうに書くと、自分で自分の首を絞めているような気がしてならないが）。

左の英文は、シャーロック・ホームズの短篇パロディからの引用だ。スイスのリゾートホテルで夫を部屋から転落死させたとみんなから思われている女性が、一年後にまた同じホテルにやってくる。一年前を知る泊まり客たちは、彼女の登場を一種恐怖の面もちで迎える。だが、誰かがひとこと言い出したとき、その「恐怖」が'social disapproval'に変化するという場面だ。

There was a murmuring of agreement and I could feel the horror changing to something more commonplace -- social disapproval. Once the first words had been said, others followed and there was a rustling of sharp little phrases like a sledge runner grating on gravel.

(from "A Scandal in Winter" by Gillian Linscott, 1996)

たいていの英和辞典で、'disapproval' の第一の意味は「不可とすること」とか「不賛成」だ。だがそのあとに、「非難」がある。つまり、それまで「殺人者」を気味悪がって見ていた群衆が、陰口攻撃に転じて彼女を非難し始めるということだ。手元のランダムハウスには、「All watched him with disapproval. 全員がとがめるような目つきで彼を見つめた。」という用例があった。最初の 'the horror' を恐怖感と訳していれば、それに合わせて反感とか不快感にしてもいいだろう。

では、'social' をどうするか。やっかいな言葉だ。「社会的な（社交上の）非難」では、やはりうまくない。逆を考えたらどうか。'social approval' なら、要するにみんなから受け入れられる存在ということだろう。また、辞書で 'social' のあとを見ていくと、'socialize' に「仲良くつきあう」という訳語も見える。ということは、「みんなのあいだで」非難されるとか、仲間内から不快感をもたれる、と解釈してもいいだろう。

そこで、こんな試訳はどうだろうか。

「それに同意するつぶやきが洩れ、私はみんなの恐怖感がもっと平凡な感情に変わったことに気づいた――仲間内の不快感だ。一度ひとりが口にしてしまうと、とげとげしい言葉が次々に続き、荷ぞりが砂利の上でガリガリいうのを聞いているような気がした。」

本欄のタイトルは「辞書引き人生」だが、多くの翻訳者の人生は、むしろ「調べもの人生」なのではなかろうか。「基本辞書」のほかに、訳す本によってさまざまな「事典」や「参考図書」が必要となるはずだ。

たとえば、古典ミステリを訳していると、教会や城の構造、騎士の格好などがわからなくてやりにくいことがある。そんなときは『事典・英文学の背景』（凱風社）を見ると、写真もついて細かく説明されていて便利だ。同じく、訳語だけでなく図の手助けがあるのが『英語図詳大辞典』（小学館）。また『英和商品名辞典』（研究社）は、ビジネスものにもミステリにも役に立つ。

「どんな辞書を使ったらいいか？」と翻訳者希望の方から聞かれることは多いが、いわゆる基本辞書のほかは、自分の仕事に合わせて集めたり使いこなしたりするほかないだろう。むやみに量や種類を集めるより、工夫が大事。新聞・雑誌の記事を切り抜くだけでも、意外な「言い回し集」が出来上がったりするものである。

◉おすすめ　この一冊

海野文男・海野和子編『最新ビジネス・技術実用英語辞典』（日外アソシエーツ、一九九四年）

もちろん、すべての辞書は労作だと思うが、これもかなりの労作だ。言葉を解説することよりも用例を集めることに力を入れており、特殊な用語よりも語と語をつなぐ動詞が中心なので、技術関係の「言い回し」の参考例を引くには格好の辞書。ミステリを読んでいて、登場する技術者があまりに「技術者っぽくない」しゃべりかたをするため訳者の技量を疑うことがあるが、そうした問題にも有効だろう。

大学生時代、ほんのちょっとだけ翻訳学校に通っていたころのノートが、まだ私の机の上にある。殊勝にも先生たちの言葉を書きつけていたのだが、その余白に自分なりの警句(?)がひとつ。

「行き詰まったら辞書を引け」

つまり、訳語の発想や訳文の組み立てでうまくいかなくなったら、引かなくてもいいと思っていた言葉についてあえて引いてみると、そこに突破口を見出すこともある……というような意味だ。しょっちゅう行き詰まるのは、あの頃も今も変わらないが。

ある先生から「辞書をマメに引くこと」とアドバイスされる一方、別の先生からは「辞書離れした表現をする努力を」と言われた。要するに、辞書で正しい認識をしておいたうえで、それを離れてこなれた訳をしろ、というわけである。

そうやってスタートした私の「辞書引き人生」であるが、辞書は引くだけでなく書き込むもの、と私は思っている。今訳している本で思いついた日本語表現は、次の本のために書き込んでおく。同じ意味の言葉でも別の言い回しを思いついたら、メモしておいて辞書にうつす……実際はそれほど几帳面にやっているわけではないが、年月がたってみると、けっこう辞書はまっ黒になるものだ。(バベル『翻訳の世界』一九九八年八月号)

【付記】これを書いたのは一九九八年だが、その後二十一世紀に入って、私が頼りにする辞書はドラスティックに変わった。今はもっぱら、紙でなく電子辞書。それにインターネット上のさまざまな辞書や、単語発音のサイトだ。ただし、Ｗｉｋｉ関連をはじめとするネット上の情報はまちがいが多いので鵜呑みにせず、複数ソースを確認したり、既刊書で確かめたりするようにしている。

現在使用中の電子辞書はやや古いもので、英和辞典としては『リーダーズ英和辞典』『リーダーズ・プラス』、『ジーニアス英和大辞典』しか入っていないため、買い換えを予定している。視力と体力の衰えに伴い、紙の辞書は一部の例外（『英和翻訳表現辞典』、『銃器用語事典』、『ホームズ事典』）を除いてほとんど使わなくなった。その一方、かつて紙の辞書の旧版に書き込んでいたメモや、ネットで拾った辞書にない言葉を集め、自分だけの辞典をＰＣ上につくるという作業もしている。

正典の日本語版読者のために——翻訳にまつわるエピソード

私たち現代の日本人読者にとって、ホームズ物語は一世紀以上前のイギリスという、時代と場所の両方において遠く離れた存在と言える。もちろんそこには、世紀末から次の世紀のはじめという、現代に通じる事情・環境もあるのだが、生活、習慣、風俗、社会構造など、今の私たちに理解しにくいことが多いのも確かだろう。

マイ・ディア・ミスター・ワトスン？

まず、日本では第二次世界大戦後になくなってしまった貴族の称号と敬称について、ざっと見てみたい。貴族を相手にした場合の敬称、つまり呼びかけ方をどうするかについては、ヴィクトリア時代の人たちでさえ苦労したというから、かなり複雑であった。詳しく書いているときりがないので、必要最小限を整理してみよう。

イギリスの貴族階級、つまり世襲貴族の爵位は、五段階に分かれている。上から公爵、侯爵、伯爵、子爵、男爵。「公候伯子男」の呼び名は戦前の日本の〝華族〟と同じだが、日本の五段階の爵位は中国の五経のひとつである礼記の記述にならったと言われる。明治十七年に制定した華族令でこの五段階の爵位ができ、それぞれをイギリスのdukeからbaronに当てはめたということだろう。

以下、点線の下は敬称（呼びかけ方）だ。

公爵（デューク）……最高の爵位で、皇太子のすぐ下にあたる。正典中では〈プライアリ・スクール〉のホールダネス公爵などが例。ロイヤル・デュークというと、王室と血縁関係にある公爵のことを指すが、〈赤毛組合〉のジョン・クレイの祖父などがそうだ。

公爵……ユア・グレイス（ただし自分も貴族の場合はデューク）
公爵夫人（ダチェス）……ユア・グレイス（ただし自分も貴族の場合はダチェス）
公爵の長男……ロード（ただし父親の持つ複数の爵位のうち下位のものを使える）
公爵の次男以下……ロード（父親の爵位のひとつを使うことはできない）
公爵の娘……レディ

侯爵（マークァス）……公爵と伯爵の中間。ヴィクトリア時代にボクシングのルールを定めたクイーンズベリ侯爵（実在）などが有名。英国人以外の侯爵夫人は「マーキーズ」。
侯爵……ミロード・マークァスまたはロード
侯爵夫人（マーシャネス）……レディ
侯爵の長男……ロード（公爵の長男と同じ）
侯爵の次男以下……ロード（公爵の次男以下と同じ）
侯爵の娘……レディ

伯爵（アール）……英国人以外の伯爵は「カウント」。ただしイギリスでも伯爵夫人は「カウンテス」。〈空き家の冒険〉でセバスチャン・モラン大佐に殺されたロナルド・アデアの場合はメイヌース伯爵の次男なので、オナラブル・アデアという呼びかけ方が使われる。
伯爵……ミロードまたはロード
伯爵夫人（カウンテス）……レディ
伯爵の長男……ロード（公爵の長男と同じ）

伯爵の次男以下……オナラブル
伯爵の娘……レディ
子爵（ヴァイカウント）……伯爵の嗣子や弟の敬称でもある。
子爵（ヴァイカウント）……ミロードまたはロード
子爵夫人（ヴァイカウンテス）……レディ
子爵の子息……オナラブル
男爵（バロン）……英国人の場合は「ロード」を頭につけ、それ以外の国の男爵には「バロン」をつけて呼ぶ。したがって〈マザリンの宝石〉のダウソン男爵は「ロード・ダウソン」、〈高名な依頼人〉のグルーナー男爵は「バロン・グルーナー」と呼ばれることになる。
男爵……ミロードまたはロード
男爵夫人（バロネス）……レディ
男爵の子息……オナラブル

正典には数々の貴族が登場するが、中でも〈レディ・フランシス・カーファクスの失踪〉は、貴族の呼び名がダイレクトに題名に登場している。昔は〈フランシス・カーファクス姫の失踪〉などと訳されたこともあったが、〝レディ〟または〝レイディ〟は〝オナラブル〟や〝デイム〟とともに、無理に日本語にすると不正確になる単語のようだ。

世襲だが貴族でない有爵者には、准男爵（バロネット）がある。呼びかけは「サー」。
准男爵の妻……レディ（正典当時より昔はデイム）
さらに、世襲でなく貴族でもない有爵者として、勲爵士（ナイト）がある。これも呼びかけはサー。
勲爵士の妻……レディ（正典当時より昔はデイム）

つまり、「ナイト」は一代限りの爵位。特に優れた医師や弁護士でなくても、ちょっとした理由で叙せられることがあった。コナン・ドイルがナイト爵位を受けたのはボーア戦争時に英国に貢献したからであり、その娘ジーンが女性のナイトに相当するデイムという称号を受けたのも、第二次世界大戦をはさんで英国空軍に貢献したことが理由だった。現代においても、英国の国益に貢献したという理由でミュージシャンや俳優がナイトを授かったりする。同じことなのだろう。

一方、これは階級の問題ではないが、医者についても当時は呼び方が区別されていた。いわゆる内科医（フィジシャン）に比べ、骨折や外傷を扱う外科医（サージョン）は、一段低く見られていたのである。内科医が「ドクター〜」と呼ばれるのに対し、外科医は「ミスター〜」と呼ばれていた。たとえば、《バスカヴィル家の犬》のホームズとモーティマーの会話を見るとわかる。ホームズは依頼人にこう呼びかけるのだ。

「ところで、ドクター・ジェイムズ・モーティマー……」

「いや、ミスターです、ミスター――王立外科医学校免許証を持っているにすぎませんから」

「きちょうめんな方ですね、ほんとうに」

ホームズはワトスンをよく「ドクター」と呼んでいるので、ついモーティマーに対してもそう呼んでしまった、というところだろうか。ワトスンのほうはいわゆる開業医で、全科医として内科も外科も扱っていたと考えられる。だから、この場合のドクターは「ワトスン〝先生〟」とでも言うところだが、ホームズがワトスンを「先生」と呼ぶのは訳としてしっくりこないので、難しいところだ。

では、「ドクター」のもうひとつの意味、「博士」の学位についてはどうか。ワトスンが学位を取ったくだりは《緋色の研究》の冒頭にみずから書いているが、彼がほんとうに医学博士号をとったのか、それともたんなる医学士（内科学士および外科学士）だったのかは、シャーロッキアンのあいだでも見解が分かれている。

膝の弱った馬のため

当時の裁判制度も、読者にはピンとこないことのひとつだろう。たとえば、正典では「巡回裁判」という単語をときどき見かける。何やらサーカスのように町から町へと渡り歩いてテントで裁判所を開くかのように思えるが、ある意味では、それとたいして変わりがなかったようだ。

イギリスの各州は、国王から州総督を通じて任命された何人もの「治安判事」が細かく区分けして治安を維持していた。治安判事は酒場の営業許可から巡査の任命、略式裁判の執り行いなど、さまざまな行政・司法の仕事を担当する。法廷に引き出された犯罪容疑者は、罪が軽い場合は陪審なしに治安判事が罰を与える略式裁判で裁かれたが、重い場合は、同じ州のすべての判事が年に四回集まる四季裁判によって裁かれた。

だが、州の判事の手に余るほど複雑だったり、死刑に相当するような重大事件の場合は、ロンドンから派遣される巡回裁判官の手によって裁かれた。これが巡回裁判で、その裁判官がロンドンから到着すると、州総督が出迎え、特別な説教のあと、地元の名士を集めて大宴会を行ったという(実際の裁判は翌日から)。特別な催し物という意味では、サーカスと変わりないかもしれないのだ。

この巡回裁判にかけられた例としては、〈ボスコム谷の謎〉のジェイムズ・マッカーシーや、〈青いガーネット〉のジョン・ホーナーなどがいる。また、〈グロリア・スコット号〉のトレヴァー老人と、〈ライゲイトの大地主〉のカニンガム老人は治安判事。治安判事には地元の有力者、つまり大地主や、聖職者が選ばれるのがふつうだった。

当時の服装も今とはだいぶ違うが、映画やテレビのホームズものが近年かなり史実に対して正確になってきたので、イメージはわかせやすいかもしれない。とくにグラナダTV製作のジェレミー・ブレット主演によるホームズ・シリーズは、ストーリーはもとより服装やセット、小道具までかなり正典に忠実なので、当時の雰囲気を知るには格好の作品だろう。

ホームズは、とても身だしなみのいい人物だ。シドニー・パジェットのイラストやテレビのブレットを見てもわかる通り、捜査で郊外や遠方へ行く場合以外、つまりロンドンにいるときは、実にきちんとした服装をしていた。「耳垂れのついたぴったりした帽子」、つまり鹿撃ち帽をかぶったり、ぞろっとしたインヴァネス・コートを着たりしたのは、旅行にでかけるときがほとんどだったわけである。

まあ、そういった男女の正装や旅行に使われる服装は、だいたい想像がつくだろう。現代の私たちに違和感があるとすれば……たとえば、貴族が「ゲートル」を巻いていること。ゲートルと言えば、戦争中に兵士が足に巻いていたことを思い出すが、〈独身の貴族〉ではセント・サイモン卿が「服装は気障なくらい凝っていて、高いカラー、黒のフロック・コートに白のチョッキ、黄色の手袋、黒のエナメル靴に淡色のゲートルというういでたちだった」とある。ゲートルはズボンのすそを汚さないために巻かれていたのだ。

のちの作品では、ワトスンはゲートルでなく「スパッツ」という呼び名を使っているが、ウィリアム・ベアリング＝グールドによれば、スパッツは世紀の変わり目以降、ロンドンの伊達男（自分の所属するクラブ外で活躍する上流階級人）のトレードマークだったという。スパッツのほうは、靴の上からかぶせ、足の甲を覆うようにした布製短ゲートルだ。

そういえば、ホームズと生まれ年の同じオスカー・ワイルドが一八八二年に撮ったポートレート（ナショナル・ポートレート・ギャラリー蔵）を見ると、ぴったりしたズボンに膝から下はゲートル、靴はリボンのついた女性のパンプスのようなもの、という出で立ちだ。

ちなみに、正典中で私が見つけたかぎりでは、ゲートルの出てくるシーンは八カ所で、うち五カ所は明らかに田舎の服装、一方スパッツの出てくるシーンは、二カ所しかなかった。履いているのは〈ウィステリア荘〉のジョン・スコット・エクルズと、〈高名な依頼人〉のサー・ジェイムズ・デマリ大佐である。

服装の一部ではないが、〈赤毛組合〉には〝アーティフィシャル・ニーキャップ〟を作る工場というものが出てくる。ニーキャップは膝蓋骨、つまりひざがしらの部分の骨なので、直訳すると義足などと同じ意味での〝人工膝蓋骨〟となるが、故・小林司氏によると、整形外科では人工膝蓋骨を埋め込むことはあり得ないという（河出書房新社版『冒険』中の同氏の注）。同書に同時収録されているオックスフォード大学出版局版『冒険』の注は、当時ロンドンにたくさんあった義手・義足の製造業者による特殊な義足だろうと述べているものの、ニーキャップすなわち義足というのは納得できない。そこで小林氏は、トンネルを掘る人夫やラグビー選手が膝に当てるプロテクターか、馬用の膝当てだろうと解釈した。

一方、平山雄一氏は、インターネットにあるヴィクトリア朝専門メーリングリストを通じて、次のような回答を得た。

競走馬の膝に巻く包帯の一種である。

OED（オックスフォード英語辞典）には、「一八五八年刊のシモンズ著『商業事典』によると、ニーキャップとは、よろめく馬の膝につけるカバーまたはプロテクション」とある。

この回答を見るかぎり、小林氏の言う「馬の膝当て」が正しいのかもしれないが、「決定的」と言える答になっていないという感もぬぐえない。

実は、こうした単語はウィリアム・ベアリング＝グールドの『詳注版シャーロック・ホームズ全集』でも、ジャック・トレイシーの『シャーロック・ホームズ大百科事典』でも触れられていない。英語国民がほとんど気にせず、さらりと読んでしまう部分にこそ、われわれの頭を悩ます要素があるのだが、いざ質問した場合、英語国民からきちんとした（決定的な）回答が返ってくることも、また少ないのが現状なのだ。

ノルウェーの翻訳者ニルス・ノルトベルクも、同じ単語について「別名のホームズ——ホームズ物語を訳す」という論文の中で疑問を呈している。彼もさんざんホームズ研究書や海外版正典をあたったが、〝アーティフィシャル・ニーキャップ〟の説明も、納得できるような訳語も見つけられなかった。一番それらしき説明を与えているのがデンマーク語版正典（ヴェルナー・ゼーマン訳）で、それには「よろめき気味の馬に巻く特別製の包帯を言う」とあった。おそらくゼーマンは、ＯＥＤを参考にしたのだろう。

このほか、通信の分野では当時の電報局の話や、郵便配達が今の日本よりも頻繁にされていたこと、旅行の分野では『ブラッドショー』の鉄道旅行案内（中身は月刊時刻表）や、『ベデカー』（当時信頼できた唯一の旅行案内書）、出版ではワトスンの愛読書の話などしようと思ったが、きりがないようだ。

通信、出版とくれば報道だが、ホームズは捜査によく新聞の私事広告欄《アゴニイ・コラム》を使っていた。これもホームズ物語に特有のものといえるだろう。直接事件解決に使っただけでも、《緋色の研究》、《四つの署名》、〈海軍条約文書〉、〈青いガーネット〉などがあるのだ。

実際にはどんな記事が載っていたかというと……『タイムズ』の場合はあまり「呻き声、叫び声、鳴き声の合唱」というほどではないが、私の手元にある一八九四年四月七日付けには、こんな通信が見られる。

「失せ物。水曜日午後五時ころ、ロザリー・ガーデンズとオンスロウ・ガーデンズの間、クロテン毛皮のボア（婦人用の毛皮製襟巻）、長さ三ヤード。オンスロウ・ガーデンズ七三に持参された方に謝礼あり。」

当時の事物に関するデータとしては、最後に〝馬車〟を取り上げておこう。ホームズ物語と聞いてイメージするもの、つまりその象徴やイコンとしては、パイプ、鹿撃ち帽、拡大鏡、インヴァネスコート、ヴァイオリン、コカイン、テムズ川、ロンドンの霧、ガス燈……とさまざまにあるが、馬車もそのひとつだと思うからだ。正典に登場するものには、以下のような馬車がある。

ハンサム……一頭立て二輪辻馬車。有蓋。馭者のほかに二人乗り。……《緋色の研究》以下、正典のあらゆるところに登場。ロンドン市民の多くは呼び子を携帯していて、辻馬車を呼んだ。〈瀕死の探偵〉でワトスンは口笛を吹いて馬車を止めている。呼び子は一回鳴らすと四輪辻馬車（フォア・ホィーラー）、二回鳴らすと二輪辻馬車（ハンサム）を呼ぶ合図。

ドッグカート……二つの座席が背中合わせになっている、軽二輪馬車。……〈まだらの紐〉、〈唇のねじれた男〉など。

トラップ……スポーツタイプの無蓋二輪馬車に対する総称。二人分の座席は背中合わせか、または両方前向きに付く。つまりドッグカートもトラップとも呼ぶし、ギグと呼ぶこともある。……〈ぶな屋敷〉、〈まだらの紐〉など。

ギグ……一頭立て軽二輪馬車。……《バスカヴィル家の犬》。

フォア・ホィーラー……四輪辻馬車。俗にグロウラー、公式にはクラレンス型馬車と呼ぶ。一頭立て四輪箱型馬車。……《緋色の研究》、〈青いガーネット〉など。

ランドー……幌付き四輪馬車。二座席で、幌は前後に二つに分かれて座席の後ろに折り畳めるようになっている。〈ボヘミアの醜聞《スキャンダル》〉など。

フォア・イン・ハンド……四頭立て四輪大型馬車。コーチ。……〈最後の挨拶〉。

ブルーアム……一頭立て四輪箱型馬車。二人用座席がひとつと、高い位置に馭者席が付いている。……〈最後の事件〉、〈高名な依頼人〉など。

バルーシュ……四人乗り四輪馬車。車体が低く、二つの座席が前後に向かい合っている。幌付きだが折り畳める。……〈ショスコム荘〉

ドラグ……四頭立て馬車。駅馬車に似た室内に座席があり、四頭の馬で引く。……〈名馬シルヴァー・ブレイズ〉。

バス……正しくはオムニバス。乗合馬車。二頭立て四輪馬車で、車体が長く、両側と二階に客席をもつ。市街の決まったルートを走る。……〈海軍条約文書〉など。

ワゴネット……二頭立て四輪の遊覧馬車。向かい合った二つの座席が後部にある。……《バスカヴィル家の犬》など。

バックボード……長くて柔軟な板またはフレームが車体やスプリングの代わりに使われている、アメリカの四輪馬車。……〈三破風《はふ》荘〉。

グロウラー……四輪辻馬車。鉄の車輪が道路に当たって鳴る音から名付けられた俗語。フォア・ホイーラーのこと。……《緋色の研究》。

べらんめえと東北弁

以上は時と場所を超えたことによって生じる、具体的な事物の問題だった。正典の日本語版をつくる上では、さらにさまざまな悩みが翻訳者を（そして編集者を）襲うことになる。たとえば、登場人物の言葉遣い（ホームズとワトスンはそれぞれ自分をなんと呼び、相手をなんと呼ぶのだろうか）、俗語や社会的地位による言葉の違いをどうするか（コクニー、犯罪用語その他）、それぞれの事件・物語のタイトルはどう訳すべきか、当時は問題にならなかった差別的表現、内容をどうするか……これらはすべての小説の翻訳に共通した悩みであるが、ホームズ物語ならではの問題は、そのままシャーロッキアン間の解釈の違いとして残っているのである。

ホームズとワトスンは、お互いを呼ぶときはいつも、名字を呼び捨てにしていた。「ねえ、ワトスン……」とか「おいおい、ホームズ……」といった調子である。日本ならいざ知らず、英米の場合、部屋をシェアまでして一〇年以上つきあってきた男どうしなら、「ジョン」とか「シャーロック」とか呼ぶのが、自然なのではないだろうか？

だが、これもまた、ヴィクトリア朝時代末期という特殊事情のせいだった。ホームズとワトスンがコンビを組んで活躍した二〇年間は、礼儀作法に厳格な時代だった。たとえ親友でも、名字の呼び捨てまでで、ファーストネームで呼び合うことは少なかったのだ。実際、〈海軍条約文書〉に出てきたワトスンの旧友パーシー・フェルプスは、「ワトスン」としか呼んでいないし、〈マスグレイヴ家の儀式書〉でも、ホームズと、その下宿を訪ねてきた大学時代の友人マスグレイヴは、互いに名字で呼び合っている。

では、エドワード朝時代になった一九〇一年以降はどうなのだろうか。一九一四年の〈最後の挨拶〉では、二人は六〇代になっているが、相変わらず「ワトスン」、「ホームズ」と呼び合っている。ウィリアム・ベアリング＝グールドに言わせれば、「以前の古い習慣を相変わらず守っている」のである。

ただ、夫婦や恋人のあいだでは、ヴィクトリア時代といえどもファーストネームで呼び合っていた。〈唇のねじれた男〉ではワトスンの妻が、〈海軍条約文書〉ではパーシー・フェルプスの婚約者が、ともに相手をファーストネームで呼んでいるのだ（当然、ホームズ兄弟のあいだでもそうなる）。またもちろん、階級や職業によっても違っていた。〈赤毛組合〉のジョン・クレイは相棒をアーチーというファーストネームで呼んでいるし、〈ボヘミアの醜聞《スキャンダル》〉のアイリーン・アドラーと〈唇のねじれた男〉でのホームズは、ともに馬車に乗ったとき馭者をファーストネームで呼んでいるのである。

こうした背景を考えると、頻出する"My dear Watson"は、あえてそのヴィクトリア朝的よそよそしさを出したいのなら「ワトスン君」でもいいが、やはり「ワトスン」のほうがいいと、私は思うのである。もちろん、今さら「親愛なるワトスン君」と訳す人はいないだろうが。

いわゆる〝コクニー〟をどう訳すかという問題もある。コクニーはボウ・ベル（セント・マリルボウ教会の鐘）が聞こえる範囲、つまり旧市内で生まれた生粋のロンドン子と、そのなまりのことだ。とすると、東京の下町の〝べらんめえ〟のようなものだろうか。たしかに、やたらに言葉を短くしたりして、舌足らずのようでもある。あるいは、単語を逆さまに読んで符号のように使うことも多いので、その点から見ると現代の〝カタカナ業界語〟だろうか。だが、ベイカー街不正規隊のウィギンズに「てやんでぇ、おれっちはよう！」などと言わせるのは、ちょっと抵抗があるところだ。

幸い、正典にはそれほどきついコクニーは出てこない。むしろ『ホワイトチャペルの恐怖』のようなパロディのほうが、訳文づくり以前の意味をとる部分で苦しむようなコクニーが連発されているのだ。ホームズとワトスンをはじめ、正典の登場人物の多くがロンドンの下町育ちでないことや、ウィギンズたちのせりふが少ない点が、そのおもな理由であろう。……いや、もうひとつ。ドイル自身がコクニーでなかったのだから、たとえ耳で知っていても、作品に頻出させる気にならなかったのかもしれない。

一方、事件名（タイトル）の翻訳となると、純粋に訳者だけの問題ではなくなってくる。短篇の場合はまだしも、長篇の題名は本のタイトルであるから、読者を強く意識せざるをえない。映画と同じで本のタイトルも、原題から離れることを許されており、その意味においては、原題に完璧に忠実な訳を求められるわけではないのである。

そのことを前提において考えると、"A Study in Scarlet"は《緋色の研究》なのか《緋色の習作》なのか、あるいは"The Sign of the Four"は《四つの署名》なのか《四人組の印》なのかという問題を、一刀両断に片づけるわけにはいかなくなるだろう。

たとえば《緋色》の場合、ホームズが"A Study in Scarlet"は「ちょっとした専門用語を使った」表現だと言ったこと、そして絵画で"Study in〜"と言えば"習作"と訳されることから、《緋色の習作》が正しいとする主張もある。だが、「すなわち《緋色の研究》は誤訳なのだ」と言い切るのは性急と言わざるをえない。この件については、田中喜芳氏と太田知二氏がそれぞれ海外のシャーロッキアン複数に尋ねるという手法を使ったが、私の見るところ、どちらも決定的な答えは得られていない。ちょっと長くなるが、それぞれの見解を引用しておこう。

田中喜芳『シャーロッキアンの優雅な週末』一九九八年三月中央公論社刊、二一四〜二一五頁

つまり、「研究」という邦題が適当でない理由の二つ目は、そしてこれが最大の理由なのだが、それは本文中に出てくる'study'の意味が、今述べたような理由から「習作」だから

である。ただし、ここで注意すべきは、「習作」といっても、この場合はいわゆる「練習のために作った作品」という一般的な意味ではなく、'study' は固有名詞であり完成された作品を指しているということだ。

ホームズが言った「緋色の習作」とは壁に描かれた緋色の血文字 'RACHE' をさすのである。さらに付け加えるならば、キャンバスにみたてた無色の壁に無造作に描かれた緋色の血文字、これらすべてを絵画に見立てて「緋色の習作」と言ったのだと私は理解している。原題と違い、物語が発表された当時は『ビートンのクリスマス年刊』〔原文ママ〕の読者たちのほぼ全員が、題名である 'A Study in Scarlet' の意味を、壁に描かれた血文字のことだと「正しく」理解していたものと思われる。

太田知二『ウェスタン・モーニング・ニューズ』十一号　一九九四年十一月二七日　坂本重康発行、四頁

最後に、次回の議論への足がかりとして、私が《緋色の習作》に同意できかねる理由をいくつか挙げておきたい。それは①ホームズの他のセリフに「人生という無色の糸かせには、殺人という真っ赤（scarlet）な糸がまざって巻き込まれている」および、②物語のラストでレストレードたちの手柄を報じる新聞を読んだ際の「これが僕達の "Study in Scarlet" の結末だよ」があること、さらに③次作《四つの署名》でワトスンがこの物語を "a somewhat

fantastic title"と呼んでいること。
こうした記述を考慮すれば、物語の日本語題を"art jargon"の解釈だけから一意的に決めてしまうことは、かなり乱暴なように私には思われるのだが？

一方、平山雄一氏は、オックスフォード大学出版局版ホームズ全集にある編者オウエン・ダドリー・エドワーズの注釈を解して、こう書いている。

（「The Oxford Sherlock Holmes ご紹介」――『ウェスト・エンド・ジャーナル』第二〇巻第二号、一九九四年二月十日　日本シャーロック・ホームズ・クラブ関西支部発行、九頁）

つまり本文中のホームズの発言では「緋色の習作」だが、この作品全体はワトスンによるホームズの研究なのであり、題名としては「緋色の研究」が適当ではないか、というのがエドワーズの結論であるように思われる。これは私も全く賛成で、たとえ一部の本文で「習作」と読みとれていても、題名というものは作品全体の下を流れる大きな主題を暗示するものであるから、また別の部分では表面的に違った意味を持って当然であり、その一つ一つに拘泥していては、その大きな主題を見落とす危険性がある。

ここで、私が前述した「長篇の題名は本のタイトルである」というポイントが生きてくる。この平山氏の見解は私も基本的に支持するところだが、それにつけても思い出されるのは、田中氏が先ほどの見解を、当時新潮文庫の改訳にあたっていた延原展氏（元の訳者延原謙氏の子息）に提示した結果である。改訂された新潮文庫《緋色の研究》の巻末には、同氏による次のような一文が付されてあるのだ。

なお、本書の原題名は"A Study in Scarlet"であるが、この"Study"について最近の調査ならびに出版物によると、美術専門用語「習作」と訳すのが正しいと判明した。しかしながら、日本では「緋色の研究」という題名が定着していること、翻訳小説では必ずしも原書名を用いるとは限らないこと、「緋色の研究」の方が「緋色の習作」より探偵小説の題名としては優れているという意見もあること、本書が今回の改版では本シリーズ中最後になってしまったが、既刊の物語にたびたび本書の題名が引用されていることなどから、延原謙の訳のままに私は「緋色の研究」で通すことにしたので、読者諸氏の了解を得たいと思う。

これ以上何を言う必要があろうか……いや、最後にひとつだけ。前述の太田氏が質問を投げかけた海外シャーロッキアンの中には、ＢＳＩの長老ピーター・ブラウもいた。彼は「この疑問はホームズ学者がずっと議論してきたものだが、もちろん決定的な解答は存在しない」と前置きしてから、ある者は「習作」、あるものは別の意味を持つと考えるだろうと言い、こう主張している。「そもそも意味のあいまいな言語について私が好いと思えるものの一つは、それが複数の意味を持ち、ときに作家が意図的にその意味を判りにくくすることだ。とは言ったものの、翻訳家がそうした曖昧さを考えに入れることなど、まずできないだろう」

そして、「英語圏の人間でこの物語を読み、この疑問を抱いた人間ならば、その大半は、"study"は"art jargon"を意味すると考えるだろう」と書いたあと、こう締めくくっているのである。

「翻訳家はそれぞれの選択権を有する。私はこの物語がどのくらい異なった日本語訳で存在するのか知らないが、多くの翻訳家は《緋色の研究》という題名をずっと使ってきて、それはどうも"art jargon"を意味しないのだと思う」(同誌一〜四頁、太田氏訳)

ほかにも〈美しき自転車乗り〉など、研究家の論争を呼んでいるタイトルは多い、興味を持たれた方は別の専門書をお読みいただきたい。また、児童書には非常にユニークな翻訳タイトルが多いのだが、その話はまたの機会に譲りたい。

シェイクスピアリアーナとシャーロッキアーナ

最後に、シャーロッキアンなら誰でも知っているがそれ以外の人には間違われやすい、"The game is afoot!"という名セリフについて、触れておきたい。

〈アヴィ屋敷〉の冒頭シーン。明け方にホプキンズ警部から至急の電報を受け取ったホームズが、まだ寝ているワトスンの肩をゆすって起こし、朝食もとらずに列車に乗る。ベッドにいるワトスンに向かって言うホームズのせりふが、"Come, Watson, come! The game is afoot."（さあ、ワトスン、獲物が飛び出したぞ！）なのである。この"The game is afoot!"が、シェイクスピアの『ヘンリー五世』および『ヘンリー四世』からの引用であることは、すでに世界中のホームズファンたちの知るところだ。

正典、つまりワトスンが記述した事件簿の中では、これ以外にホームズ自身がこのせりふを使うシーンはないが、ワトスンは〈ウィステリア荘〉の中で使っている。ベインズ警部とともに現場を見たホームズが、警部に向かって「あなたはご自分の道を進んでください。ぼくはぼくの道を行きましょう」と言って、別々に捜査を始めるシーンだ。このとき、ワトスンはこう書いている。「ホームズは、追いかけるべき獲物の生々しい臭いをかぎあてたらしい。私以外の人間なら見落とすに違いないちょっとしたしるしが、いくつかうかがえた。のんきにうかがっているだけでは相変わらず無感動なようすに見えるだろうが、ホームズの目はいちだんと輝き、動きががぜん活発になった。彼の抑えた興奮と緊張感から、私も獲物が飛び出したと確信したのだった。」

ここで、「追いかけるべき獲物の生々しい臭いをかぎあてたらしい」は"Holmes was on a hot scent"、「私も獲物が飛び出したと確信したのだった」は"which assured me that the game was afoot"。つまり、ワトスンは〈アビィ屋敷〉のホームズと同じ表現を使っているのだ。ワトスンはいつものようにホームズを猟犬になぞらえているのだから、このgameは当然、「ゲーム」でなく「獲物」だということになる。〈アビィ屋敷〉でも〈ウィステリア荘〉でも「獲物」と訳すのが妥当だろう。

だが、これについて「ゲームの始まりだ」という解釈をあえてしている、シャーロッキアンもいる。たとえばイギリスのフィリップ・ウェラーは、自分たちの研究団体のモットーというか、研究姿勢に関する合い言葉、"The game is still afoot"(ゲームはまだ続いている)につなげるため、この解釈を使っている。彼は自著『ホームズ研究の基礎知識』の冒頭で、こう述べているくらいだ。

「この一文("The game is afoot!")は、シェイクスピアの原文にある"The game's afoot"と間違えられて、その引用だとされることがとても多いが、それではホームジアン的な辛辣さが失われてしまう」

ただ、これ自体がまさに〝ホームジアン的遊び〟なのであって、普通に訳すかぎり「獲物が飛び出したぞ」になることは言うまでもない。ホームズが一連の事件捜査を〝ゲーム〟としてとらえていたと考えることは不可能でないが、前述のように〝猟犬〟になぞらえられることの多いホームズからすれば、ここは"game"=〝猟鳥、獲物〟と解釈するほうがすなおだろう。「ゲームはまだ続く」のは、あくまでシャーロッキアン／ホームジアンのあいだの話なのである。

前述のピーター・ブラウも述べているが、"study"の問題と違って、こちらは世界のシャーロッキアンの共通認識に近いものを得ている。フィリップ・ウェラーがあえて「ゲームが始まったぞ」と解釈しているのは、それこそゲームのためのゲームにほかならないのだ。

ところが、そうした特殊な解釈と関係のない状況下でこの一文が出てきたときも「ゲームが始まった」的な訳をされると、これは間違いだとしか言いようがない。私は人の訳文を嗤えるような立場にないが、〝シェイクスピアからの引用〟という可能性をまったく考慮しない訳は、残念だとしか言いようがないのだ。

シェイクスピアを含むイギリス演劇を専門とする大学教授が、ある本の中で「来るんだ、ワトスン君、来るんだ！　犯人逮捕まであと一足だ！」と訳しているのを見たときには、ひっくり返ったものだ。その本は英文学をおもしろおかしく語る本で、そばにあるひとコマ漫画には、ワトスンのベッドの前で片手に蠟燭、片手に誰かの片足を持つホームズが描かれてあった。〈アビィ屋敷〉でシドニー・パジェットが描いた挿し絵をもじり、"afoot" に掛けた洒落のつもりなのだろう。だが本文のほうは、ホームズの「桁外れな魅力」の理由は結局は雰囲気なのだと論じ、クリストファー・モーリーの言葉を引用している。それはまさに、〈アヴィ屋敷〉の挿し絵のことであり、どう考えても「犯人逮捕まで一足」などとは言っていないのだ。同じ訳者が〈名馬シルヴァー・ブレイズ〉を〈銀の炎〉と訳しているのを見れば、何をかいわんやだが。

この "The game is afoot!" は、推理小説だけでなくＳＦ、それも映画にまで広がっていて、翻訳者は注意を必要とする。ホームズ・パロディまで作っている『スター・トレック』シリーズなど、特に要注意で、宇宙における戦闘で敵の戦闘艇が出てきたときに、このセリフを誰かが吐くというシーンがあった。これはやっぱり、「獲物が飛び出したぞ！」だろう。

シェイクスピアに限らず、正典は古典文学やことわざ、聖書からの引用の宝庫である。クリスティやヴァン・ダインの作品のように、もろにマザー・グースを使った殺人、などというものはないが、ラテン語やフランス語など英語以外の引用も多く、一筋縄ではいかないところだ。さらに突っ込んで、登場人物のセリフやシチュエーションに隠された〝記号〟や〝深層心理〟についてはどうかというと……私はそれを語る任にあらずというところである。

ともあれ、ロングセラー作品の場合、時代とともに読者も変わり、訳文もまた変遷していくもの。この話題になると私が必ず引き合いに出すのが、（またしても）シェイクスピアだ。ジェイムズ・ジョイスやゲーテも近年に新訳が出されたが、演劇のおかげでつねに変化するシェイクスピアほどではないだろう。

朝日新聞一九九九年二月六日付けのコラムでは、当時シェイクスピア作品の新たな訳に取り組んでいる松岡和子氏にインタビューしていた。世界中の学者が膨大な量の論文を書いている中で登場する「新訳」にはどんな意味があるか、の問いに、松岡氏はこう答えている。

「最も大きいのは、日本語が変化していることでしょう。原作は古くなりませんが、翻訳された言葉はどうしても古びてしまう。……（中略）……やはり、その時々の言語感覚にふさわしい台本が必要になるのです」「でも、過去の翻訳が現代では無効かというと、決してそんなことはありません。演出のコンセプトによっては、古めかしい言い回しがぴったりする場合もあります。演出家が、その時々の狙いにふさわしい翻訳を選べるというのが一番いい。一方では、上演には向かないが、読んで面白いという翻訳もあるはずです。シェイクスピアの原作には重層性があります。翻訳にも多様な可能性があるのです」

ホームズ物語にもそのまま通用する解釈ではないだろうか。一九八〇年代から九〇年代にかけて、正典については、それまで半世紀にわたる研究者たちの成果を踏まえて、〝正確な訳〟が優先された。二十一世紀に入ってからは、今度は読み物としての面白さを前面に押し出す訳が復権できるのかどうか。……楽しみなところである。

翻訳実践編――ホームズ物語の翻訳を通してわかること

ホームズ愛好団体の会誌では、正典翻訳の具体的な例を挙げて書くことがあったが、そのままではわかりにくいので、掲載内容をもとに書き起こしてみよう。

◉「イラクサをつかめ」("Grasp the nettle, Watson!")

〈マザリンの宝石〉の中に、ホームズが慣用句を使って"Grasp the nettle, Watson!"とワトスンに言うシーンがある。直訳すれば「イラクサをつかめ」だが、「進んで困難に立ち向かう」と意訳されるのが普通だ。ところが、ＪＳＨＣで正典の単語を種類別に拾った『言葉のデータ集』という冊子をつくったとき、使用された訳書に「イラクサ」という単語がなかったため、このデータ集から抜け落ちてしまった。一方、ちくま文庫版の全集（ベアリング゠グールドの注釈付き全集）の訳者は、「イラクサ」という単語を使った訳にしていた。そのことをある会員が指摘したとき、その記事に応えるかたちで書いたのが、このコラムである。

これ（その会員の指摘）はおそらく、慣用句を使った訳を責めているわけでも、「イラクサ」をわざわざ使ったちくま文庫版の訳を褒めているわけでもなく、「イラクサ」という植物名がデータ集から洩れてしまったという事実を述べているのだろう。しかしここに、私がこのところ気になっている問題が含まれている。

通常の小説の場合、右記の英文を「さあ、イラクサをつかめってわけだよ、ワトスン！」と訳すことは、あまりないだろう。プロの翻訳家であれば、読者がピンとこない英語慣用句をそのまま使ったり、〝原文が透けて見える訳〟をすることは、避けようとするからだ。新潮文庫その他の訳でも、それぞれの訳者がスムーズな日本語になるよう、工夫をしている。つまり、この程度は「意訳」でもなんでもなく、普通の翻訳と言えるのだ。

しかし、ちくま文庫の場合は、〝注釈付き全集〟という特殊性がある。問題の箇所には、ベアリング＝グールドによる注（「イラクサをつかめ」という慣用句はエアロン・ヒルの詩からきている、という説明）が付いているため、訳文に「イラクサ」という語を入れる必要があったのだ。同じことは、河出書房新社版の全集でも言える。オックスフォード全集の注釈と、小林さん自身の注釈を生かすために、訳文がある程度の制約を受けている、という意味でだ。

私自身、ちくま版全集の翻訳の一部を請け負った際、ベアリング＝グールドの注釈を生かすために訳文の工夫を強いられたことがあった。本来なら自分の思うとおり「意訳」なりなんなりできるところを、注釈が先にあるため、ある種の制限のもとに訳さざるを得なかったわけだ。

こうしたことから、正典の翻訳の場合、「普通に」訳すことの許される場合と、注釈その他に制約を受ける場合の二通りがあると言えるのではないだろうか。極論するならば、注釈のない訳文（新潮文庫その他）と、注釈が初めからある訳文（ちくま文庫と河出書房新社版）は、同じ土俵で比較をしてはいけないのではないか、ということだ。

もちろん、訳者が必要に応じて自分で付けていく「訳注」は別だ。これは自分の訳文をより読みやすく、読者にわかりやすくするための工夫であり、一方、ここで問題にしている「注釈」は翻訳と関係なく原文に即したものだからだ。

右記の「注釈」は原文のためのものだから、原文で読むかぎり、こうした問題が起こり得ないということも、またわかるだろう。

こうしたことは、二〇年前に東京図書版（のちのちくま文庫版）の翻訳をしたころから漠然と感じていたのだが、今年（二〇〇二年）になってトレイシーのホームズ事典の新訳作業で河出の全集を読み込んでいくうち、はっきりと考えるようになった。新訳トレイシー事典の訳者あとがきでは、さらに事典と全集の訳文の統一について触れているが、これは別に全集の訳を批判しているわけではなく、両者の性格の違いをあらためて考えてみたわけだ。

トレイシーの事典の場合も、注釈付き全集と似たような現象があった。旧訳では阿部知二訳＋延原謙訳、新訳では小林・東山訳を正典引用部分に使っているが、トレイシーの項目名にある単語がすべてそれぞれの訳文に出ているわけではないからだ。つまり、この場合は「注釈」と逆で、制限のないところで訳してしまった訳文を使って、制限のある事典をつくらなければならない……そもそもが無理な話と言えよう。こんなことを私自身が言ってはいけないのかもしれないが、本当に満足するようにトレイシーの事典を訳そうとしたら、事典中の正典引用部分はすべて自分で新たに訳さねばならない、ということなのだ。……これもまた、英文の原著だったらありえない悩みと言えるだろう。

慣用句の訳について、もう少し。

今回出した例(ホームズのせりふ)、"Grasp the nettle, Watson!"が、多くの訳で、つまり〝注釈の付いていない全集〟の訳において、「さあ、イラクサをつかめってわけだよ、ワトスン!」でなく「困難に立ち向かえってわけさ、ワトスン!」になっているのは、〝原文が透けて見える訳〟を避けようとしているからだ……そして、〝注釈付き全集〟の場合に「イラクサ」を使ったストレートな訳になってしまうのは、その全集の性格上、しかたがないのだ、というのがここまでの主旨だった。

ただし、これにも例外はある。

たとえば、エドワード・D・ホックの短篇ミステリ、"Courier and Ives"(二〇〇二年)に出てくる、"Isn't that like putting your head in the lion's mouth?"というせりふ。これはクリスティの『トミーとタペンス』シリーズのような、カップルが主人公の作品で、相棒の男の子の提案(敵の誘いに乗ろうじゃないか)に対して女の子が答えている、という状況だ。

"the lion's mouth"は、辞書を見るとわかるように、『危険きわまる場所』の意味だから、ここは「それって自分から危険に身をさらすようなものじゃないの?」とか、「わざわざ罠にはまりに行こうっての?」といった類の訳になりそうだ。

では、「そんなの、ライオンの口にわざわざ頭をつっこむようなもんじゃないの?」という訳はどうか? 〝原文が透けて見える〟から、いけないのだろうか?

この場合はイラクサと違って、「ライオンの口に頭をつっこむ」と言われれば、ああ、危険な場所にみずから入ることなんだな、とわかるのではないだろうか。この訳を見てことさら〝硬い訳〟とか〝こなれていない訳〟と評価すべきとは、思えない。

さらに言うなら、「ライオンの口」という具体的な表現をあえて使うことによって、ピンとくる訳になる、とも言える。また、こうしたことわざ的な表現をあえてそのまま使うことで、「そうか、むこう(英語世界)では、危険なことに首をつっこむという表現にライオンを使うのか」という、読者の側の『発見』につながる、とまで言うこともできるかもしれない(シャーロッキアンなら〈ヴェールの下宿人〉を思い出すところだろうか)。

実際、翻訳家養成の学校で、私がある程度能力をもった生徒たちに訳させてみたところ、この二種類の訳が半々になった。慣用句などの意味を知っていて、この両方の訳を頭に浮かべたうえで、どちらの訳がよりその場(作品の性格と設定、前後の文章、読者の種類、etc.)にふさわしいかを自分で判断すべき、というのが、生徒への私のアドバイスであったことを、付け加えておきたい。

以上は、〝こなれた訳〟や良い意味での〝意訳〟と、〝原文に忠実な〟〝原文が透けて見える〟ような訳の、両方が許される場合もある、という話だった。同じ作品の原文でも、ふさわしい訳文がひとつしかないということはない。出版する本（雑誌）の置かれる立場、ＴＰＯによって、さまざまに変わってくるということなのだ。ただし、こうした話は翻訳「出版」を前提にしているので、シャーロッキアーナ／ドイリアーナの研究論文としてのみ考えるのだったら、また違ってくるかもしれない。

では、訳文の（つまり日本文の）作り方以前の、意味のとりかた（解釈）についてはどうか。これはもう少し論文寄りの話になりそうだ、ここでも『二つ（以上）のとりかたができる』あるいは『成り立つ解釈はひとつだけでない』ということが出てくるのだ。

文法（英文解釈のための文法）は、われわれ翻訳家にとって、まず第一の武器となるものだ。前衛的な絵を描く画家が必ず最初はデッサンをきちんと勉強しているのと同じように、正しい英文解釈が身についていなければ、うまい日本文だけ書けても翻訳はできない。しかし、文法上の解釈だけ正しければ翻訳ができるというわけでもないし、文法だけにとらわれれば、むしろ作者の意図を誤って解釈してしまうことすらある。そこが翻訳家と〝翻訳ソフト（翻訳マシン）〟の違いかもしれない。

翻訳学校の基礎レベルにいる生徒の中によく、この文法第一主義に陥っている人を見かける。「学校で習った文法でも文法書でも、こう書いてあるのに、その通りに考えると意味がとれない」と言って悩んでいる彼ら彼女らには、「前後の意味から解釈してごらん。作者はどういう意味でこのシーンを書いているのか」とアドバイスすることも、しばしば。そこでピンとくる人は伸びるが、『文法的に間違った解釈などすべきではない』という考えに凝り固まっている人は、あまり翻訳家に向かないようだ。

逆に、日本の作家の小説について考えてみたらどうだろうか。日本語の文法につねに忠実に書いている作家が、どれくらいいるか。文法をわざとはずすことなど、ありえないのか。さまざまなシチュエーションがあり、〝崩れた〟文法の表現があることは、みなさんご存じのとおりだ。（JSHC岡山支部『エンプティ・ホームズ』二〇〇二年一一三、一一四号）

◉「こんなにほしいと思ったことはない」（〝I never needed it more〟）

これは〈瀕死の探偵〉に出てくるホームズのせりふ。飲まず食わずで演技をし、犯人をとらえたあとの、第一声である。EHに載った、ある会員のエッセイ「ホームズには何が必要だったのか？」に対応するかたちで書いたのが、以下のものだ。エッセイの要旨は、、〝I never needed it more〟（こんなにほしいと思ったことはない）とホームズが言っている〝it〟の指すものは、複数形になっている飲み物食べ物でなく（その場合なら文法的にはitでなくthat）、〝to be it〟、つまり「役になりきること」だった、ということ。文法的解釈からだけでなく、「仮病」というこの作品のテーマや、物語の最後のせりふとの関係などを考えても、そうではないかという主張だった。

確かに、ホームズが「今回の事件で一番必要だったのは、役になりきって最高の演技をすることだった。これほど役になりきることが必要だと思ったことはないね」という意味で〝I never needed it more〟と言ったという解釈はできるし、魅力的な見方ではある。ただ、この状況、シーンの流れを素直に考えると、クラレットやビスケットに対して「これほどほしいと思ったことはないよ」と言ったと解釈しても、そうおかしくはないと思う。

「最高の演技というのは、役になりきることなのだ」とホームズが言う相手は、カルヴァートン・スミスだ。それからずっとあとになって、「きみのことをすっかり失念していた」と言いながらホームズはワトスンをスミスの前にひっぱり出し、さらにスミスが連行されたあと、身繕いの合間にクラレットとビスケットをやりながら、くだんのせりふをワトスンに向かって吐く。ワトスンがベッドの頭のうしろに隠れて聞いていたとはいえ、スミスへの話をいきなりワトスンに振って、「役になりきること」を言うだろうか。

さらに、"I never needed it more" の次のせりふは、「もっとも、きみも知ってのとおりぼくの生活は不規則だから、こういったことも普通の人ほどにはこたえないがね」だ。最初のせりふが「これほど役になりきることが必要なことはなかったね」でも、この二番目のせりふは通じるが、「これほど（クラレットとビスケットが）ほしいと思ったことはないよ」の次にきたほうが、生きてくるのではないだろうか。

また、今回のエッセイには、コナン・ドイルを著者としたうえで、物語最後のせりふ「シンプスンで栄養を補給するのも悪くはない」について解釈した結果も書かれてあった。『事件が解決したからといって、すぐに食べ物を話題にしたのでは、物語の格調が低くなる。ここでホームズはあくまで事件のことを言い、クラレットとビスケットは目の前にあったから、ただ無意識に口に入れたと考えたほうが生きてくる』と。しかし、この作品そもそもがエキセントリックなわけだから、ドイルはホームズの行動で読者をびっくりさせることを意図しているのではないだろうか。だいたい、三日間飲まず食わずの人間がいきなり煙草を吸うところで読者はぎょっとするわけで、そこへビスケットを口にすることで読者はある程度ほっとする、そんな程度であって、ドイルが「格調の高さ」を気にしているかどうかは、疑問だと思うのだ。とりあえずクラレットとビスケットだけだったから、シンプスンで栄養を補給する。それで結末のせりふとしても十分ではないか、と。

長くなったが、つまり文法的解釈＋「役になりきること」という前後関係からの解釈も、ホームズのせりふそのものの直前直後の整合性からの解釈も、いずれも否定し捨て去ることはできないと思うのだ。こうした絶対的選択のできないケースは、長年小説を訳していると、かなりの頻度で出くわす。そうした場合、原著者が現役なら直接または間接的に質問して解決することができるのだが、八〇年以上前に亡くなっている作家では、どうにもならない。作者がどう意図して書いたかは、当の作者自身でないと正確なことはわからないからだ。

ただ、参考のため、今回の例を、いつもお世話になるシャーロッキアン界の長老、ピーター・ブラウに聞いてみた。日本では二つの解釈ができているが、ネイティブはどう考えているんだろうか、と。

彼の答は以下のとおり。

「〈瀕死の探偵〉のその一節では、厳密に文法にてらしたら正しいとは言えないという事実はあるものの、ホームズは明らかにクラレットとビスケットのことを指しています。映画でそのシーンを撮るときのことを思い浮かべる人もいるでしょう。監督が、どう解釈するか。ホームズは居間のサイドボードからクラレットとビスケットを取って、寝室に入り、顔を洗って着替え、その途中でワトスンになんと言うか……。

現代だったら、ホームズはクラレットを飲んだあと、〝I needed that.〟と言うことでしょう。そして、ドイルが当時もっと気をつけていたら、〝I never needed that more.〟と書いただろうと、私は思います。翻訳における興味深い問題のひとつは、訳者が意味を気にするか文法を気にするかということですね。このケースでは意味のほうを気にするべきだと私は思いますが……」

最後に、若干内容が重複するが、私がある知り合いに向けて書いたものの、出されなかった（気が変わって出さなかった）メールを載せて、このコラムを終わりたいと思う。

翻訳文について考えるのは面白いことなのですが、考え始めるときりがないというケースも多いのではないでしょうか。

問題は、「絶対的に正しい訳」というのが存在しない例が、往々にしてあることだと思います。最終的には当の著者に真意を聞くのが一番なのですが、ドイルの場合はそれもかないませんし。……現存の著者でも、どうかすると、わざとどちらにもとれるような書き方をしていることがあるくらいです。そのあたりが、ノンフィクションでなく「小説」であることのゆえんなのでしょう。

そこで「著者の深層心理」を持ち出す方もいるかもしれませんが、個人的には「ドイルはこう書いたはず」より、「ホームズの立場からしたらこうなるはず」という解釈のほうが、ぼくとしては好みです。

また、ひとつの原文にひとつの訳文、ということに必ずしもならないからこそ、さまざまな訳者の「お手並み」を楽しむことができるのでしょう。

イギリス人どうしでも、あるいはイギリス人とアメリカ人のあいだでも、同じ原文を読んで解釈が食い違うことは、もちろんあるでしょう（日本人が日本語の小説を読んでもあるのですから）。それが翻訳になれば、さまざまな解釈が出てくることは当然とも言えます。

文法的に（英文解釈として）正しいことも大切ではありますが、小説である以上、そのシチュエーションで、その登場人物が口にする表現として適切かどうか、前後関係やストーリー展開から考えてどう解釈すべきなのか、という点を優先すべきなのではないでしょうか。（ＪＳＨＣ岡山支部『エンプティ・ホームズ』二〇〇二年一一四号）

◉忠実なるワトスン？

昨年（一九九六年）、イングランドとウェールズ国境のシュルーズベリに行くチャンスがあった。そこのみやげ物屋にあった「名字の歴史」なるカードの中に、"Holmes"と"Watson"を見つけたとき、いそいそと買ったのは言うまでもない。葉書大のカード一枚で何百円もするし、ワトスンもホームズも特に珍しい姓ではないのだが、まあ、ご愛嬌だ。

その後日本に輸入されたかどうかはわからないが、とにかくそのカードによると、ホームズという名字の歴史は十二世紀にさかのぼるとか。ワトスンは十四世紀ころからだから、けっこう古いということになる。特にバイキングが根拠地とした北方で、ポピュラーとのこと。語源は、川辺の低地や川中島を意味する"holmr"という北方の古語で、ローカル・サーネーム（地名に由来する姓）のひとつだそうだ。

ということは、日本で言えば「明神下の平次」のような使われ方をするわけで、初期の例としては、一二九六年にサセックスにいた「ホウムのジョン」(John atte Holme)や、一三二七年のダービシャー住人「ホウムズのウィリアム」(William del Holmes) などが知られているとか。holmrもholmeもholmesも同じ意味であり、atteもdelも"at the"の意味だ。

そして、ホームズ家の紋章はメイン部分が金と青の「バリ」（二色交互になった横帯で、それぞれが四本ないし一〇本の同数で等分割されている――この場合は四本ずつ）、その左上の小区画には三つの花冠があるというもの。ファミリー・モットーは、「人を信頼するが、信頼する相手選びは注意する」だそうだ。

一方のワトスンは、当然ながら「ワト（Wat）の息子」の意味。ワトはウォルター（Walter）の愛称で、古いドイツ語で「強力な軍隊」を意味する語から派生したとのこと。紋章は銀の地に青の山形紋があって、その中に金の三日月、上下に三羽の黒いイワツバメ。モットーは「忠実さこそ栄誉なり」だ。

そういえば、E・W・スミス編の『シャーロック・ホウムズ読本』（研究社）には、ホームズ

の盾形紋章に関する論文が二つも載っていたっけ。（ＪＳＨＣ岡山支部『エンプティ・ホームズ』一九九七年七二号）

◉「決定的証拠」（"smoking gun"）

今年（二〇〇三年）一月のＢＳＩ総会でニューヨークへ行ったときの手帳を見ていたら、「No smoking gun という見出し――ＮＹのケーブルＴＶ（ＮＹ１）１／９　５ｐｍ近くのニュース、イラク問題」というメモが出てきた。それに続いて、「イラク問題の国連会議のあとのシリア国連大使の記者会見でも記者が smoking gun という表現を使った」との走り書き。どうやら、ホテルの部屋でテレビを見ていたときのメモらしい。

確か、このときにこの"smoking gun"（決定的証拠）が正典がらみのことばだと意識していたものの、帰国後日本の新聞でそのことが取り上げられたと聞いたときに、メモを見つけられなかったのだったと思う。日本では東京新聞などが一月の終わりにコラムで紹介していた。

そのメモを見つけ、あのときは新聞記事も探さずにいいかげんに終わってしまったな、と回想していたところへ、四月なかばの朝日新聞で紹介されたのが、「三省堂がインターネット版の国語辞典で新語を毎月更新。今回はその中に〝スモーキングガン〟という、ドイルの小説が語源の新語が載る」という内容のニュースである。これはちゃんと把握しておかなくては、といささか慌てたのが、正直なところであった。

問題のネット版国語辞典とは、四月からネット上で公開の『Ｗｅｂ版スーパー大辞林』。紙版の『大辞林』の改訂では追いつけない新語について、ネット版で補足していこうという趣旨で、すでに始めている各種辞典の検索サービス「e辞林」に組み込んでいくらしい。一九九九年、「ミレニアム」という語を調べる人が急増し、それに対応できる国語辞典がなかったことが、ひとつの動機とか。今回加わった新語には、「スモーキングガン」のほかに「爆睡」や「ルーレット族」「豚トロ」などがあるというから、俗語辞典にも七、八年たたないと入らない言葉や、ジャーナリズムその他のカタカナ語まで、対象は広いようだ。

そこで、まずは当の辞典を見て……と思いきや、当然のことながらネット公開の辞書ゆえ、有料。シャーロッキアーナをやるのに金をケチってはいけないと思いつつも、書籍情報や辞書の有料検索で苦い経験のある身としては、若干躊躇せざるを得なかった。

だが、世の中（というよりネットの中）よくしたもので、無料の検索エンジンを使って新語や俗語の辞書検索をしていくことはできるのだ。今回も、「スーパー大辞林」でなく同じ三省堂の『デイリー　新語辞典』から、「スモーキングガン」をひくことができた。

そこには次のように書かれてある。

スモーキングガン【smoking gun】
決定的証拠。硝煙の残る銃が、発砲の動かぬ証拠であることから。スモーキング-ピストルとも。〔コナン=ドイル（Arthur Conan Doyle）の小説「グロリア-スコット号」での表現が語源。ウォーターゲート事件（一九七二〜七四年）で、疑惑の証拠とされた録音テープを

さす言葉としても知られる〕

この"smoking gun"、英語としてはすでに定着しており、たとえば研究社の『リーダーズ英和辞典』でも、一九八四年刊の初版からすでに（俗語扱いでなく）こんなふうに載っている。

smoking gun [pistol] n.《特に犯罪の》決定的証拠

オックスフォード、ケンブリッジ、ウェブスターなどの英英辞典でも、説明の長さの違いはあれ、犯罪の決定的な証拠という内容は変わらないようだ。『メリアム・ウェブスター・ディクショナリ』では一九七四年にこの語が収録されたとあるので、おそらくウォーターゲート事件で有名になってからだろうということがわかる。

では、正典（〈グロリア・スコット号〉）↓ウォーターゲート事件↓イラクの大量破壊兵器査察という経緯についてはどうか。これも、その手のキーワードを使ってＷｅｂを検索すると、さまざまなサイトで説明されているのが発見できる。

たとえば、Tampa Bay Online の『タンパ・トリビューン』では、ＡＰの記者が"Smoking Gun: In Search of the Clincher, From Sherlock Holmes to Watergate to Iraq"（一月二十五日付）というタイトルで記事を書いていた。要点はこうだ（［　］内は私の注）。

今［一月現在］、イラクで大量破壊兵器の"smoking gun"、つまり決定的証拠さがしが、行なわれている。

『オックスフォード・イングリッシュ・ディクショナリ』によれば、この言葉を最初に使ったのはコナン・ドイルで、一八九四年のホームズ物語の中だったが［発表は一八九三年、単行本化が一八九四年］、そのときは"smoking pistol"だった。

それが大西洋を渡ると、アメリカ人たちはウォーターゲート事件の際、イギリス的な"pistol"から"gun"に変えた。

ウォーターゲート事件では、一九七二年録音のニクソン大統領の会話テープが、"smoking gun"と呼ばれた。ニクソンは一九七四年に辞職。

最近では、イラン-コントラ事件［イランゲートと呼ばれた］でのメモや、クリントン元大統領とモニカ・ルインスキー嬢との一件でのDNA判定、エンロン社事件の内部告発者の手紙などが、それぞれの時期でsmoking gunだと言われた。しかしいずれもニクソンを辞職させたときのような究極性はない。

ウィリアム・サファイアは著書"Political Dictionary"の中でsmoking gunを「議論の余地のない証拠―辞任を促進するような有罪の証拠」と定義したが、今日ではその結果は［辞任でなく］戦争となる。

この後、イラクの査察がどうなったか、戦争がどうなったかは、大方の人のよく知るところだろう。また、このsmoking gunはCNNその他のメディアでも盛んに使われたので、今さら日本の新聞記事を紹介するまでもないかもしれない。

一方、ドイルのお膝元(?)のBBCニュースのウェブ・サイトでは、「見出しのかげの言葉たち」と題したページで、こんなふうに説明されていた。

smoking gun 名詞。1．発砲されたばかりの火器。特に殺人で使われた銃。2．(口語)米語。有罪であることが明白であるような証拠。

注・悪事が政治的または金銭的なものであると、明白な有罪の証拠のはずが複雑で切れ味の悪いものになることがあるし、"smoking gun"と呼ぶことによって、はるかにテレビ向きな材料になってしまうこともある。

(中略)

語源・文字通りの「煙を上げている銃」は、コナン・ドイルやアガサ・クリスティなどによる十九から二十世紀の探偵小説における中心的要素だった。

クリスティ？　smoking gunの語源にクリスティが出てくるのは、今までのところ、このBBCのサイトだけなのだが……。

それはともかく、シャーロッキアンたるもの、やはり問題の〈グロリア・スコット号〉の原文を確認しなくてはならないだろう。

問題の箇所は、トレヴァ老人が息子にあてた手紙の中で語られる、グロリア・スコット号での反乱の一シーンにある。彼らが船長室へ乱入しようとしたときに中から銃声がし、見ると船長は床に倒れていて、「かたわらの教誨師が、まだ煙のたつピストルを手にしている」という場面。つまり、船長を殺すところは目撃しなかったが、まだ煙が出ていて、撃ったばかりということが明白なピストルを持っているのが、動かぬ証拠というわけである。

原文では、こうなっている。

"….. while the chaplain stood with a smoking pistol in his hand at his elbow"

では、海外のさまざまなシャーロッキアーナ文献は、このsmoking pistolをどう扱い、どう注を付けているのだろうか。真っ先に思いつくのは、ベアリング=グールドの注釈やトレイシーの事典、オックスフォード版の注釈だろう。

だが、すぐわかるように、このいずれもsmoking pistolを注釈の対象にはしていない。「ヴィクトリア時代の人間が書いたという設定の事典」を標榜するトレイシー事典が拾わないのはわかるが、当時の俗語や現代人にわかりにくい言葉を説明しているほかの二冊を拾っていないということは、つまり、それが俗語でもなんでもなく、「文字通りの」こととしか言っていないからではなかろうか。……「(まだ)煙の出ている銃」という語を、さらに説明する必要はないのである。

案の定、最新の注釈シリーズであるクリンガー注釈全集の『回想』の巻でも触れられていないし、「ホームズ物語における馴染みのない言葉やフレーズの語源学的ガイド」を標榜するケルヴィン・ジョーンズの"A Sherlock Holmes Dictionary"にも見つけることはできなかった("smoking cap"はあるのに)。

しかし、あった。書棚の奥に見つけたのが、ＢＳＩの重鎮で一九九三年に他界したタッパー・ビジロウ判事の"An Irregular Anglo-American Glossary of More or Less Unfamiliar Words, Terms and Phrases in the Sherlock Holmes Saga"という長ったらしい題名の一冊。英語を母国語とする北米人のために、正典中の「イギリス的」な馴染みのうすい言葉を集めたもので、これにはsmoking pistolが収録されている。ただ、生前に出た第一版ですでに収録されていたのか、それともその後の言葉を加えて一九九八年に出された第二版(私の手元にあるもの)に初めて収録されたのかは、定かでない。

解説はこうだ。

> smoking pistol(新語義) 明白な犯罪の証拠。言葉の達人ウィリアム・サファイアは、やや気まぐれな調子で、現代のキャッチフレーズ"smoking gun"を最初に使ったのがワトスン博士であることを認めている。(GLOR)

ウィリアム・サファイア。……そう、先ほど出た名前ではないか。ニクソン大統領のスピーチライターもした、ピューリッツァー賞受賞ジャーナリスト(コラムニスト)だ。ウォーターゲートの告発者たちが"smoking gun"を使い始め、それをサファイアが著書の中で定着させたということなのだろう。

ただ、なぜか私には、「犯罪の決定的証拠のことをスモーキング・ガンという。その語源はドイルのホームズ物語」という表現に対し、抵抗感があるのだ。その点を再度考えさせてくれたのが、中国系の人を対象にした英語スクール／アーカイヴのウェブ・サイトだった。これが意外に鋭い見方をしていて、要旨はこうだ。

"smoking gun"というフレーズは、犯罪の決定的証拠を意味するが、その起源は比較的新しい。実際に新語としてつくり出したのは、ウォーターゲート事件のときの国会議員だった。テープを聴いた彼は「こいつはスモーキング・ガンらしい」と言ったのだが、それは、そのテープによってニクソンの隠蔽工作が明らかになったという意味だった。彼はこのフレーズを使った最初の人物ではないが、それを使ったということで認められた最初の人物だった。

コナン・ドイルは〈グロリア・スコット号〉の中で"smoking pistol"というフレーズを使ったが――［正典の原文があるが省略］――その使い方はきわめて文字通りのものであり、比喩的・象徴的なところはなかった。しかもドイルの場合は殺人事件だが、現代の用法は通常、政治的なコンテクストの中で語られる。もうひとつ付け加えるならば、［〈グロリア・スコット号〉からウォーターゲートまでの］あいだの八〇年に、このフレーズが使われたということを示す証拠は、何もないのである。

まあ、絶対とは言えないまでも、〈グロリア・スコット号〉の一文が"smoking pistol"の初出なのだろうし、ウォーターゲートの直後にこのフレーズが定着したとき、サファイアがその点をおさえていたのなら、やはり「ドイルの小説が語源」となるのだろう。一方、ドイルがわざわざ「新語」をつくりだすつもりで書いたのでないことも、どこかの俗語をもってきたのでないことも、やはり確かなのであり、要は後世の人たちの料理のしかたしだいというところか。（JSHC岡山支部『エンプティ・ホームズ』二〇〇三年一一五号）

◉「深読み」の話

『翻訳の世界』という雑誌がある。版元の翻訳家向け専門学校について語ると長くなるのでやめるが、私が翻訳を始めたころは徒弟制度まっさかりだったので、翻訳家という職業を〝ケイコとマナブ〟の延長線上にもってくることに多少の抵抗があるということだけ書いておこう。

この雑誌の今年（一九九三年）三月号で、京大助教授の若島正氏が連載「〔反―探偵〕小説論」の最終回として、「タイム・マシンに乗ったドイル」というコラムを書いていた。〈美しき自転車乗り〉のタイトルの話から、自転車の話題、そしてH・G・ウェルズの"The Wheels of Chance"という作品にまで言及している、非常に興味深いエッセイだ。

ふむふむ、なるほど、と読み終えて別のページを繰っていったら、今度はナボコフの訳者大津栄一郎氏による「若島正氏に反論する」という一文が現れた。なんでも、若島氏が大津訳『賜物』を改訳すべき十大翻訳小説のひとつに挙げ、理由はナボコフの面白さに直結する部分に誤訳が数多く見られるからだと書いたのだが、それらは逆に若島氏の誤訳だというのである。

一般にこうした翻訳の解釈論議は不毛になりやすいのだが（同じ誤訳を扱ったものでも、別宮貞徳氏の欠陥翻訳時評はすっきりしている）、私が注目したのは、大津氏の反論の次のようなくだりだった。「若島氏の誤訳は、引用例からも推測していただけると思うが、だいたい『深読み』の結果の誤訳である。それは、おそらく、ナボコフは想像や言葉の遊びの作家であるという予断のためである。だが『賜物』はひたむきな、ひたすらな小説で、若島氏が誤訳とする箇所はどれもこの作品の本質とはまったく無関係なことである。」

私はナボコフをあまり読んでいないので、若島氏と大津氏のどちらが正しいかという議論はできない。というよりも、それは本欄の主旨とは別のことだ。

ここでいう「深読み」問題は、我々シャーロッキアンの正典解釈のしかたと同レベルとまでは言わないものの、シャーロッキアンにとっていろいろなことを考えさせられるのは、確かである。

同じように最近ひっかかったのは、『赤毛のアン』研究と新訳に際しての記事だった。『週刊文春』で読んだので、又聞きのようなものだが、お許し願いたい。

新訳を始めたひとり、松本侑子氏は、雑誌『すばる』で、「『赤毛のアン』は」イギリス文学のパロディ集大成ではないかと思い始めて調べてみると、出るわ出るわ、中世から十九世紀にかけての英文学が、地中に埋もれた宝石のように、こっそりちりばめられていた」と語ったらしい。彼女は、翻訳以外に研究篇でも、シェイクスピアや聖書をふまえたと思われる固有名詞の指摘などをしているという。

だが、小説の中に過去の名作や聖書につながるくだりが隠れていたとして、それが即座に「イギリス文学のパロディ集大成」と言えるかどうか、その点は若干疑問である。確かに、そうした部分の訳注が作品解釈の助けになることは、我々シャーロッキアンが百も承知していることだが、その一方で、小説を楽しむことと解釈することが本末転倒にならぬことを祈るのも、「深読みジャンル」に生きる先輩の老婆心なのである。(BHL機関誌『The East Wind』一九九三年四月号)

ホームズ物語の新訳について

今回の〝新訳〟では、十九世紀末から二十世紀初頭にかけての古典的作品であることを意識しつつ、現代の読者にとって読みやすくすることを第一に心がけた。現代人向けといっても、ホームズやワトスンを現代人的にしてしまうアクロバティックなところまでは、していない。ホームズ物語が長い人気を得るうえでは、彼ら二人の魅力もさることながら、ヴィクトリア朝末期のロンドンという舞台と雰囲気が重要な役割をしているからだ。

「新訳」とはどうあるべきかという問題には、なかなか難しいものがある。たんに文章を現代的にすればいいというわけではなく、むしろ、あまり現代的にすると古典本来の味が消えてしまうというおそれもあるからだ。特に、人物設定にかかわるしゃべり方、あるいは風俗史的要素、歴史的事実など。たとえば、「アヘン窟」はそのまま「アヘン窟」でないと、雰囲気もその時代らしさも出ない。現代の若い読者が知っていようといまいと、そういうものがあったのだからという意味合いから、このシリーズでは残すことにした。児童向けの本もそうだが、読者が知らないからといって気を回しすぎると、かえって読者を馬鹿にすることになりかねない。「そういうものなのだ」として、新たな知識を仕入れてもらえればいい、と考えている。

したがって、いわゆるシャーロッキアン的な注釈や、作家研究的な注釈はいっさい付けていない。

著者コナン・ドイルの勘違いや考証不足による間違いはさまざまにあり、その指摘を読むのも一種の楽しみかもしれないが、この全集ではごく一部におさえた。また、ホームズやワトスンの過去について詮索するといったことも、していない。細かいことにとらわれず、作品全体を楽しむエンターテインメント本来の姿を目指しているわけだ。

ただし、現代の日本人読者にとって必要と思われること、つまり一〇〇年以上前の英国人にとっては当たり前でも、今のわれわれにとっては説明があったほうが読みやすい事物については、注釈を加えた。注釈はシャーロッキアーナ（シャーロック学）に関する要素を入れず、必要最低限。つまり、時代と文化の違いにより現在の読者にとって説明の必要なものが、中心になっている。

日本なら、たとえば夏目漱石の『吾輩は猫である』が明治三十八年、つまり一九〇五年の発表だった。その冒頭、猫が捕ったネズミを飼い主が交番に持っていくという記述があり、岩波文庫版では、その注として、ネズミがペストなど伝染病の媒介をするので、当時は捕獲を奨励するため交番で買い上げていたということが書かれてある。こうした種類の注が、本シリーズにとっての典型的な例と言えよう。

ただ、シャーロッキアーナ的なものを省いたとはいえ、シャーロッキアーナでどんなことが話題になるかという問題には、ところどころで触れている。

ホームズ全集が完全なかたちで翻訳されるようになってから、すでに八〇年。児童向けも含め、数多くの翻訳が世に出されてきた。現在ふつうに入手できる全集は、すでに故人となった翻訳家たちによる古い訳文のものと、研究者向け注釈を大量に付けた現代の全集の二つに大別されるが、この全集はそのどちらでもないと言えるだろう。ホームズ研究とともに翻訳の仕事を始めた私にとって、エンターテインメント小説翻訳の原点に戻ろうという、一種の冒険でもあるわけだ。

この二、三〇年、ホームズ物語については、海外の研究書や注釈書がさまざまに翻訳出版され、翻訳の「正確さ」が飛躍的に向上してきた。筑摩書房の文庫版と河出書房新社の単行本版は、かたやシャーロッキアン向け、かたやドイル研究者（文学者）向けの膨大な注釈が付いた、「注釈付き全集」だ。そうした注釈はもちろん、新たな楽しみを発見する可能性も含めて、読者にとってプラスになるが、あまり正確さにこだわると文章の勢いをそぎ、リーダビリティを損なうというマイナス面もある。私の経験から言えば、注釈付きの場合、その注釈文を生かすために本文の翻訳が制約を受けるというケースも多かった。純粋にストーリーを楽しむことで、十九世紀末の英米で読者が夢中になってホームズの冒険に読みふけった、その原点に帰れないだろうかというのが、私の望みでもあるのだ。

一方、古典といえども、その時代に合った翻訳が必要とされることは、どんなジャンルでも共通している。古い作品を古いタッチで訳すことは、時代色を出すうえにおいては必要なことだし、古い名訳は名訳として永遠に残すことが大切だろう。しかし、明治時代に書かれた作品でも、昭和の人向けの訳文もあれば平成の人向けの訳文もあるのだ。

もうひとつ述べておきたいのは、今回の訳では、深町眞理子さんが創元推理文庫『シャーロック・ホームズの事件簿』（一九九一年）の訳者あとがきで書いている新訳での姿勢を、踏襲しようと努力したことだ。深町さんはこのとき、阿部知二訳だった全集のうち、日本で翻訳権が切れた『事件簿』の新訳だけをされたわけだが、のちに正典すべてを新訳にする作業をスタートされた。二〇一三年現在、完結まであと二冊というところまできている。

当時深町さんが第一に書かれているのは、先行訳などでつくられたホームズのイメージを壊さぬようにすることだった。

そして第二に、こう記している。

「文章のうえでは、およそ九十年前のヴィクトリア朝末期からエドワード朝にかけての時代色をそれなりに出しながら、なおかつ古めかしい感じにならないように心がけるということ。じっさい、今回原文をじっくり読んでみてやや意外だったのは、文章面で古色蒼然といった趣の表現にはほとんど出くわさなかったことで、むしろ、ホームズのものの見かたや行動などからは、当時の人としてはとびぬけて明るい現代性、合理性を感じさせられます。結果として、そういう明るさが多少は訳文に反映されているかもしれません。」

そして、事件簿における著者の日付や人物名の間違いなどを取りあげながら、こう続けている。

「この種のいわば瑕瑾は、細かく重箱の隅をつつくように読んでこそ目につくもの、楽しんで物語を読んでいるかぎり、けっしてさわりにはなりません。読者諸賢におかれましては、どうかこういう瑣末事にとらわれず、あくまでも作品を作品としてまるごと味わう姿勢をつらぬかれますよう、これは訳者よりもお願いいたします。」

この姿勢はまさに私の理想とするところでもあるが、おそらく読者の中には、改行の多用や漢語表現の少なさなどから、光文社文庫の拙訳は深町さんの姿勢を踏襲しているとはとても思えない、と感じる方も多いだろう。確かにそうかもしれない。「若い読者」を意識してかなり大胆に「現代性」を出したし、児童向けの正典全訳（講談社『青い鳥文庫』）という、もうひとつの貴重な仕事から学んだことも生かした。ただ、それでも正典訳に関する姿勢は変わっていないつもりだ。今後、もう一度別のバージョンをつくることがあっても——たとえば高齢化社会向けの文章で訳をすることがあっても（そんなことがあるかどうかはわからないが）——この「姿勢」は変わらないと思う。

特に、「あくまでも作品を作品としてまるごと味わう姿勢をつらぬく」ことに関しては、シャーロッキアンである以前に「小説」の翻訳家である身としては、こだわらぬわけにはいかないのだ。

ところで、いまさらではあるが、なぜ〝新訳〟を出すのか、出す必要があるのかということは、考えたことがあるだろうか。

正典は古典作品と言って間違いないと思うが、古典は昔の人の訳で名訳があるのなら、それ以上はいらないという人もいる。しかし翻訳文は腐るものだ。ガソリンだってぬかみそだって腐る。通常のミステリ小説は、二〇～三〇年で改訳が必要になると言われる（これは長く翻訳をやるとわかることだ）。

ただ、ここで「腐る」と言っているのは、古い時代の訳がまったく必要ないということではない。時代が変われば、新しい時代の読者のために新しい訳があってもいい、古い訳でも優れたものは、別の年代の読者が読み続けるだろうから、という意味を含んでのことだ。その意味で、古典の訳はさまざまな人のさまざまなバージョンがあってもいい。チャンドラー作品にしろドストエフスキーにしろ、あるいは『ライ麦畑でつかまえて』にしろ『星の王子さま』にしろ。年代や好みや考え方の違う読者がそれぞれに選べるバージョンがあることが、理想ではないだろうか。

「今言《きんげん》をもって古言を解してはいけない」という言葉がある。つまり今の時代の言葉のイメージで古典を解釈してはいけないということだ。前述したように、シャーロッキアンも時としてこの間違いを犯すことがあるが、翻訳の場合は、古い時代のことを解釈したうえで、それを現代の言葉に置き換える。これがつまり新訳なのではないだろうか。

とはいえ、深町さんも書いているように、先行訳などでつくられたホームズのイメージを壊さぬようにすることは大事だ。映像でもしかり。パロディやコメディ以外のまともなホームズ映画では、やはり今でも、ある程度の落ち着いたホームズ像が存在するし、そのイメージは壊したくないと思う。

これは二〇一三年に大阪の箕面市で小学生を相手に講演したときにも言ったことだが、われわれ現代の日本人読者にとって、正典を読むことは三つの旅をすることになる。つまり、場所の旅、時間の旅、言葉と文化の旅の三つだが、三つの壁と言ってもいいかもしれない。遠いイギリスの、あるいはロンドンという都市の、しかも一八八七年（明治二十年）から一九二七年（大正十六年）という時期に発表された、言葉も文化もまったく違う作品とのつきあい。これを「今の」読者に読んで理解してもらうために、われわれ翻訳家はさまざまな努力と工夫をしているわけである。

だからというわけではないが、私の頭には、つねに二つの疑問がずっとある。ひとつは、「読者にとっていい訳とはどんな訳なのか」ということ（読者はミステリーファンだけとは限らない）、もうひとつは、「絶対的に正しい訳語・訳文などないのではないだろうか」ということだ。

明らかな取り違えを除いて、ある解釈が絶対に正しくないと言い切ることができるか……難しいところだ。翻訳家はネイティブ、つまり英語圏国民の読者に質問することがよくあるが、彼らでさえ解釈に困ることが、よくある。結局、どれが正しいかは原著者にしかわからないということで、（著者が存命の場合は）聞いてみるのだが、当の著者でさえわからないというケースも、過去に数件あった。

正典の場合はもう原著者に聞くことはかなわないのだが、たとえば〈三破風《はふ》荘〉に出てくる、「ホウボーン・バー」はどうだろう。これはテンプル・バーのように、シティ地区の境目を示す石のオベリスクと考えるのが素直なのだろうが(『リーダーズ・プラス』などの辞書にも出ている)、ドイルはほんとうにそう考えたのだろうか。原文は"the Holborn Bar"と単数、本来は"Gray's Inn Road"と"Staple Inn"の二箇所にあるので"Holborn Bars"と複数だが、この名称について知っているはずのネイティブの中にも、これがドイルの創作した(飲み屋の)バーであると考える人がいるくらいなのだ。

こうした例はまさに枚挙にいとまがなく、この二つ目の疑問については、「ない」というのが目下の私の答である。一方、ひとつ目の疑問については、いまだに答が出ていない。いや、古典の新訳に関することと同様、読者の種類によって違うし、ひとつだけではないということなのだろう。少なくとも今の私は、そう思っている。

一〇年後の「不惑」

この機会に自分の訳書を数えてみたら、小説とノンフィクションと児童書の三分野で、ほぼ同じだった。なのに書店ではシャーロック・ホームズ物が目立つせいか、「ホームズものの訳者」として見られることが多い。

もちろん、マニアとしてエッセイを書いたりしている以上、そうした仕事をできるのはうれしいのだが、かつてはミステリ界で「ホームズしかできない訳者」と見られるのを不安に思ったこともあった。また逆に、マルチな仕事をしているせいでミステリ業界でもSF業界でもコンピュータ業界でも中途半端な印象をもたれているのではないかと、気にしたこともある。

三〇年近く翻訳をやってきてようやく、そうしたことを割り切って考えられるようになった。ホームズ訳者だろうがコウモリ翻訳家だろうが、どうでもいいじゃないか、と。「不惑」の歳から一〇年たって、なんとか「不惑」の心境に近づいたといったところだ。【付記】二〇〇四年の時点。

とはいえ、たかだか三〇年。自分は翻訳家として何を身につけたのだろうかと考えると、いささか焦燥感にかられることもある。

ひとつ自分なりに悟ったことがあるとすれば、「絶対的に正しい訳文など存在しない」という認識だろう。あるのは、いわゆるTPO（時、所、場合）に合わせた訳文、つまり適材適所の文章だ。しかも、そのTPOに合った訳文がただひとつ存在するというわけでもない。原著者に対する、あるいはその作品に対する解釈の違い、邦訳を出す時代の違い……さまざまな状況により、変わってくる。

ここ数年、学校で翻訳を教えるという大それた（？）ことをしているが、当然生徒からは、「ここはどう訳すのが適切か」という質問が出る。そんなとき、「自分ならこう訳すがそれが絶対ではない」と答えることにしている。ベテラン名翻訳家の訳文でも、編集者やほかの訳者から「これは違うんじゃないか」と言われる可能性はあるからだ。生徒の反応は、拍子抜けする者、納得する者、なんだか煮え切らない答えだなという顔の者……まちまちで面白い。

特に、古典的作品が対象だと、古い作品を今の人向けの文章で訳すべきか、古典の匂いと雰囲気を残した文章にすべきかという問題がある。最終的には出版社の要求と、読者ターゲットに合わせることになるが、訳者としてはつねに気になる問題なのだ。

そこで、一作品に複数の邦訳が生まれ、読者はそこから選べるようになる。翻訳権が切れたからこそできることではあるが、読者にとっては一種の理想だし、翻訳ならではの醍醐味でもあろう。おまけに翻訳はガソリンと同じで、一見腐らないように見えて実は腐る。翻訳後二〇年三〇年たてば同じ訳者が改訳すべきだし、また改訳したくなるものだとも、言えるのだ。

かくて、シェイクスピアもディケンズも、そしてコナン・ドイルも、さまざまな訳者をかかえるわけである。(早川書房『ミステリマガジン』二〇〇四年十一月号)

日本だけが特殊なのか?――正典翻訳の変遷とその特殊性

本稿では、書誌学者でも英文学者でもない、単なる職業翻訳家の立場から、ホームズ物語の翻訳について一考してみたい。

この一二〇年間にホームズ物語の翻訳がどのような流れをたどったか、翻訳でなく「翻案」のもつ意味は何か、古典の翻訳はどう考えるべきか、そして、二十一世紀に入って次の流れはどうなるのか……。ホームズ物語翻訳の「お国事情」については、二〇〇〇年五月にスイスで開かれたホームズ研究の国際会議でも中心テーマになったのだが（私も日本の移入史と翻訳事情を発表した）、その際、日本の事情を考察するには、ほかの翻訳移入国の事情が大いに参考になると、痛感したのだった。

ホームズ物語の翻訳史を考える際、戦前については、「原作とその翻訳・翻案」だけに注目すれば、流れをほぼつかむことができる（もちろん、日本の文化の変遷や教育・政治の変化の影響は押さえねばならないが）。しかし戦後については、ホームズ／ドイル研究家やいわゆるシャーロッキアンたちの研究・出版活動という、新たな要素を考えに入れなければならない。つまり、彼ら／彼女らによる研究や注釈が、翻訳（の質の向上）に与えた影響、読者や出版社を刺激して出版界に与えた影響、そしてホームズ物語そのものの一般への「浸透と拡散」などを考慮に入れないと、広い捉え方はできないと思うのである。

ちなみに、私が小説の翻訳という仕事に手を染め始めた時期は、一九七〇年代半ばであったが、これは「ホームズ／ドイル研究史」の中でも大きな区切りの時期であった。以来、四〇年余り。私の見るところでは、ホームズ物語の翻訳は、また新たな変革の時期に差し掛かっているようだ。そのあたりのことは、後述する。

明治期から一九五〇年代までのホームズ物語翻訳の流れ

戦前については、原作と翻訳だけに注目すればいい、と書いたが、ホームズ物語の紹介に二つの大きな流れがあったことは、川戸道昭が『翻訳と歴史』第五号（二〇〇一年三月）の表紙解説で述べているとおりである。明治〜大正期の移入史を見れば、大衆作家による（探偵小説としての）紹介と、英文学者たちによる注釈付き原文（または訳書）による紹介という二つがあることは、おわかりだろう。私の場合、探偵小説ファンとしては前者を楽しみ、翻訳家としては後者を参考にしているが、一般にはそれぞれ読者が違うことも、また確かなのである。

当然のことながら、英米で出版されるホームズ物語には通常（児童向けを除いて）、こうした注釈はないわけだが、ホームズ物語の研究が進むにつれ――あるいは年月がたって英米の読者といえども理解が難しくなって――本国でも注釈付き全集というものが登場するようになった。前述の二つの流れのうちの、後者のような「英語・英文学的」注釈ではないが、ホームズ研究史として見れば、大きな流れのひとつであろう。この注釈本やホームズ事典などレファレンス本についても、後述することにする。

さて、こうした二つのルートで日本に浸透していったホームズ物語だが、明治〜大正初期における一番の特徴は、「翻案」の存在であろう。

今さら私が説明するまでもないが、長篇の初訳である「血染の壁」（無名氏訳、明治三十二年／一八九九年）を始め、南陽外史訳「不思議の探偵」（明治三十二年）、抱一庵主人訳「新陰陽博士」（明治三十三年）、小栗風葉訳「神通力」（明治三十九年）、天馬桃太訳『神通力』（明治四十年）、魔鏡道人訳「探偵と推理」（大正六年）など、当時のホームズもののほとんどがいわゆる翻案であり、登場人物の名を日本名にして、舞台まで日本にしてしまう例も少なくなかった。もちろん、悪意ある改訳などでなく、当時の日本で馴染みのない土地や事物・風俗・文化が背景の作品を読ませるための、苦肉の策であったのだろう。また、これも当然ながら、こうした翻案は前述の川戸の言う二つ目の流れの読者、つまり英語・英文学の読者向けでなく、一般の（特に新聞・雑誌の）読者のためのものであった。

こうしたものは、今であれば訴訟モノの危険な改作なのだが、翻訳家の目から見ると、すばらしい工夫に満ちている。ずいぶん前になるが、コレクターの中原英一から、右記「血染の壁」を初めて見せてもらったときのショックは、忘れられない。舞台は日本、登場人物も日本人で、ホームズの「小室泰六」が髭をはやして人力車に乗っていたり、ウィギンズの「弁坊」が日本風の屑拾いの籠を背負っていたりという違和感を感じながらも、《緋色の研究》の「アルカリの大平原」を「室蘭」の豪雪地帯にしてしまうという力技に感心し、さらには"Rache"と"Rachel"のトリック（？）を女性名「お福」の「ふく」と「復讐」の「ふく」に置き換える見事な工夫にも、感服したのである。

この置き換えの妙については、冒頭で述べたスイスの会議でも発表したのだが、独・仏・露では今でも単語単位の置き換えはされているらしい（そのことは後述）。

また、ホームズ＝ワトスン・コンビの日本名にしても、小室泰六と和田進一、堀見猪之吉と和田真吉、本田宗六と和津、果ては砂田芳夢斬と和田や、堀夢捨禄と綿園などというものまであって、楽しめる。こうした置き換えはホームズ物語に限ったことでなく、同じ明治・大正期の児童文学においても、翻訳者（翻案者）たちは苦労している。たとえば、『若草物語』の初訳『小婦人』では、四姉妹の名が菊枝、孝代、露子、恵美子となっているし、『フランダースの犬』初訳では少年の名が清、犬の名が斑（ブチ）だったと聞く。

こうした、いい意味で臨機応変、悪い意味では乱暴な改作によって、ホームズ物語は日本の読者に浸透していったのであった。当時の翻案については、一種の必要悪と考える向きもあろうし、単純に楽しんでしまおうという向きもあろう。結果として日本におけるホームズ物語の普及、ひいては探偵小説の興隆、イギリス文化の浸透といったものを招いたとすれば、一概に非難するわけにもいかない。

それで思い出されるのが、旧著作権法から新著作権法への移行における「翻訳権一〇年留保」条項だ。これは、旧著作権法時代の「翻訳権保護期間は一〇年」という条項が新著作権法下でも留保され、一部の国の作品は発行後一〇年間日本で契約・翻訳されていなければ自由に訳せる、というもので、海外からは「海賊条項」と呼ばれた。しかし、この条項があったからこそ、財力のない出版社でも古い作品を見る目さえあれば優れた翻訳書を出せ、ひいてはそれが海外文化の日本への輸入の原動力にもなったのだし、また競作による翻訳の質的向上も実現したのだった。

ちなみに、ホームズ物語のほとんどは、この一〇年留保が適用され、複数の出版社が競って翻訳を出してきた。例外は『事件簿』で、後述する改造社が一〇年以内に契約・出版したため、これだけが戦時加算も含めた一九九〇年まで翻訳フリーにはならなかった。

ただし、この「一〇年留保」は、翻案に対しては適用されない。新著作権法では、翻訳と翻案は、同じ二次著作物でもはっきりと区別されたものだからである。つまり、翻訳権が一〇年留保でフリーになった作品でも、登場人物と舞台を日本にしたり、漫画化したりする「翻案」の場合は、許諾をとらなければならないのだ。旧著作権法の施行は明治三十二年（一八九九年）で、奇しくも「血染の壁」の発表時期と重なるが、《緋色の研究》の刊行は一八八七年だから、翻訳であるのなら、保護期間である一〇年が過ぎてフリーになったと解釈できる。

翻案にも一種の功績があったのは確かだが、たとえば『クルンバーの悲劇』と《四つの署名》が同じ作者のものだからといって、それぞれを削って合体させてしまうとなると、これは翻案の枠を超えてしまうのではないだろうか。その作品「残月塔秘事」（抱一庵主人訳、東京朝日新聞、明治三十二〜三十三年）については、『未来趣味』第八号（二〇〇〇年、古典SF研究会刊）に詳しく紹介されている。児童書でも、原作で主人公が死ぬのにハッピーエンドにしてしまう翻案が昔あったが、たとえば推理小説の結末を訳者が勝手に変えてしまったら（戦後にもあったと聞く）、読者は納得するだろうか。

以上のような「トンデモ本」的翻案にかわり、「翻訳」と言えるようなものが登場し始めたのは、いつのことか。それを特定するすることはできないが、「新青年」にホームズ物が訳されるようになった、大正十年（一九二一年）ころには、すでにそうした状況になっていたと考えていいだろう。昭和に入ってしまえば、改造社の『世界大衆文学全集』第二一巻「シャアロック・ホウムズ」（昭和三年／一九二八年）など、延原謙訳であるから、これはもう「まとも」と言っていい。

さて、この二〇年ほどにわたる翻案全盛期を経て、時代はいわば「翻案から翻訳へ」、「翻案から全訳へ」と移っていく。そして、探偵小説選集や大衆文学選集への収録に続き、一九三〇年代になると、ドイル全集やホームズ全集が登場。有名な改造社の『ドイル全集』は、一九三一年から三三年にかけての刊行である。ちなみに、この全集所収の『事件簿』が、前述のように、原作の公刊後一〇年以内に翻訳出版されたため、一九九〇年代になるまでフリーにならなかった。また、この一九三〇年代には、岩波文庫や新潮文庫など、文庫版ホームズも登場している。

一九四〇年代、すなわち終戦の前後は、さすがに数えるほどの出版物しかなく、特筆すべき事項はない。だが一九五一年になると、初の個人全訳という画期的なホームズ全集が、月曜書房から出たのであった(延原謙訳、一九五二年完結、全一三巻)。その後延原謙の訳は新潮文庫に入り、改版による改訳を経て、さまざまな人の訳が手に入る今日まで、生き残っているのである。

もうひとつ翻案の功罪で忘れてはならないのが、児童書の存在である。かつて、子供向けの本は原書を「リトールド」するのが当然で、ホームズ物語にしても大正時代から翻案による改作ならぬ「怪作」や「快作」、「傑作」が入り乱れてきた。このあたりのことは植田弘隆の研究に詳しいが、中でも翻案に関する議論を活発化し、いまだに論争の絶えないのが、山中峯太郎のホームズ・シリーズであろう。私自身は彼の作品をむしろホームズ・パロディと見ているが、彼の作品だけでなく戦後の多くの翻案児童書が、シャーロック・ホームズの日本での浸透に役立ったことは確かであった。ただ、原作に対する間違った印象や、イギリスの歴史・風俗に関する誤った情報が子供の記憶に定着してしまうのは、推奨できることではない。その一方、正確に訳すことに専念するあまり、子供にとっての「わくわくする楽しさ」や「ぞっとするスリル」などが失われてしまうようなことがあったら、これはまた残念でならないのである。

戦後の流れと、ホームズ研究が翻訳に与えた影響

冒頭で書いたように、戦後については、ホームズ／ドイル研究家やいわゆるシャーロッキアンたちの研究・出版活動という要素が入ってくる。

第二次世界大戦が終わると、ふたたびホームズ物語の翻訳が、今度は文庫のかたちで活発になっていき、さらにはドイルの他の作品や、ホームズ・パロディの翻訳出版も盛んになっていった。その五〇年余りの時期は、日本のホームズ研究活動でいうと大きく二つに、そして研究書やレファレンス書、パロディなどの翻訳出版でいうと四つの時期に、分けることができる。

前者は、一九四八年のベイカー・ストリート・イレギュラーズ東京支部の設立と、一九六〇年代からその支部をひとりで維持し、一九七七年の死まで七冊のホームズ研究書とその他大量の著訳書を出した、長沼弘毅の時代。そして後者は、彼の亡くなった一九七七年に設立され、その後現在まで日本のホームズ・シーンを代表している、日本シャーロック・ホームズ・クラブの時代である。

長沼自身は、ホームズに関しては書き下ろし研究書しか出さず、翻訳はアガサ・クリスティなどを手掛けていた。しかし、彼の孤軍奮闘（あるいは、他の人間を寄せ付けなかったと言おうか……）により、日本にホームズ研究の芽が育ち、ホームズ物語の売れ行きに影響を与えたのは、

確かだった。主要文庫・新書シリーズの刊行開始時期を見ても、新潮文庫（一九五三年）、角川文庫（一九五五年）、早川ポケットミステリ（一九五八年）、創元推理文庫（一九六〇年）、集英社ロマンブックス（一九六四年）、講談社文庫（一九七三年）、旺文社文庫（一九七五年）と、いずれも「長沼時代」であった。

小林司・東山あかね夫妻の主宰による日本シャーロック・ホームズ・クラブは、対照的に門戸開放を標榜し、出版に関してもクラブ員の共同執筆・翻訳といった「団体戦」を得意とした。出版社側にしてみれば、主宰者の二人の名があってこそのホームズ本なのだが、このクラブに属するホームズ研究家の著書が増えていることも、また確かである。

一方、翻訳出版界の流れで見た場合は、一九五〇〜六〇、七〇、八〇、九〇年代という四つのカレンダー的括りで考えてもいいのだが、五〇〜七〇年代半ばまでと、七〇年代半ばから八〇年代半ばまで、八〇年代半ばから九〇年代半ばで、そして九〇年代からこれまでという、四つで考えることもできると思う。

一九七〇年代は、日本における新たなホームズ物語関連書翻訳の流れができた時期であった。特に一九七三年刊行の、エドガー・スミス編『シャーロック・ホウムズ読本』（鈴木幸夫訳）は、初めてのまともな（古典的）ホームズ研究論文集の翻訳であり、長沼弘毅とは別に、シャーロッキアーナの面白さとホームズ物語の魅力を、一般読者に知らしめたものであった。鈴木幸夫は英文学者で角川文庫版ホームズの訳者として知られていたが、別名で推理小説も書いていた。

続く一九七五年、今度はホームズ・パロディによって、翻訳出版界がにぎわうことになった。

前年の一九七四年にアメリカで刊行されたニコラス・マイヤーの『シャーロック・ホームズ氏の素敵な冒険』が翻訳され、映画の公開も相まって日本でも人気を博したのである。「ホームズ（とそのパロディ）は儲かる」と出版界がみなしたのは確かで、以後、ホームズ・パロディの翻訳出版は目に見えて増加していく。

そして一九七七年、小林・東山夫妻がウィリアム・ベアリング＝グールドの著書（ホームズの伝記というかたちをとった研究書ないしパロディ）『シャーロック・ホームズ——ガス燈に浮かぶその生涯』を翻訳出版し、その巻末の呼びかけに応じて集まった人たちが、日本シャーロック・ホームズ・クラブを結成したのであった。

この年から翌年にかけてはパシフィカが阿部知二訳を使ったホームズ全集を刊行し、その別巻としてジャック・トレイシー編著『シャーロック・ホームズ事典』日本語版を一九七八年に刊行。これはホームズとワトスンのフィクション世界をもとにした百科でありながら、むしろヴィクトリア時代イギリスの事物に関する百科事典として機能するもので（十九世紀末に書かれた場合に限定したデータ、表現になっているのだ）、当時を舞台とした推理小説を訳す翻訳家などにとって、今でも重宝されている存在である（この本はその後、『シャーロック・ホームズ大百科事典』として河出書房新社より改訳・再刊された）。

一九八〇年代に入ると、東京図書がベアリング＝グールドの『注釈付きシャーロック・ホームズ全集』を刊行（小池滋監訳、八二〜八三年）。これが前節冒頭に書いたレファレンス本の代表格であるが、英文学研究としての注釈本ではなく、一種の「お遊び」的注釈本であった。ただ、シャーロッキアーナという、ホームズをネタにした「高等遊戯」の範疇においては、正統なものである。この本と前記『シャーロック・ホームズ事典』が訳されたことにより、本体のホームズ物語の翻訳における新たな誤訳部分や理解不足の部分が、発見されるようになった。いわばホームズ物語翻訳者は新たな「辞書」を得たわけだが、以後一九九〇年代に続く、「正しい翻訳」礼賛の流れの、始まりでもある。

また、一九八四年にはグラナダＴＶのホームズ・シリーズ（ジェレミー・ブレット主演）がＮＨＫで放映開始され、これが幅広い層に人気を得たことにより、出版ブームにも影響した。この動きは一九九一年の『事件簿』の翻訳権消滅（前述）を経て、グラナダ・シリーズの終了（一九九四年）まで続いたと考えられる。

さらに一九九七年からは、オックスフォード大学出版局版の注釈付き全集を使ったホームズ全集が、小林・東山の訳でスタートした（河出書房新社刊）。こちらは前記ベアリング＝グールドの注釈付き全集（その後ちくま書房が一九九七〜九八年にかけて文庫化）とは対照的に、シャーロッキアーナ的遊びでなく、コナン・ドイルという作家の研究と書誌的意味合いの強い注釈を中心にしたものである。いずれにせよ、こうした注釈の登場で「正しい翻訳」礼賛に拍車がかかった感があるが、ここで忘れてならないのは、どんな人たちを対象に出版するのか、読者は誰なのか、ということだろう。冒頭で述べた「大衆作家による翻訳と英文学者による注釈本」の二つの流れにしても、そうである。ミステリという小説を楽しむだけの読者であれば、本の半分を占める注釈が必ずしも必要とは、思えない。「注釈本」は一種の研究者や、「小説で勉強したい」人たちのものと言えるのかもしれない。

このあたりは、児童書の翻案の部分で触れた内容に関連する。正しい翻訳をすることと、小説としての面白味を維持することの、どちらに偏ってもいけないのだ。

河出書房新社の全集は二〇〇二年に完結したが、さらにその後、アメリカでレスリー・クリンガーが注釈を付けた新たな全集（ベアリング＝グールドのタイプの注釈全集）が刊行され、その翻訳版が待たれている。

また、これまで流通したホームズ全集を見ると、その多くが英文学者（または文学の専門家）によるものであることがわかる。講談社文庫の鮎川信夫は詩人であるが、これもまた、戦後翻訳小説黎明期に多かったケースだ。冒頭で見たように、明治の移入期には大衆小説家による訳もたくさんあったわけだが、今はそういうケースは児童書くらいにしか見受けられない。

一方、二十一世紀に入ってからの新訳は、英文学者以外の人の手になるものばかりになった。二十世紀から二十一世紀にかけての小林・東山訳もそうだが、光文社文庫の私にしても、目下完結直前までいっている創元推理文庫の深町眞理子にしても、全訳に至るかどうかはわからぬが健闘している駒月雅子にしても、いずれも職業翻訳家なのである。

「注釈付き」ホームズの翻訳については、私も経験があるが、通常の翻訳と違った状況におかれることは、やってみた者にしかわからないだろう。どういうことかというと、注釈は原文に付いていて、その原文をとりあげて説明するわけだから、原文に忠実な訳文がなければ、注釈がわかりにくいものになってしまう。普通、小説の訳では一言一句訳していくことが少なく、ある程度端折ったり加えたり柔軟な文章作りをするケースがほとんどなのに、原文のほうから「これは絶対入れろ」と制限をつけられてしまうのだから、自由な文章作りが難しくなるわけだ。

一方、海外の状況から見ると、日本はかなり恵まれた環境にあるらしい。前述のスイス会議でほかの国の翻訳者に聞いたかぎりでは、二〇〇〇年の時点では独・仏・露とも、まだまだ「お寒い状況」にあったのだ。

たとえば、ドイツでは一九一七年までにほとんどのホームズ物語が翻訳されたが、〈最後の挨拶〉だけは一九六三年になるまで翻訳されなかった(内容を考えれば、ある程度納得できるが)。また、トレイシーの『シャーロック・ホームズ事典』をはじめとするレファレンス書、研究書は、ほとんど訳されていない。

フランスに至っては、いまだに「正しい訳を出版させる活動」の段階だという。つまり、日本の翻案とまではいかずとも、フランス人に馴染みのない単語を勝手に置き換えてしまったり、作品の冒頭を書き換えてしまう出版社側と、「戦っている」というのである。

ロシアもまた、単語単位の置き換えが日常茶飯事だが、人名のロシア語的表現の問題は、日本の訳者が西洋の人名をカタカナで置き換えるときの難しさに、よく似ていた。

単語単位の置き換えで典型的な例は、ロシアの訳者から聞いた。「ミルクの中の鱒」というホームズの有名なせりふ(〈独身の貴族〉における、ヘンリー・デヴィッド・ソロウからの引用)が、ロシアではわからないというので「ミルクの中の蠅」になってしまったのである。またドイツでは、ホームズがワトスンに向かって「ぼくのボズウェルがいてくれないと困る」と言うシーンが、ボズウェルに馴染みがないというだけで単に「きみがいてくれないと困る」に変えられた。フランスでは、《緋色の研究》でワトスンを救うはずのマリィが、ナポレオンのスタッフという設定になっていたし、ワトスンの飼っていた"bull pup"（ブルドッグの子犬）は、フランス人にはわからないという理由で削られてしまったという。

ロシアからの報告で私が最も興味をひかれたのは、〈ボヘミアの醜聞《スキャンダル》〉の有名な冒頭部分、「ホームズにとって彼女（アイリーン・アドラー）は、つねに〝あの女性《ひと》〟（"the woman"）である」というワトスンの表現だ。ロシアでは"the woman"のニュアンスを出すのは無理で、"this"または"that"にするしかないというのである。私はロシア語に疎いのだが、定冠詞の扱いの言語間の違いは、かなりのものだ。この"the woman"、日本のシャーロッキアンのあいだでもつねに議論の的となるのだが、古今の訳者がどう訳しているかを比べてみると、なかなかに楽しい。ちなみに、中西裕が『明治期シャーロック・ホームズ翻訳集成』から拾ったところでは、明治三十九年の戸川秋骨訳が「此の婦人」、明治四十年の岡村松柏訳では「天下唯一の女丈夫」となっていたという。

最後に——古典の翻訳にまつわる論議

古典小説を訳そうとすると、まともな翻訳者ほど、ある種のジレンマに悩まされることになる。たとえば、ドイルの原文が現代から見て古めかしいからといって、現代日本語から見ても古めかしい訳語にすべきなのか。それが原作の雰囲気を伝えることなのだ、と主張する向きもあろう。しかしドイルの同時代人だった読者たちは、「古典」として難しくて古くさい英語を読んでいたわけはでなく、「現代的冒険小説」として読んでいたはず。彼らから見れば「今ふう」の俗語やアメリカ語も駆使されているし、自転車や蓄音機といった最先端の小道具も登場しているわけである。とすれば、あえて現代日本語に近く訳す方法も、頭から否定することはできないだろう。

とはいえ、ホームズとワトスンの会話がハードボイルド調になったり、登場する女性がギャル言葉を話したりすれば読者は違和感をもつだろうし、馬車やガス燈といった雰囲気にもそぐわなくなるだろう。そうした問題をどう処理するかによって、さまざまな訳文が生まれてくるのである。

前述のスイス会議で発表をしたドイツのベテラン翻訳者は、「翻訳者は『クリエイティヴィティ(創造性)』と『テキストへのロイヤルティ(忠実さ)』の間にいる存在だ」と言った。「クリエイティヴな裏切りをする者なのだ」と。有名なイタリアの格言「翻訳者は裏切り者」を思い出させる主張だが、同時に彼は、「ホームズ物語はワトスンが回想する冒険譚(〝recollected adventure〟)なのだから、(ワトスンによって)書かれたのは一九二〇年代でも中身は一八九〇年代、などということになる。それを踏まえて、モダナイズされたスタイルでいくかオールドファッションでいくかということを、決めなければならない」とも言っている。我々日本の訳者と同じ悩みが、ここにもあるのだった。

「古典の新訳をつくる場合は、作品の生まれた時代にあわせるか、新しい読者にあわせるかを、まずきめてかかる必要がある」と書いたのは、今は亡きベテラン推理作家であった。これは氏が連載していた雑誌コラムで、私の『僧正殺人事件』新訳に関してもらした言葉だが、さすが昔から翻訳ミステリにも造詣が深いだけあって、重要な要素をおさえている。

しかし、氏が続けて書いた次の文章には、目を疑った。

「すぐれた既訳があるのに、新訳をつくることはあるまい、と私は思うが、それが売りものならば、しかたがない」

翻訳ミステリをよく知る人とは思えない発言ではないか。

かつて、書誌学者の新井清司は、「日本の読者はイギリスやアメリカの読者と違って、いろいろな訳者の翻訳や翻案を楽しめるという特典がある」という意味のことを言った（植田弘隆が自著『シャーロック・ホームズ遊々学々』［透土社］の中で紹介）。この新井の言葉は、ホームズ物語のみならず、海外のあらゆる古典名作に通ずることではないだろうか。中でもホームズ物語の訳は、初期の訳者が苦心した翻案から、戦前・戦後の全集を経て、ホームズ研究による注釈や調査によって、加速度的にその精度を高めてきた。引用集やシソーラスなどの作られ方を見ると、聖書やシェイクスピアに次ぐ存在ではないかと思えるほどだ。

では、これだけ翻訳があれば、もう新訳は必要ないのか。いくら時代が進もうとも、いや、進んでいくからこそ、そこには新訳の必要性が生まれてくる。「（新訳をつくる意味の中で）最も大きいのは、日本語が変化していることでしょう。原作は古くなりませんが、翻訳された言葉は、どうしても古びてしまう。……（中略）……言葉が『耐用年数切れ』を起こすケースもある。やはり、その時々の言語感覚にふさわしい台本が必要になるのです」と語ったのは、シェイクスピア訳者の松岡和子であった（朝日新聞、一九九九年二月六日）。この「耐用年数切れ」には、「翻訳の賞味期限」という言い方もあって、現役翻訳家ならつねに気にしている問題なのである。

すでにすぐれた訳があるのに、なぜ新訳をつくるのか……このことには、日本語から英語への翻訳である『源氏物語』の訳者ロイヤル・タイラーも触れている。いわく、アーサー・ウェーリーの名訳は、文学的にはすぐれていながら、学問的にはまだまだ疑問が残る。その欠点を埋めようとしたのがエドワード・サイデンステッカーだが、彼はそのことによって、翻訳であればいろいろな『源氏物語』が存在しうることを証明した。英語にはひとつでなく二つの"The Tale of Genji"がある。そこに三つ目を付け加えるのが私の楽しみ、また私の幸運だ……と（『シリーズ国際交流5　翻訳と日本文化』、国際文化交流推進教会刊）。

古典はそれぞれの時代で違った味わい方をされてこそ、古典なのではないだろうか。

第4部　解説・あとがき集

最後のセクションでは、これまでの翻訳書に書いてきたあとがきや解説から、一部を収録しました。友人から「あとがき作家」と言われるほど、訳者あとがきが好きというか、特にホームズ関係だとエンドレスにあとがきを書きそうになってしまうのですが、ここにはその膨大なあとがき・解説からほんの一部だけが抜粋してあります。

最初のエッセイは、雑誌のヴァン・ダイン特集で『ピンク家殺人事件』というパロディを訳したとき、その解説としてつけたものです。ヴァン・ダインがコナン・ドイルから受けた影響や、その後の作家に与えた影響を論じるという大それた試みでしたが、実は最初にこのエッセイの依頼があって、その導入部分としてパロディを訳したのでした。前半はこのパロディをもとにした話の展開になっている一方、後半はヴァン・ダインの作品の話になっていますので、ご理解のほど。

当時は考えもしなかったのですが、その後一〇年たってファイロ・ヴァンス・シリーズの新訳をすることになり、今も四苦八苦しているのは、このときにお茶を濁したバチでしょうか。

ほかの三篇は、いずれもいまは絶版となっている訳書のあとがきです。オーソドックスなパスティーシュでないところがまた、私らしいというか……特に『シャーロック・ホームズ対ドラキュラ』は、ルーマニア訪問のあとだっただけに、つい力が入ってしまったという記憶があります。

その『シャーロック・ホームズ対ドラキュラ』と、『シャーロック・ホームズ対切り裂きジャック』は、いずれもステロタイプの邦題になってしまいましたが、どちらも今は有名になったミステリ作家が初期に書いた作品であり、シャーロッキアーナ的にもミステリ史の上でも、意味のある訳出でした。またピリーの『患者の眼』は、パロディ史上でもユニークな設定であるうえ、読み応えのある三部作なのに、一作目だけで邦訳がストップしてしまったことに対する忸怩たる思いから、収録しました。

なお、あとがき三作には微妙にネタバレ寸前の表現もありますが、一発ネタの作品ではありませんので、絶版本を手に入れて読もうという意欲のある方をがっかりさせるほどでは、ないと思います。

「ヴァン・ダインの受けた影響、与えた影響」掲載誌

ヴァン・ダインの受けた影響、与えた影響

「ヴァン・ダインの作品の一訳者として、原文の文体などから、彼より以前の存在であるドイルの作品からの影響や、彼以後の存在であるクイーンへの影響などで面白い話が出てこないだろうか」

これが、当初私に依頼された企画の源となった発想であった。しかし、最近にしては珍しくファイロ・ヴァンスものを訳した私だが（編集長は、生存する唯一のヴァン・ダイン訳者かも、と言ったが、本当だろうか）、黎明期から黄金期のミステリを比較文学的に研究してきた身でもない。

これからヴァンスものを少しずつ訳していける展望はあるので、そのうち彼の文章世界が本当に見えてくるのかもしれないが、まだまだその「分析」をするには至らないというのが、正直なところである。もちろん、記号論的解釈や作者の深層心理の分析を要求されているわけではないが、今できるのは、ざっと印象を述べることくらいだろう。

言い訳じみてきたが、そんなわけで、まず数少ないヴァンスもののパロディのひとつを翻訳し、それにからめて印象を語らせていただくことにした。

パロディをもってきたのは、ヴァン・ダイン特集にふさわしいものと思ったせいもあるが、あ

る作家の、特に一主人公のシリーズの特徴は、よくできたパロディ／パスティーシュに濃縮されて現れることが多いからでもある。あるいは、よくできたパロディが元作品の特徴の「振幅」を大きくしてくれる、と言ってもいい。これはホームズ・パロディと長らく付き合ってきた私の持論だが、ほかの名探偵のパロディにも当てはまるのではないだろうか。ただ、文体の研究を主とするならば、日本人によるパロディは、あまり役に立たない。その作者が翻訳で読んだ印象が色濃く出ているからだ。

前述したように、ファイロ・ヴァンスもののパロディは、あまりない。年月を経て、今ではヴァンスのような存在は〝自分自身のパロディ〟になってしまった、と言われている。日本で知られているのは、一部が訳されたことのあるジョン・リデル著『ジョン・リデル殺人事件』くらいだろう。ユーモア作家コーリー・フォードが、一九三〇年に発表した長篇である。

書評家ジョン・リデルが、自分の書斎で死体となって発見される。暴行のあともないので、警察は死因も特定できない。そこでファイロ・ヴァンスの登場。書斎の書棚には、前年のベストセラー本がぎっしりつまっていた。死体のあごは、あくびでもしたかのようにだらしなく広がっていた。……リデルの死因は、「退屈」だったのだ。

強烈なナンセンス落ちであるが、実は、「退屈のあまり死ぬ」という設定のナンセンス・パロディには、前例がある。一九〇三年、かの有名なP・G・ウッドハウスが無署名で『パンチ』誌に寄稿した短篇が、やはり退屈が死因、という設定なのだ。

しかもこの作品、シャーロック・ホームズのパロディなのであった。タイトルからして、

「退屈《ボア》ハンター、ダドリー・ジョーンズ」。イノシシ狩りの「ボア・ハンター」にひっかけているわけだが、退屈の絶滅に全力を傾けるという、いわば〝退屈探偵〟の話である。

若干横道にそれたが、今回収録した短篇は、一九三〇年のクリスマスに"The Mixture As Before"というイギリスの雑誌に発表された。作者の本名はH・マイアーズというらしいが、それ以上のデータは残念ながら私の手元にもない。前出のリデル作品も同じ一九三〇年の発表だが、これは『憎正殺人事件』に続いてヴァンスもの五作目の『カブト虫殺人事件』が刊行された年であった（それが何を意味するかは、読者の分析におまかせする）。

本編では、ファイロ・ヴァンスならぬフラー・パンスと、ヴァン・ダインならぬヴォン・ダイムが登場する。作者名の〝N・O・T・ヴォン・ダイム〟も人を食ったネーミングだが（パロディではよくある手）、〝パンス〟という名もまた、ヴァンスものをよく知る読者なら、ニヤリとすることだろう。なぜなら、例のユーモア詩人オグデン・ナッシュの一文が使われているからだ。ヴァンスものの一方的な人気に眉をひそめる人が増えてきたころ、オグデン・ナッシュは、こんな一文を発表した。

ファイロ・ヴァンス
ニーズ・ア・キック・イン・ザ・パンス
（今のヴァンスに必要なのは

ケツへのきつい、ひと蹴りだ）

「ひどい仕打ち」とか「激しい非難」という意味の「ア・キック・イン・ザ・パンツ」にひっかけて、〝ヴァンス〟と〝パンス〟というように韻を踏んだわけで、「今のヴァンスに必要なのは／激しい非難のひとことだ」と訳してもいいかもしれない。これに限らず本作品は、登場人物の多くが原作のもじりか何かのジョークという、正統派（？）パロディではある。ヒース部長刑事がハムステッド部長刑事になっているのも、微笑ものだ。

その他、挙げはじめるときりがないが、冒頭のヴァンスの部屋の芸術的趣味（？）からはじまって、ラテン語で古典を引用する癖、いわゆる「心理犯罪」に関する主張、その他、ヴァンス的なものをうまく濃縮して、かつ、おちょくっている。ラテン語やフランス語による引用の部分など、正しいものもいいかげんなものも混ぜこぜになっているが、元のヴァンスものもまた、いかにもペダンチックな引用の中に、どうも眉唾と思えるようなせりふが混じっているのだから、その点からして「ちゃんとした」パロディと言えるのかもしれない。

では実際の文章はどうなのか。たとえば、"Life, my dear Von, becomes distinctly boring"（「ねえ、ヴォン、人生は日に日に退屈になっていくねえ」）というせりふは、まさにホームズ的なものだが、本家の『僧正殺人事件』などにも、ほぼ似たようなせりふが出てくる。ヴァンスはホームズとやや違った、「高等遊民」的な存在だが、事件がないとすぐ「退屈だ」と言い始めるところは似ているのだろう。パロディの作者も、これをヴァンスの特徴のひとつととらえているわけだ。パロディ中の「ホームズ的」部分はほかにもあって、相棒のヴォンをスカーラムのところへ同行させるときのせりふは、ホームズがワトスンに向かって「ぼくのボズウェルがいてくれないと困る」と言うのにも似ている。あるいは、"My dear fellow"、"My dear Von" といった呼び掛けが頻出するのも、前の時代をひきずっている感じがするものだ。

また、ヴァンスのペダンチックな面の代表のように言われる点が、「古典の引用好き」だが、そもそもホームズにしても、よく読めば、かなりの引用好きなのである。ホームズ研究家の中には、ホームズが引用した聖書やシェイクスピア作品や、フランス語、ドイツ語、ラテン語などによる作品の一節をすべて全集から集めて、小冊子にした人もいるくらいなのだ。

この「ホームズの影響」については、かのダシール・ハメットがはっきり言っている。「ファイロ・ヴァンスという探偵は、シャーロック・ホームズの流れをくみ、その言葉づかいは、辞書の巻末に載っている外国語の単語や言い回しを暗記している女子高校生のそれである。」(「『ベンスン殺人事件』について」一九二七年、村上和久訳、『名探偵の世紀』原書房、一九九九年)

ホームズファンの一部は眉をひそめるかもしれないが、なかなか的確な表現ではないか。

だが、探偵自身の物言いや助手役との関係などでは、ヴァンスとホームズの共通点がけっこうあるものの、物語全体の語り口や描写については、かなりの違いが感じられる。その点がうまく表現できずに困っていたところ、長谷部史親氏の実に適切な分析に出会った。

「(ヴァン・ダインがミステリーの歴史に果たした役割で)まず第一に挙げられるのは、ミステリーのスタイルの純粋化を極限まで推進した点であろう。犯罪に関する謎を探偵役が論理的に解明してゆく筋道を優先させるべく、それに不必要と思われる雑多な文学的要素はできるだけ排除された。……（中略）……もうひとつ挙げるとすれば、従来のミステリーの通俗性と一線を画すために、高度に知的な雰囲気を漂わせた点ではなかろうか。……（中略）……謎解きゲームに学問的な味付けを施すのが主な目的だった。つまりヴァン・ダインは、前述した雑多な文学的要素のほとんどを捨て去った代わりに、優雅なペダントリーを取り入れたのだともいえよう」（長谷部史親、集英社文庫『僧正殺人事件』解説）

そう、ヴァンスものには「雑多な文学的要素」が抜けているのである。アンソニー・バウチャーによれば、当時米英の評論家たちはみな、ヴァン・ダインの作品を読んで「探偵小説はついに文学になった」と評したらしいが（どこかで聞いた文句だなあ）、探偵が芸術家で蘊蓄を傾ければ文学になるわけでないのは、今の読者なら百も承知だろう。他方、ドイルはホームズで「当てた」当初（つまりヴァン・ダインがヴァンスで当てたのと同様の時期）、ホームズものが「身過ぎ世過ぎ」にすぎないことを承知していて、なんとか歴史小説一本で格調高くやっていきたかった。最初から当ててやろうとしたヴァン・ダインとは違うわけだ。ドイルがいったんホームズものをやめて、読者（世論）と出版社におされてしかたなく再開したのは、ご承知のとおり。もちろん彼とて、ホームズものから入る莫大な金に恩恵をこうむったことはたしかだが、「ホームズ」という存在はむしろ社会現象のようなものになっていたのだから、彼にとって死ぬ三年前までホームズものを書き続けることは、一種の義務だったのかもしれない。しかも後年のドイルの言葉や著作を見ていると、「ホームズの生みの親」としての立場をある種楽しんでいた部分も、見受けられるのである。

この点で思い出されるのが、例の「ミステリ作家が力のこもった作品を書けるのは（長篇で）六作まで」と言っていたヴァン・ダインが、ヴァンスもののおかげによる贅沢な生活が捨てられずに、結局その倍も書いてしまった、という事実だろう。彼はヴァンス・シリーズ本で、こう書いている。

「何年かまえ、私は、ファイロ・ヴァンスの事件を、たぶん、六冊で打ちきるだろうといったが、当時は、なお、将来の見通しがはっきりたっていなかった。それ以来、世界は変わり、新しい生活にたいする新しい要求が、ほかのだれかれと同じように、なだれのように、私のうえにもふりかかってきた。それにまた、私は、ときどきその特異体質にいや気がさすが、なんだか、ファイロが好きになり、縁を切りたくなくなった。」（井上勇訳、創元推理文庫『ウインター殺人事件』「あとがき」）

この自伝的エッセイには粉飾が多いので、「ファイロが好きになった」というのが本当かどうかはわからないが、「新しい生活にたいする新しい要求」つまり金が必要になった、という点は、本音なのだろう。

一方、続く存在であるエラリー・クイーンへの影響は、どうだったのか。これには三人の証言（？）がある。

「ヴァン・ダインの作風の影響がはっきり現れていた唯一の重要な作家はエラリー・クイーンその人だが、クイーンもそのくびきをすみやかに振りほどいている。実際『災厄の町』くらいヴァン・ダインの作風とかけ離れた作品はないだろう。」(アンソニー・バウチャー「ヴァン・ダインを評する」一九四四年、村上和久訳、『名探偵の世紀』原書房、一九九九年)
「デビュー当時のクイーンがもっとも多大な影響を受けていたのが、そのころ一世を風靡していたS・S・ヴァン・ダインで、最初のころのエラリーの造型にも、ヴァン・ダインの生んだファイロ・ヴァンスのイメージと重なる部分が少なからずある。どちらも知性や理性に絶対的な重きを置き、会話中にフランス語をはさんだり、やたらとペダンチックな引用をする癖がある。少々キザで尊大に構えているきらいがあるのも共通している。」(森英俊『世界ミステリ作家事典』国書刊行会、一九九八年)
「初期(国名シリーズの頃)のエラリーには先輩ファイロ・ヴァンスのイメージがつきまとう。純粋の理論家でありながら、夢想家と芸術家の要素をふんだんにあわせもち、決定論者、実用主義者、現実主義者でないと同様、運命論者でもない。」「初期のエラリーは、作者の一人マンフレッド・リーでさえ〝気取り屋〟と言っているくらいヴァンス臭が強く、推理機械の感をまぬがれないが、これが中期以降になってくると、徐々に人間的な感情を表しはじめる。」(「華麗な推理が冴える天性のヒーロー」山口雅也、『名探偵の世紀』原書房、一九九九年)
初期の探偵クイーンはかなりヴァンスの影響を受けていたが、すぐに変わっていった、という点で、共通した解釈だと思う。たしかに、ヴァンスと同じままだったら、今まで人気を保ち、生き残ることはできなかったろう。ヴァン・ダインが急逝しなければ、はたして一二作目以降を書き、「変わっていくヴァンス」を登場させたのか。それはわからないが、作家クイーンほどの多面的な才能は、発揮できなかったのではないだろうか。

ところで、冒頭で私もヴァン・ダイン訳者の仲間入りをさせていただいたことに触れたが、古典を現代の読者向けにどう訳すべきかという問題は、いまだに私の頭を悩ませ続けている。ホームズものの翻訳でもそうだが、苦しんだ末に、なんとかそのときそのときの自分なりの回答を生み出すしかない。そんなとき、先達のこんな言葉に出会い、ある種の親近感を覚えたのであった。

「……いまひとつ、この翻訳の途中で手こずったのは、日本語の崩壊に当面したことで、これまた、従来の翻訳とことなった文体を拙訳に与えることになった。私の『僧正』と、この『ウインター』のあいだに見られる文体のちがいも、そのことを示している。いずれ、日本語がいちおう定着すれば、そのさい、また改訳を試み、少なくとも十年くらいの生命のある翻訳にしておきたいが、それは百年、河清を俟つにひとしいかも知れない。」(井上勇訳、創元推理文庫『ウインター殺人事件』訳者あとがき、一九六二年)

私がどんなに努力しても、古典の翻訳として不適切な文章作りが皆無になる保証はないのであり、それに対する指摘はつねにありがたくお受けする。だが、私の『僧正殺人事件』が収録された古典ミステリ新訳集に対する、あるベテラン推理作家の次のような言葉には、戸惑いを感じるばかりであった。

「すぐれた既訳があるのに、新訳をつくることはあるまい、と私は思うが、それが売りものならば、しかたがない」

シェイクスピア訳者の松岡和子氏が「耐用年数切れ」と表現し、田口俊樹氏が「翻訳の賞味期限」という言い方をした問題は、どこへいってしまうのだろうか。文学でもエンターテインメントでも、複数のかたちで楽しめるのが、「翻訳」のいいところではなかったのか。古典はそれぞれの時代で違った味わい方をされてこそ、古典なのではないだろうか。（東京創元社『創元推理21』二〇〇一年冬号）

L・エスルマン『シャーロック・ホームズ対ドラキュラ』訳者あとがき

一九九一年初夏のある日、私はブカレスト行き〈オリエント・エクスプレス〉の車窓から、闇に広がるハンガリー大平原に目をこらしていた。

オリエント・エクスプレスといっても、あのクリスティ作品で有名な豪華列車ではない。パリを起点としてミュンヘン、ウィーンを経てブダペストへ行く、〝もうひとつのオリエント急行〟とでも表現すべき国際列車であり、それがこの時期だけは路線を延長してルーマニアのブカレストまで走ってくれるのである。各国の普通列車をつなげただけのような寝台付き急行は、あの豪華列車にくらべると天と地の差がある。とくに私の乗った二等寝台車は、それだけがルーマニア国鉄のものらしく、ウィーンで見たパリ行きの同じ急行よりさらにひどい、悲惨なほどみすぼらしいものであった。

東欧の果てに向かって、パリからウィーンまでと同じくらいの道程を列車で移動しようと思い立ったのには、特別な理由があったわけではない。ヨーロッパの鉄道旅行に興味があったことも理由といえば理由であるし、直接的には、片道の旅費を節約できるという意味もあった（往復とも鉄道というのは、短い旅では体力的に無理がある――もっとも、片道航空運賃は割高なので、それほど節約にはならないが）。あるいは、貧乏旅行の達人である女流漫画家、小田空に触発されたせいかもしれない。

とにかく私は、その第二次世界大戦前から走っているような寝台車で、ルーマニアへと向かったのであった。
三、四時間でハンガリー大平原を抜け、真夜中過ぎにルーマニア国境駅に到着すると、女性検疫官に起こされた。さらに税関職員、国境警察官たちが次々に現れて、ハンガリー入国時とはうってかわった緊迫感が車内を支配する。シュプレッヒエン・ズィー・ドイチュ？　銃は持ち込んでいないか？　ビデオカメラは？　片言のドイツ語で答えるしかない。
だが、もうひと眠りして早朝にめざめれば、そこはカルパチア山脈のまっただ中である。初夏というのに降りしきる雪を見ながら、私は「ドラキュラ伯爵もこんな雪の中で倒されたのだろうか」と、寝起きの麻痺した頭でぼんやり考えていた。

さらに三時間ほど走ったのち、列車はブラショフに着いた。トランシルヴァニア地方の古都、ブラショフ。ここには、ストーカーが『吸血鬼ドラキュラ』を書く際に吸血鬼伝説と結びつけたといわれる実在の人物、ヴラド・ツェペシュ（〝ヴラド串刺し公〟、別名ドラキュラ）の城がある。

私がウィーンからはるばるルーマニアへやってきたのも、その城、ブラン城の訪問が目的であった。もっともいまでは、研究者たちの調査によって〝真正〟ドラキュラ城は別の場所にある城だとわかっているのだが、そちらを訪ねるには、英語のほとんど通じぬ山中を移動手段も案内役もなく動き回ることになりそうだった。英国の田舎でホームズゆかりの地を訪ねるのでさえなかなかの手間がかかるのだから、二、三泊では無理というものだろう。限られた時間にまったく初めての国を移動するには、まず情報のある場所から始めなければならない、というわけである（次の機会にはルーマニア語を学んでおきたいものだ）。いずれにせよ、ヴラド・ツェペシュゆかりの城はいくつもあるのだし。

言いわけめいた考えをめぐらせる私をよそに、車はいまにも雨の降りそうな空の下を、ブランの村へとひた走る。運転はホテルにいた非番の従業員なので、訛りは強いものの、英語をしゃべってくれるのはありがたかった。ルーマニア語しかできず、闇ドルの両替しか考えないタクシー運転手だったら、途方にくれていたところだろう。

ブラショフ市街を抜け、農村地帯を走りながら、そのどこかで見たような顔の長身の運転手が、時折何か説明してくれる。だが、街を見ても

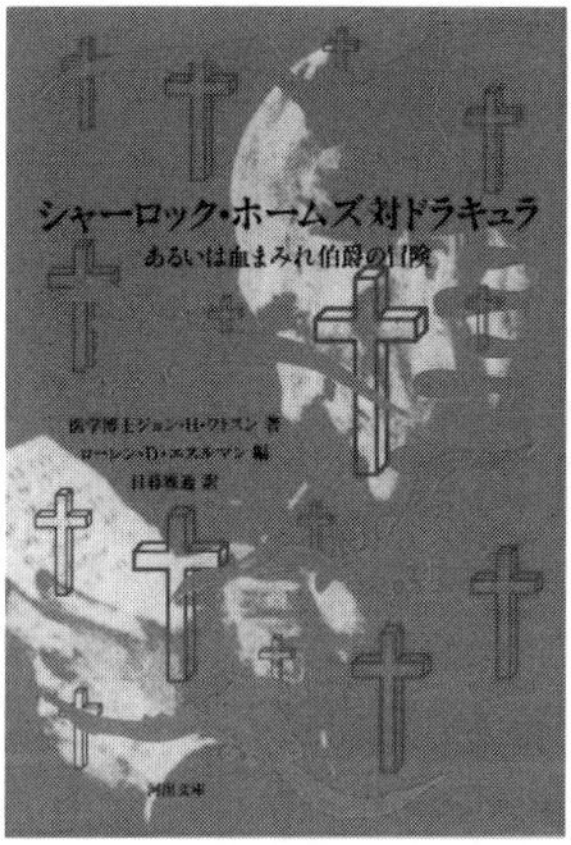

『シャーロック・ホームズ対ドラキュラ』

農村を見ても、数十年前にタイムスリップしたような感覚に襲われるだけだった。それはセピア色の似合うような古さではなく、どう見ても灰色の世界である。色を失ったその世界に、昔からの悲しみだけが蓄積されているように感じたのは、先入観のせいだったのだろうか。

一時間ほどのち、車はブラン城のある小山のふもとに着いた。いよいよ今度は、十五世紀への旅である。

山上にある城に向かって、運転手とともに急な道をのぼっていく。あたりはしんと静まりかえり、空はどんよりと曇って、うっそうと茂る林の高台にそびえる城は、まさに古典的なドラキュラ映画そのままの雰囲気である。林を抜けながら、これが夜であったらどんなに不気味だろうか、と思った。

前方に浮かぶ尖塔を見つめるうち、私の頭の中では、残虐さで史実に名を残すヴラド串刺し公と、ストーカーの描いたドラキュラ伯爵のイメージが交錯しはじめた。その異様な圧迫感に思わず足を止めて振り向いた私は、はっと息をのんだ。ついさっきまでうしろを歩いていたはずの運転手が、どこにも見あたらないではないか。

私は、だれかに胃をぐっとつかまれたような気分に襲われた。引き返すべきか？　それともこのまま城へ進むべきか。ほとんどうめき声をあげそうになって、ふたたび城を振り返ったときである。前方の茂みで、何か黒い影がふらりと動いた。同時に、あたりの気温がいきなり下がったように感じ、私は身震いした。まさか、そんなはずが……。

その後のことは、あえてここに書く必要もないだろう。私はいま、真夜中から昼近くまで閉めきった家の中で仕事をして、夕暮れ時に起きだして外出するという毎日を過ごしている。だが、冬場はいいものの、夏になったら……首の傷跡は、蚊に刺されたなどと言ってごまかすには大きすぎるのではないだろうか……。

小説仕立てのあとがきに面食らった方もいるかもしれないが、ここからはまともな「あとがき」になるので、ご安心いただきたい。

というところで、もう少しドラキュラの話をしておこうか。このブラン城が史実における真正のドラキュラ城ではないものの、ストーカーの小説にあるドラキュラ城の描写に酷似していることは、研究家たちも認めている。トランシルヴァニアの吸血鬼伝説とヴラド公が直接結びつくわけではないが、この城を見ておくことは、小説『吸血鬼ドラキュラ』を論じるうえで、なんらかのプラスになるだろうと思う。

この城は、日本人の好きな海外探訪のテレビ番組で紹介されたこともある。一九七二年にスウェーデンが制作したドキュメンタリータッチのＴＶ映画『ドラキュラを求めて』の場合も、ここで撮影が行なわれた。ちなみに、このとき映画の語り手とドラキュラ伯とヴラド公の一人三役をつとめたのが、あのクリストファー・リーである。彼が一九七七年に出版した自伝"Tall, Dark and Gruesome"では、この映画のタイトルは『ヴラドを求めて』となっている。

ヴラド串刺し公（ドラキュラ）は、十五世紀半ばから三期にわたり、いまのルーマニア南部にあたるワラキア公国を支配した。トランシルヴァニアはワラキアの西隣にある公国だが、ドラキュラの生地をはじめ、彼がワラキアの統治者でない時代に居城をおいたのがトランシルヴァニアであったことからも、ドラキュラとの縁は深いのである。

ブラン城は先にも書いたように、彼の居城ではなかった。マクナリー&フロレスクの『ドラキュラ伝説』(角川書店)によれば、この城は十三世紀にドイツ騎士団のディートリヒによって建設されたと伝えられ(ブラン城のパンフレットでは、一三七七年にトランシルヴァニアを統治していたルイ一世の命により建設されたとある)、以来ハンガリー王やワラキア公など次々に城主が代わってきたのである。

日本で刊行されているガイドブックには、十四世紀末の一時期にドラキュラの祖父ヴラド一世(大ミルチャ老公)がここを居城にしたとか、ヴラド三世(つまりドラキュラ)がここを拠点にしてトルコ軍と戦ったとか、あるいはドラキュラがハンガリーの王マーチャーシュによって一四六二年に幽閉されたのがこの城だったとか、さまざまに書かれている。

ヴラド一世の居城であったことはブラン城のパンフレットにもあるが、『ドラキュラ伝説』によれば、一四六二年から十二年間ドラキュラが幽閉されたのは、ブダペストからドナウ川をさかのぼったところにあるヴィシェグラード城砦であって、ブラン城ではないらしい。だが、マーチャーシュ・コルヴィヌスの父、フニャディ・ヤーノシュ(フネドワラの太主ヨワン)の客としてブラン城に滞在していたことはある、と同書は書いている。

さらに、ブラショフの町は〝串刺し公〟というドラキュラの呼び名に深く関連している。何万ものトルコ人、ザクセン人、ルーマニア人を杭で地面に突き刺して大虐殺したことから、その名で呼ばれているのだが、ワラキア公国内のどの町よりも、トランシルヴァニア公国のブラショフにおける犠牲者数のほうが、すさまじく多かったらしい。一四五九年から六一年がそのピークだが、一四六〇年八月の朝だけで、三万人が惨殺されたといわれるのである。

精神異常にも近い拷問嗜好。その恐るべき残酷性が、ストーカーのドラキュラに影響していないとはいえないだろう。「後に吸血鬼の退治法として杭が有力な武器になるのは、このときの死者たちの怨念によるものにちがいない」（河出文庫『吸血鬼幻想』）という種村季弘の指摘も、うなずけるのである。

しかしその一方、ルーマニア農民の民間伝承では、ドラキュラは押し寄せるトルコ軍から祖国を守りぬいた英雄であった。当時の国際情勢を考えれば、ドラキュラ個人の残虐性だけでは、評価できないということであろうか。私の訪ねたブラン城にも、ヴラド公とストーカーの吸血鬼を結びつけられそうな資料や話題は、何ひとつ見つからなかった。

ドラキュラの話が長くなってしまったが、本書は本来、ドラキュラのパロディではなく、シャーロック・ホームズのパロディである。ただ読者が両方の原典を読んでいれば、二倍楽しめるようになっていることは、お気づきであろう。たんに歴史上の人物や架空の有名人をホームズの相手にもってくるだけでなく、ホームズ譚とともに、ほとんど同じくらい有名な作品も、同時にパロディの対象としている。つまりアンソニー・バウチャーのいう「二重のパスティーシュ」（ハヤカワ文庫『シュロック・ホームズの冒険』序文）なのである。

ホームズ・パロディ、パスティーシュが書かれるようになった動機には、ビッグネームになったものへの風刺や揶揄などがまずある。初期のホームズもどきたちの生まれた所以は、おもにここにあった。だが、ドイルが死に、ホームズものがそれ以上書かれないとはっきりして以降は、「もっとホームズを読みたい」、「自分もホームズを動かしてみたい」という理由も多くなっていった。あるいは、ホームズ・シリーズに新たな要素を盛り込んだり、既存の原典に別の解釈を加えてみたいという動機もあるだろう。パロディづくりは、一種の原典解釈の結果、つまり「読みかえ」の結果ともいえるのである。

ということは、二重のパロディである本書は、ストーカーの『吸血鬼ドラキュラ』に対する別の解釈でもあるわけだ。ストーカーの作品を読まれたかたなら、ワトスンの序文に指摘された点以外にも、本書の記述と『吸血鬼ドラキュラ』の記述の相違がたくさんあることに気づかれたことだろう。

ストーカーが『吸血鬼ドラキュラ』を出版したのは、一八九七年のことであった。ドイルのほうは一八九三年発表の『最後の事件』でいったんホームズを殺して以来、一九〇一年連載スタートの《バスカヴィル家の犬》までホームズものは中断していたから、ちょうど英国読書界におけるホームズの空白時期にドラキュラが現われ、センセーションを巻き起こしたわけである。

一方、小説中の年月でいうと、『吸血鬼ドラキュラ』で描かれているのは一八九〇年五月から十一月の半年間だ。ウィリアム・ベアリング＝グールドの説にしたがうなら、この間にホームズが手がけた事件としては、九月の〈シルヴァー・ブレイズ〉がある。本書でホームズとワトスンは九月二十七日に二カ月ぶりで会い、十月三日にドラキュラ追跡を始めているが、ベアリング＝グールド説だと二人がシルヴァー・ブレイズ号の調査にエクセターへ向かったのは九月二十五日だから、この点は見解が異なるということか。

だがいずれにせよ、この時期はホームズの活動のピークである。彼は一八八八年または八九年の《バスカヴィル家の犬》の時点で「これまで手がけた重大事件は五百件ばかりある」と言ったが、一八九一年の〈最後の事件〉では「これまで千件以上の事件を手がけてきた」と語った。この時期、ワトスン自身は結婚と開業のせいでホームズとのつきあいが減っており、一八九〇年に記録した事件は「わずか三件にすぎなかった」（〈最後の事件〉）のだが、彼が同行する機会のなかった事件がかなりあったわけである。

またこのころは、ホームズが宿敵モリアーティ教授の犯罪組織を追っていた時期でもあった。その追跡は一八九一年五月に〈最後の事件〉のライヘンバッハで終わりをつげるわけだが、同事件のワトスンの記述に「この年（一八九〇年）の冬から一八九一年の早春にかけて、ホームズがフランス政府の依頼できわめて重要な事件を手がけているのは、新聞で知っていた」とあることが、本書の最後の章で思わせぶりに出発するホームズのようすを説明しているといえるだろう。フランス政府に依頼された事件とは、モリアーティ一味がルーヴル美術館から盗み出した絵の奪還にあった、とする研究家もいる。このころからホームズは、モリアーティとの決着をつけ、しばらく身を隠す計画を練っていたのではないだろうか。

そんなわけで、同時期に活躍（？）したドラキュラとホームズが対決したかもしれないという発想は容易に生まれていいのだが、同じ〝同時代人〟である切り裂きジャックとの対決ほど、パロディやパスティーシュに描かれる回数は多くないようだ。本書のほかには、フレッド・セイバーヘーゲンの長篇〝The Holmes-Dracula File〟くらいではあるまいか（この作品は未訳だが、セイバーヘーゲンには、ロジャー・ゼラズニイとの共著で創元推理文庫から出たSF『コイルズ』がある）。

ただホームズとドラキュラ（ないしは吸血鬼）の結びつきというか、関連性は、さまざまな形で目につくようだ。たとえば映画の世界。おそらく読者の多くは小説よりも映画でドラキュラを知っていると思うが、古典的ドラキュラ映画に欠かせぬクリストファー・リーやピーター・カッシングは、同時にホームズ映画の俳優としても有名であった。

小説家や漫画家にしても、片方のファンであればもう一方にも強い興味を示す場合が多い。これはまあ、ジャンルを考えても自然なことなのだろうが、数々の作家の作品に、キーワードのようにしてその両方が存在するのを見ると、気になるところだ。息子とともにパロディ『シャーロック・ホームズの宇宙戦争』（創元推理文庫）を書いたマンリー・ウェイド・ウェルマン（雑誌「ウィアード・テイルズ」でデビュー）は、一九三七年に吸血鬼テーマの短篇小説を書いているし、有名なホームズもどきソーラー・ポンズの生みの親であるオーガスト・ダーレスも、一九三九年にやはり吸血鬼テーマの短篇を書いている。さらにスティーヴン・キングは……列挙していったらきりがないだろう。

ところで、二重のパロディでなくても、原典以外の人物を登場させてパロディを成功させるには、ホームズに相応した大物の相手をもってこなくてはならない。先に挙げた切り裂きジャックもそうだが（このテーマのパロディはかなりの数にのぼる）、かつて英米でベストセラーとなったメイヤーの『シャーロック・ホームズ氏の素敵な冒険』（扶桑社文庫）のフロイトなども、ホームズに劣らぬ〝知的巨人〟である。本書の場合は、ドラキュラのほかにヴァン・ヘルシング教授という〝オカルト探偵〟もいて、ホームズと互角にわたりあっているではないか。また前述の『シャーロック・ホームズの宇宙戦争』でホームズと手を組むのは、同じドイルのキャラクター、チャレンジャー教授である。この人のアクの強さが、ときにホームズ以上であることは、いうまでもないだろう。ご存じないかたは、『失われた世界』の一読をおすすめする。よけいなことかもしれないが、この『シャーロック・ホームズの宇宙戦争』も、本書と同じく二重のパロディだ。著者のまえがきで献辞が捧げられているのも、本書と同じく二人。ドイルと、『宇宙戦争』の作者H・G・ウェルズである。

M・ディブディン『シャーロック・ホームズ対切り裂きジャック』解説

〝最後の〟ホームズ物語

マーク・トウェインやO・ヘンリー、あるいはA・A・ミルンなど、さまざまな大作家たちが習作時代にホームズ物語のパロディを書いていたことは、ご存じの方も多いだろう。現代のミステリ作家にとっても、ホームズものは一種の〝原点〟であって、そのパロディを書くという行為の魅力はいまだに強いと聞く。近年海外で増えてきた書き下ろしホームズ・パロディ・アンソロジーに、さまざまなミステリ作家が寄稿していることを見ても、それはよくわかる。

すでにこの河出文庫で訳出した『シャーロック・ホームズ対ドラキュラ』も、今は有名ミステリ作家となっているローレン・エスルマンが、作家生活のごく初期に書いたものだった（エスルマンはその後『ジキル博士とホームズ氏』――未訳――も書いている）。そして本書『シャーロック・ホームズ対切り裂きジャック』もまた、イギリスのミステリ作家マイケル・ディブディンの処女長篇小説であることは、つとに知られてきた。発表（一九七八年）からすでに四半世紀がたった作品だが、切り裂きジャックという永遠の魅力をもつテーマを扱ったからだけでなく、あとに述べるようないくつかの特徴により、本書の魅力は色あせていないと言える。

前述の『シャーロック・ホームズ対ドラキュラ』は、かつて小山正氏が愛情を込めて（たぶん）命名した「バカミス」（バカ・ミステリ）の筆頭にあげられた作品だった。おそらく本書も、その範疇に入ることだろう。私としては、ここまでエキセントリックなテーマなのだから、「とにかく読んで判断してほしい」と言いたいところだが、センセーショナルなネタの裏にどんな特徴が隠されているのか、そのあたりを少しは述べておきたいと思う。

ディブディンはこの『最後のホームズ物語』（本書の原題は"The Last Sherlock Holmes

Story〟）で、ホームズ物語に関する疑問の中でも最大級のもの――「ホームズはなぜ切り裂きジャックについてまったく言及していないのか？」――に、ひとつの解釈を与えている。実は、この解釈は彼が最初に生み出したものではないのだが、長篇パスティーシュとしてはおそらく初めてだったこともあり、ホームズ研究者や批評家のあいだに強烈な反応を引き起こした。もちろん英米の読者の中には、嫌悪感をあらわにする者が少なくなかったと聞く。

　原書刊行から三、四年たったころも、日本の出版社の反応は、「こんな結末が読者に許されるだろうか」というものだった。当時エージェントとして何社かに持ち歩いた経験のある私は、編集者たちの戸惑いをよく覚えている。しかし、その後八〇、九〇年代にかけて、いわば〝アンチ・ホームズ〟・パロディとでもいうべきものがさまざまに発表または上映されてきた（推理をしていたのはホームズでなくワトスンだったとか、モリアーティは実は善人だったとか、それこそあらゆるシチュエーションがある）。パロディ／パスティーシュが本編と同じように親しまれつつある現在は、むしろこのくらいのインパクトがないと、あまたあるパロディの中に埋もれてしまうのではないかと思わせるほどの状況と言えよう。

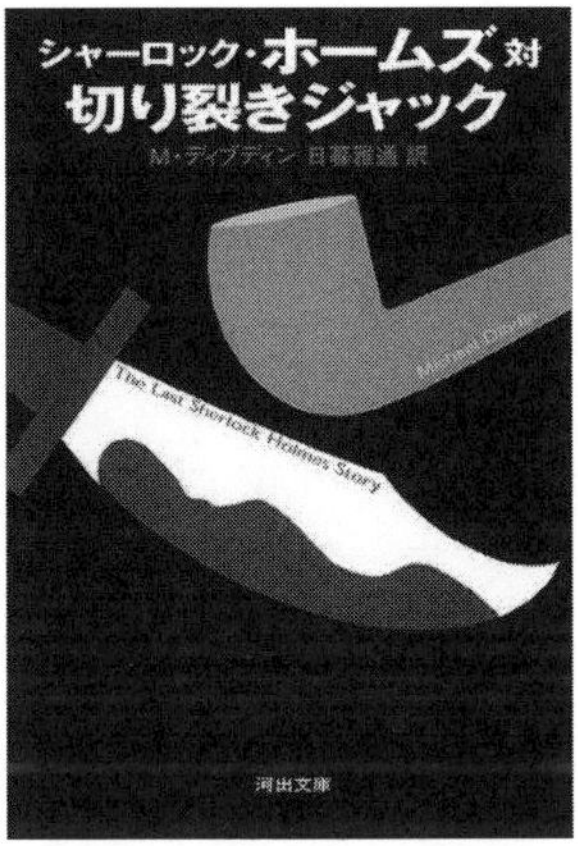

『シャーロック・ホームズ対切り裂きジャック』

　その証拠というわけではないが、毎年多くの本が「入手不可」になっていく英米のホームズ・パロディ界において、本書は珍しく長寿本となっている。一九七八年に英米両国でハードカバーが出版されたあと、翌年とその次の年には米、英の順でペーパーバックになり、さらに八九、九六年にも英、米で単行本サイズのペーパーバックとして出され、現在に至っているのである。もちろん、ディブディンがCWA（イギリス推理作家協会）賞をとった現役人気作家であり、本書が彼のデビュー作であることも、理由になってはいるだろう。

ミステリ作家ジョン・L・ブリーンの表現を借りるなら、「多くのベイカー街信奉者たちにとって一歩先を行きすぎたパスティーシュ」（『EQ』一九九四年九月号「陪審席」）である本書だが、二五年たった今、冷静にこの作品を解釈すれば、そのうまさ、巧妙さがわかってくることだろう（そうなると「バカミス」ではない？）。

そもそも、本書冒頭の引用（ジェイムズ・エドワード・ホルロイドの著書の序文）からして、実に効果的な〝エクスキューズ〟ではないか。そのことは、実質的な著者あとがきである「補足」の中で、ボルヘスの引用に引き継がれているのがわかるだろう。その引用とは、次のようなものだ。

アメリカの舞台俳優ウィリアム・ジレットが、シャーロック・ホームズ劇の中に恋愛を持ち込んでもいいだろうかと著者に尋ねたことがある。……コナン・ドイルの返信は、いさぎよいものだった。『結婚させるも、殺すも、好きにされてよし』

これは最高に〝正典的な《カノニカル》〟――あるいは〝ゴナニカルな〟――典拠であるわけだが、ホームズ信奉者の中にはこの発言を嫌う人たちがいるということも、記しておかなければならない。

ジェイムズ・エドワード・ホルロイド

『シャーロック・ホームズ17の愉しみ』序文より

同じドイルとジレットのエピソードは、短篇パロディ集『シャーロック・ホームズ　ワトスンの災厄』（原書房）のジョン・レレンバーグによるまえがきでも使われており、その引用のあとでレレンバーグは「そんなわけで、今日の私たちがある程度までホームズに勝手なことをしたとしても──敬服の気持ちは忘れない範囲でだが──責任はドイル自身にあるということになろう」と締めくくっている。まあ、不当な言い逃れととる人もいれば、巧妙な正当化ととる人もいるだろうが。

そうしたことを別にしても、ホームズ失踪についての解釈、後期のホームズが変わってしまったことの解釈、そしてワトスンが切り裂きジャックについてまったく触れなかったことの解釈のすべてをみごとにこなしていることが、この作品の第一の特徴である。

そして第二に、ディブディンのワトスンの文体がドイルのオリジナルと違っても問題にならないような設定が、うまくなされている。七〇年代以降、ワトスンの未発表手記のかたちをとるパスティーシュが急増しながら、かなりのものが文体の問題を抱えていた。最近では、三人称の文体にしたり、ワトスン以外の人物の語りにしたりすることで、この問題から逃れている作品も多いが、本書の場合は巧妙な設定をすることで、二五年前すでに、ほかのパスティーシュとは一線を画していたわけである。

さらに、すべてが実はワトスン自身の幻覚によるものではないかとも思わせるような、ラストの妙もある。ホームズとワトスンのどちらが正気でどちらが幻覚を見ているのか、語っている人物のほうがあやしくなってくるような展開、一種の心理劇にも通じるような雰囲気は、ディブディンののちの作品につながっているのではないだろうか。心理をえぐるサイコ・サスペンスである『密会』や、事件を解決しないことが自分の保身につながるというパラドックスにおちいるゼン警視のシリーズなど、その一例と言えよう。

先にも述べたように、ホームズが実は……というアイデアは、ディブディンが最初に使ったものではない。しかし、ホームズとジャックとモリアーティの三者に関わるシチュエーションを設定し、ライヘンバッハ以降のストーリーはすべてワトスンが創り出したという解釈を与えたのは、彼の功績であった。

本書において「ホームズの狂気」の原因となるのは、ほかならぬコカインだが、コカインをめぐる幻覚とモリアーティの意外な正体という要素からすぐ思い出すのが、ニコラス・マイヤーの『シャーロック・ホームズ氏の素敵な冒険』（扶桑社ミステリ）だろう。ポール・M・チャップマンは「巨人たちの衝突——ホームズ対切り裂きジャック」というエッセイの中で、一九七四年発表のマイヤー作品に切り裂きジャックは登場しなかったが、その成功は新たなパスティーシュの流れを生み出すことになったと述べている。中でも最も重要な作品が、ディブディンの本書だというのだ。

チャップマンはさらに、こう書いている。「一九七〇年代の英米ポピュラー・カルチャー界は、さまざまな意味で大いなるアンチヒーローの時代と言えた。シャーロック・ホームズのようなイコンにポストモダン的解釈が与えられるのは避けられないことだったし、あまりにたやすく受け入れられていた文学的ヒロイズムに対する当然の挑戦でもあった。ホームズを同時代で最も悪名高い犯罪者にするのは、脱構築の手法として最も効果的なものだったのである。」(『シャーロック・ホームズ』誌二〇〇〇年第三五号)

アンチヒーローのホームズ・パロディが七〇年代以降のものと言えるかどうか、マイヤー作品がその最初のものと言えるかどうかは難しいところだが、『——素敵な冒険』がひとつのニュー・ウェーブを作りだしたことは、確かであった。残念ながら、パロディ史の分析を始めると長くなってしまうので、それは別の機会に譲りたい。

ではディブディン自身は、本書についてどう考えているのだろう。九四年九月の来日時、彼はこんなふうに語っている。

「最近出版されたフランス語訳版を読んでみたんだけど、われながら、この本はなかなかいいんじゃないかと思った。ドイルはいったんホームズを殺し、ふたたび生還させたが、生き返ったホームズは以前とはまったくの別人になってしまった。初期のホームズはコカインをやったり、女性を極端に嫌っていたり、翳があってずっと面白かったと思う。それが、天使のような性格の、偉大なる探偵になってしまった。僕がこの本『シャーロック・ホームズ対切り裂きジャック』で書きたかったのは、そういったホームズの翳の部分なんだ。あのころの僕は、自分の可能性を探っていた。それまで誰もやったことのないことに挑戦したいと思って試行錯誤していた。このパスティーシュでそれがある程度達成できたと思っている。」（『ミステリマガジン』一九九五年一月号「ヒル、ディブディン創作の秘密を語る」より。［ ］内は筆者注）

若いときに読んだドイルとチャンドラーに大きな影響を受けたというディブディンとしては、偽らざる心境なのだろう。

ホームズ、切り裂きジャック、ドラキュラ伯爵の三人を「イギリス十九世紀末が生み出したサブカルチャーの三大スーパースター」と表現したのは、日本におけるリッパロロジーの第一人者、仁賀克雄氏だった（ハヤカワ文庫『ロンドンの恐怖』あとがき）。切り裂きジャックは昔も今もホームズの対決相手として人気があるが、善と悪の巨人同士の対決という魅力もさることながら、ジャックの事件そのものが、現実の出来事でありながら一世紀以上色あせない謎をもち続けてきたことも、理由になっていると思う。

シャーロッキアーナは、すでに閉じてしまったはずの世界、つまり完結したホームズ物語の中に、さまざまな謎や矛盾を見つけ、あるいは物語を拡張できる余地を見つけ、想像力を羽ばたかせる。一方のリッパロロジーは、迷宮入り事件という永遠に閉じない世界を対象にして、事件のシチュエーションを再現し、議論を続ける。どちらもそうした行為を通じて、十九世紀末ロンドンの雰囲気を味わうわけで、両方を楽しむ人が少なくないことも、うなずけるだろう。

おそらく、切り裂きジャック事件を扱えばイースト・エンドのどん底世界、娼婦の姿、陰惨な検死解剖記録などを扱わなければならず、それをドイルが避けたことは理解できる。あえてホームズになじまないとして彼が言及しなかったとすれば、それが「ホームズの世界は明、ジャックの世界は暗」とする印象を与えることになったのかもしれない。ただ、ホームズ譚で扱われる事件が一見たいしたことのない殺人や盗みであると思える裏に、ヴィクトリア朝末期の暗い部分が隠されていることは、最近のシャーロッキアーナが明らかにしている通りである。

切り裂きジャック研究の世界では、ジャックの日記が発見されたとか、その正体をついに突き止めたとかいう話が、何年かごとに出てくるようだ。しかし、犯人も関係者もすでにこの世にいなくなっている以上、どれかが「絶対的な真実」であるとも言えないし、判決がおりるわけでもない。そういう意味で、やはりリッパロロジーは永遠なのである。……シャーロッキアーナが永遠であるのと同じように。

D・ピリー『患者の眼』訳者あとがき

米英におけるホームズ・パスティーシュ／パロディ、あるいはホームズものキャラクターを使ったスピンオフ小説の世界は、この一〇年変わらず盛況が続いている。なのに日本で翻訳されるのはそのごく一部にすぎないと、不満をもつファンもおられることだろう。

だが、当然のことながら、海外で出る作品は玉石混淆である。素人による趣味の域を出ない小説もけっこうあるから、すべてが訳されていたら、このジャンルは水増し状態になって、飽きられていくことだろう。

その一方、あの手この手で新手の作品が出てくるうちに、このジャンルが変貌し成長してきたことも、また確かだ。売れっ子シリーズをからかうことを主眼としたパロディ初期から、疑似ホームズやホームズもどきの活躍する時期を経て、ニコラス・マイヤーの『シャーロック・ホームズ氏の素敵な冒険』(一九七四年)ではワトスンの未発表手記という手法が確立、長篇パスティーシュがベストセラーになりうることを証明した。一般読者がホームズ・パロディに馴染みはじめたわけである。

その後は歴史上・空想上の著名人物とホームズの対決が流行り、さらにはホームズ以外の登場人物を主人公にしたスピンオフものへと広がっていった。ワトスン、ホームズの兄マイクロフト、レストレード警部、ハドスン夫人、モリアーティ教授、アイリーン・アドラー……

そして、本書の主人公である、コナン・ドイル自身。

紹介が遅くなったが、本書"The Patient's Eyes"は、コナン・ドイルとその恩師ジョゼフ・ベル博士(「先生」)を主人公にしたシリーズ『ザ・ダーク・ビギニングズ・オブ・シャーロック・ホームズ』の、一作目である。このあとがきを読まれる前に本書を読み終えた方なら、次作に続くことはすでにご承知と思う。エディンバラ大学時代の恩師ベル博士がホームズのモデルであることは、ホームズ・ファンならずとも(ミステリ・ファンならたいてい)周知の事実であるが、著者ピリーは、その事実をもとに一種の〝ファクション〟(ファクトとフィクションの融合)をつくりだしたのだ。

ドイルが登場するというだけのパロディなら、ごく初期の段階に書かれている。『ピーター・パン』の作者J・M・バリーによる「二人の共作者事件」(ドイル自伝や『シャーロック・ホームズの災難』など複数の書籍に訳出されている)だが、これはベイカー街のホームズのもとを作者ドイルが訪問するというものだった。

また、長篇パロディとしてはロバート・サフロンの『悪魔の装置』(一九七九年、未訳)があるが(第一次大戦中、英国政府の依頼でドイルがドイツ軍の新兵器を見つけて破壊する)、その後の代表的な長篇は、やはり一九九三年刊のマーク・フロスト著『リスト・オブ・セブン』(扶桑社ミステリー)だろう。この作品でのドイルは、ヴィクトリア女王直属の捜査官ジャックとともに、大英帝国を揺るがす陰謀を暴くべく秘密結社に乗りこむ。『吸血鬼ドラキュラ』との二重パロディでもあり、オカルティズムやアクションの要素も豊富な冒険小説だ。

『患者の眼』

しかし、本書がそうした小説とも一線を画す傑作であることは、読みおえた方ならすでにおわかりと思う。ドイルの人生をベースにしただけのミステリーではないからだ。

ドイルとホームズ物語の関係を分析しようとする場合、通常はまずドイルの伝記や自伝などで生い立ち、生活、体験などを調べ、その「現実」データがホームズ物語にどう反映されているかを検討するだろう。たとえば、ホームズの推理手法はベル博士がドイルに教えたものだったとか、ワトスンの医学知識にはドイル自身のものが反映されているとか。

その観点からすると、この作品はむしろ、ホームズ物語に盛り込まれた要素とドイルの実人生を合体させ、新たに作成したドイルの「回想記」と言えるのではなかろうか。ドイルの実人生というファクトと、ホームズ物語というフィクションでは、非常に限定された範囲に思えるが、事件の謎や結末の意外性は、限定されたものどころか、縦横無尽に広がっていく。本書を読んだあとでホームズ物語のいくつか（〈あやしい自転車乗り〉、〈ウィステリア荘〉、〈まだらの紐〉など）を読み直すと——さらにはドイルの伝記のどれかを読めば——著者の手法の見事さに気づくことだろう。

この作品については、英国BBC放送のテレビ・シリーズとして先にご存知の方もあろう。"Murder Rooms: The Dark Beginnings of Sherlock Holmes"というシリーズ名で、同名の第一作が二〇〇〇年、続く四作が二〇〇一年九月から十月にかけて放映された。二〇〇四年九月には『コナン・ドイルの事件簿』というシリーズ名でNHK‐BS2も放映している。

ベル博士は、かつてホームズを演じたこともある名優イアン・リチャードソン。ドイル役は一作目でロビン・レインだったのが、二作目以降ではチャールズ・エドワーズに変更された。「ダーク・ゴシック・スリラーの名手」と言われるピリーの脚本に加え、一八七〇年代のエディンバラという舞台のせいで、一作目は「底なしに暗い」作品と言われたが、そこがまた、「ダーク・ビギニングズ」につながるところでもあろう。

一方、小説シリーズのほうは、二〇〇一年刊の本書『患者の眼』を皮切りに、二〇〇二年の"The Night Calls"、二〇〇四年の"The Dark Water"と続いてきた。本書はTVシリーズ第二作の"The Patient's Eyes"（邦題『惨劇の森』）と同じ内容であり、逆にTVシリーズ第一作"Murder Rooms: The Dark Beginnings of Sherlock Holmes"（邦題『ドクター・ベルの推理教室』）は、小説の二作目"The Night Calls"にあたる。

本書『患者の眼』で何度か引き合いに出されているエルスベスという女性と、その死にまつわる話は、小説第二作であらためて語られる。一作目では一八七八年のベル博士との出会いから、一八八二年の南イングランドでの出来事へと飛んだが、二作目では、そのあいだのエディンバラ時代の事件と、一八八三年から始まったロンドンでの事件を描くのである。

そして、本書のプロローグとエピローグで触れられている人物の正体は第二作で明かされ、三作目へと続いていく……ドイルの一人称による各巻がプロローグとエピローグで有機的につながり、それぞれが完結する冒険／事件を扱いながら、全体ではひとりの狡猾で非人間的な犯罪者とベル&ドイル・コンビとの闘いを、スリリングかつショッキングに描いているのだ。

著者デイヴィッド・ピリーは、ジャーナリストおよび映画批評家を経て脚本家となった。BBCテレビの"The Woman in White"の脚色でBAFTAにノミネートされたほか、アカデミー賞ノミネート映画"Breaking the Waves"では、脚本を共同執筆している。小説の仕事は本書が初めて。英国サマーセット在住。

【付記】残念ながらこの三部作の邦訳は、一作目が文春文庫で出ただけで、続く二作目と三作目はいまだに日の目を見ていない。一作目を読まれた読者には本当に申し訳なく思っている。なお、テレビ・シリーズのほうはその後日本でもＤＶＤで発売されたので、入手可能と思う。

あとがき

世の中、「人生の師」と言えるほどの人物をもつ人は、そう多くないでしょう。しかし、事に当たって「こんなときあの人だったらどうする（どう言う）だろう」と考え、参考にする人物なら、いるかもしれません。ワトスンも、事件や謎に直面したとき、「ホームズだったらどう推理し、行動するだろうか」という対処法を使っていました。つまり、彼にとってホームズは〝推理の道〟においての師匠だったのです。

ホームズファン、あるいはホームズ信奉者も、ワトスンと同じような対処法や発想法をもつことが多いのではないでしょうか。もちろん、ホームズにも欠点はさまざまにあり、それは逆に「反面教師」であるわけですが、私たちはその二面性をも愛しているのかもしれないのです。

私が〝師匠《マスター》〟ホームズから教えられた中で最大のものは、イマジネーション（想像力）の重要性です。ホームズは正典の中で、スコットランド・ヤードの警部がダメなのは想像力がないところだ、と嘆いていました。しかし想像力は探偵術に不可欠なだけでなく、私たちの社会づくりや生活、人生においても非常に重要なものです。教育や政治において想像力が欠如していることから問題が起きた例は、枚挙にいとまがないと言えるでしょう。

いささか話が大げさになりましたが、私たちシャーロッキアンのいわゆる「研究」においても、想像力は不可欠。シャーロッキアーナで非常によく見る失敗例は、「正典の時代で物事を考えず、現代の例やデータをもとに結論を出してしまう」ものと、「歴史上の事実を調べ、発見しても、事実のみでそこからの飛躍がない（〝新たな知見〟がない）」というものの二つですが、いずれも想像力の欠如が大きな原因になっていると思います。

文芸作品など創作物に対する、シャーロッキアンの手法を使った楽しみ方は、昨今非常に多くなったというか、現代人にとってはあたりまえなアプローチになってきました。『サザエさん』や『ドラえもん』のシリーズ、はたまた『スター・トレック』や『ガンダム』など、思い当たる節はたくさんあるでしょう。一方、ホームズ・パロディ／パスティーシュが一世紀以上かけてポピュラーなものにしてきた、シリーズ・キャラクターと原作のスピンオフ作品や〝トリビュート〟作品づくりという楽しみ方も、前述の例に加え、『魔法少女まどか☆マギカ』などという最先端作品にまで見て取ることができます。こうしてみると、ホームズ作品が世に残したものがいかにたくさんあるか、三つの世紀にわたってその人気を持続し、さらに続きそうなことの理由がどこにあるか、わかるような気がします。

ところで、シャーロッキアンの愉しみ方にさまざまなものがあることは、この本を読まずとも想像できると思いますが、最後に、私にとって最高の「愉しみ方」のできたエピソードを書いておきましょう。

今から四〇年ほど前、まだ物理学徒だったころのこと。故・朝永振一郎博士といえば、当時から憧れであり、雲の上の存在でもあった人物ですが、その朝永先生の書いた色紙に、科学のなんたるかを短い文でみごとにあらわした一文があると耳にしました。「ふしぎだと思うこと　これが科学の芽です」と始まるらしいのですが、結局は正確な文章を知らぬままになってしまいました。

その後、三〇年はたったでしょうか。学生時代の恩師のひとりが朝永先生の教え子だったことを思い出した私は、年賀状を出す折りに、恥を省みず聞いてみました。するとどうでしょう、恩師は親切にも、色紙のコピーのコピー（オリジナルはもちろん、京都の某所に展示されています）を送ってくださったのです。そのことだけでも感激でしたが、コピーを一見した私は、数十年前の一生徒に戻ったような、新鮮な感動とともに、不思議な「縁」を感じてうれしくなったのです。色紙の文章は、次のようなものでした。

ふしぎだと思うこと　これが科学の芽です
よく観察してたしかめ　そして考えること　これが科学の茎です
そうして最後になぞがとける　これが科学の花です

朝永振一郎

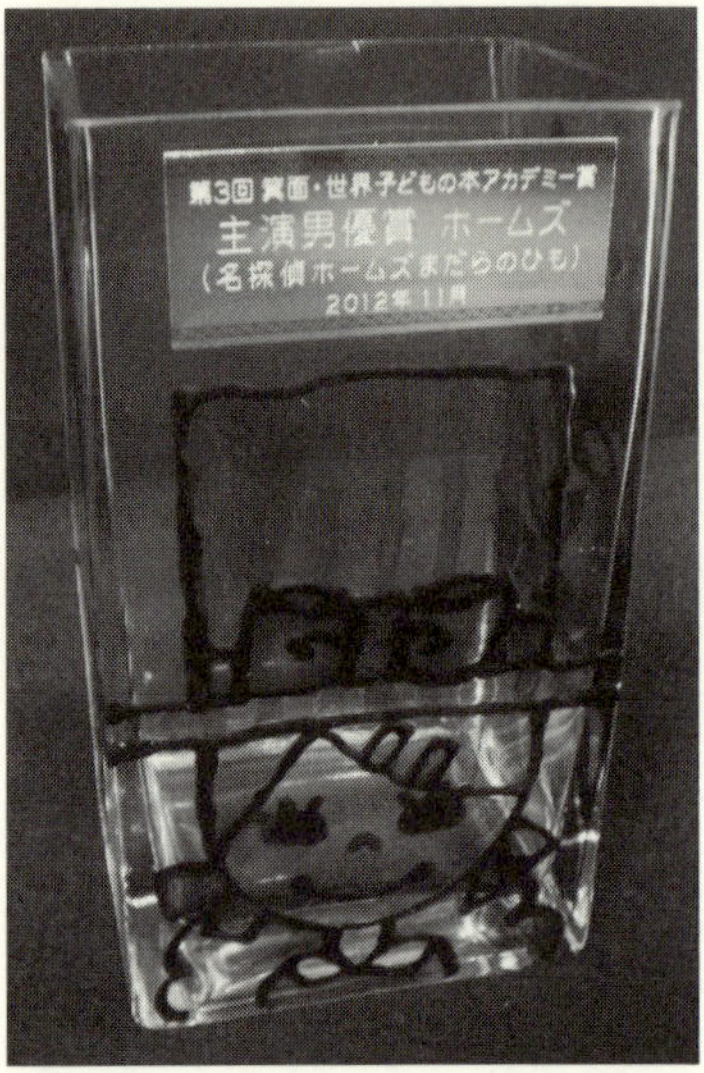

箕面・世界子どもの本アカデミー賞トロフィー

おわかりでしょうか。この一文は、科学というものの真の姿を、簡潔に、かつ余すことなくあらわしています。しかしそれだけでなく、シャーロッキアンなら、いやミステリファンなら、自分の分野とのみごとな一致にうれしくなるはずです。不思議だと思うこと、観察すること、謎を解くこと……科学的推理法の「原点」であるホームズのしてきたことが、そのまま科学のなんたるかをあらわした大物理学者の一文に一致するとは、なんとすばらしく、愉しいことなんでしょう。

かなり私的な話になってしまいましたが、シャーロッキアーナそのものが元々は私的な愉しみなのですから、お許しのほど。……くどいようですが、シャーロッキアーナは学位をとったり名を売ったり、金儲けをしたりするのが目的のものではありません。コナン・ドイルを、つまりヴィクトリア時代のイギリス大衆文学やその作者を研究して学位をとるのは自由ですが、残念ながらそのこと自体はシャーロッキアーナではないのです。

箕面市オーサービジットで小学校の歓迎ボードに書かれた似顔絵

まえがきで書いたように、ここに収めることができたのは、ホームズやドイルや翻訳に関して私が書いてきたことの、ほんの一部に過ぎません。最近の出来事からも、商業誌やホームズ団体誌に書きたいこと、書こうとしていることがたくさん生まれています。たとえば、去年二〇一二年に神戸異人館・うろこの館グループの英国館のためにミステリー・ツアーのストーリーを書き下ろしたこと、同じく去年の大阪・箕面市が主催する「箕面・世界子どもの本アカデミー賞」男優賞受賞と、その後の「オーサービジット」で箕面市の小学校へ行った話。今年二〇一三年、来日したジョン・レレンバーグとチャールズ・フォーリー（ともに『コナン・ドイル書簡集』の編者）にアテンドした話、などなどです。

ああ、またもや「あとがき作家」の血が騒ぐ……。この本のあとがきまで長くなってしまいそうなので、こうした話については、また別のところで語ることにしましょう。

最後になりましたが、僭越ながら、いわゆる謝辞を。

まずは、翻訳書刊行の担当として十数年お世話になっている、原書房編集部の石毛力哉さんに、篤くお礼を。本書の企画は五年前に彼から提案されたのですが、毎年変わらぬ怒濤のような翻訳仕事の流れの中で、ともすればあきらめ気味だった私が本書をなんとか出せたのは、彼の決断力と行動力のおかげです。本書は私にとって初めてのオリジナル本、つまり翻訳書以外の本であり、記念すべき仕事となりました。今回、一種の〝お蔵出し〟ともいえる昔のエッセイをアレンジして収録できたことは、特にありがたいことです。単行本あとがきにおける謝辞に版元の人の名を載せるのは読者にとって失礼だと思いますが（ほかの本ではしていません）、今回は特別ということで、お許しください。

また、集英社クリエイティブの三好秀英さんにも、お礼を。本書とは多少意味合いが違いますが、実は今から一三年前、新書版でシャーロッキアーナ入門の書き下ろし本をつくろうという企画が、同社の前身である綜合社にいた彼とのあいだで生まれていたのです。以来、目次案を出したり引っ込めたりが続くうちにひと昔たってしまったわけですが、今回、本書の企画誕生にあたっては、三好さんに快諾と励ましの言葉をいただき、励みになりました。

そのほか、本書に収録した原稿の初出誌・書籍でお世話になった、編集者の方々に。特に、本書のかなりの部分を占める『ミステリマガジン』の現編集長・小塚麻衣子さんをはじめ、歴代のHMM編集長、そしてJSHC岡山支部の代表・斎藤貞子さん、ありがとうございました。

さらには、大会会場でこの本の刊行案内チラシを見たとき、「いつものことだから予定どおり出るわけがない」と編集者に忠告してくれた、冷静かつ親切な読者であるＪＳＨＣの友人たち、および長年の〝シャーロッキアン・ウォッチャー〟である我がパートナー、真裕美に。

二〇一三年四月

日暮雅通

初出一覧

第1部

「世紀を超えるベストセラー『シャーロック・ホームズの冒険』」……朝日新聞出版『小説トリッパー』一九九九年十二月号
「百五十歳の養蜂生活者――ホームズの誕生日に寄せて」……光文社『ジャーロ』二〇〇四年春号（十五号）
「ブック&イベント・ガイド　海外編　ホームズは死なず」（特集「永遠のシャーロック・ホームズ」）……早川書房『ミステリマガジン』（以下、HMM）一九九九年十月号
「ホームズとドイルの話題、この一年」（特集「シャーロック・ホームズとライヴァルたち」）……HMM二〇〇〇年十二月号
「四年ぶりの特集に寄せて」（特集「ホームズ百五十回目の誕生日」）……HMM二〇〇四年四月号
「冬の夜長にホームズを」（特集「シャーロック・ホームズ」）……HMM二〇〇六年一月号
「作品解説と新刊紹介特集」（特集「クリスマスにホームズを」）……HMM二〇〇七年十二月号
「ホックとホームズの接点」（特集「さよなら、短篇の名手ホック」）……HMM二〇〇八年五月

号
「ドイルとホームズ、この二年」(特集「ドイル生誕百五十周年」)……HMM二〇〇九年十一月号
「ホームズ映像化とパスティーシュ、最近の波 シャーロック・ホームズはいかに〝再生〟されたか――映像および活字作品のトレンドを追う」(特集「シャーロック再生」)……HMM二〇一二年九月号
「ホームズ・パスティーシュの世界――その歴史と分類」……『シャーロック・ホームズ・イレギュラーズ』森瀬繚/クロノスケープ編、日暮雅通監修、エンターブレイン、二〇〇八年……このほか過去に書いたいくつかの同テーマ・エッセイ。

第2部

「ロンドン シャーロック・ホームズ像除幕フェスティバル訪問記」……HMM一九九九年十二月号)
「コナン・ドイル像除幕式顚末記」……HMM二〇〇一年八月号
「ニューヨークで見た二人の涙――ベイカー・ストリート・イレギュラーズ総会に参加して」……HMM二〇〇二年四月号
「東と西の三都物語」……HMM二〇〇四年四月号
「ナポリひきこもりツアー――イタリア・ホームズ大会を訪ねて」……HMM二〇〇五年一月号
「エディンバラにドイルを訪ねて」……HMM二〇〇六年一月号
「足掛け二年のホームズ・イベント――シャーロッキアンの旅行日誌より」……HMM二〇〇七

年十二月号
「ホームズからポーへ――ワシントンDCでポーの生誕を祝う」……HMM二〇〇九年八月号
「〈ホームズの店〉探訪記　その1　八王子編」……HMM二〇〇四年四月号
「〈ホームズの店〉探訪記　その2　浅草編」……HMM二〇〇六年一月号
「〈ホームズの店〉探訪記　その3　大阪編」……HMM二〇〇九年十一月号

第3部

「ホームズ翻訳における人物像の問題」……バベル『翻訳の世界』一九九八年二月号
「辞書の話――私の辞書引き人生」……『翻訳の世界』一九九八年八月号
「正典の日本語版読者のために――翻訳にまつわるエピソード集」……『ミステリ・ハンドブック　シャーロック・ホームズ』原書房、二〇一〇年新装改訂版
「イラクサをつかめ」……JSHC岡山支部『エンプティ・ホームズ』（以下、EH）二〇〇二年一一三号、一一四号
「こんなにほしいと思ったことはない」……EH二〇〇二年一一四号
「忠実なるワトスン？」……EH一九九七年七二号
「決定的証拠」……EH二〇〇三年一一五号
「『深読み』の話」……BHL機関誌『The East Wind』（EW）一九九三年四月号
「ホームズ物語の新訳について」……光文社文庫《シャーロック・ホームズの冒険》および《恐怖の谷》訳者解説、二〇〇六年、二〇〇八年
「十年後の『不惑』」（『ミステリマガジン』リレーエッセイ「訳者の横顔」）……HMM二〇〇四

年十一月号
「日本だけが特殊なのか？――正典翻訳の変遷とその特殊性」……『日本におけるシャーロック・ホームズ』川戸道昭ほか編著、ナダ出版センター、二〇〇一年九月刊

第4部

「ヴァン・ダインの受けた影響、与えた影響」……東京創元社『創元推理21』二〇〇一年冬号（第二号）
『シャーロック・ホームズ対ドラキュラ』訳者あとがき……ローレン・エスルマン著、河出文庫、一九九二年
『シャーロック・ホームズ対切り裂きジャック』解説〝最後の〟ホームズ物語……マイケル・ディブディン著、河出文庫、二〇〇四年
『患者の眼』訳者あとがき……デイヴィッド・ピリー著、文春文庫、二〇〇五年

日暮雅通（ひぐらし・まさみち）
1954年生まれ。青山学院大学卒業。英米文芸、ノンフィクション翻訳家。日本文藝家協会、日本推理作家協会会員。主な訳書にドイル『新訳シャーロック・ホームズ全集』（光文社文庫）、バンソン『シャーロック・ホームズ百科事典』、ホック他『シャーロック・ホームズの大冒険』（以上原書房）、スタシャワー『コナン・ドイル伝』、スタシャワー他『コナン・ドイル書簡集』（以上東洋書林）など。

シャーロッキアン翻訳家《ほんやくか》
最初《さいしょ》の挨拶《あいさつ》

●

2013年5月31日　第1刷

著者…………日暮雅通《ひぐらしまさみち》

装幀…………松木美紀

発行者…………成瀬雅人

発行所…………株式会社原書房

〒160-0022 東京都新宿区新宿1-25-13
電話・代表03（3354）0685
http://www.harashobo.co.jp
振替・00150-6-151594

印刷・製本…………新灯印刷株式会社

ISBN978-4-562-04919-6, Printed in Japan